中国散文60强

秘密的温柔

庞 培 / 著

图书在版编目（CIP）数据

秘密的温柔 / 庞培著. -- 北京 ：北京联合出版公司, 2024. 8. --（中国散文60强）. -- ISBN 978-7-5596-7816-4

Ⅰ．I267

中国国家版本馆CIP数据核字第20248EL117号

秘密的温柔

作　　者： 庞　培
出 品 人： 赵红仕
出版监制： 张晓冬
责任编辑： 管　文
特约编辑： 和庚方　张　颖
封面设计： 立丰天

北京联合出版公司出版
（北京市西城区德外大街83号楼9层　100088）
三河市同力彩印有限公司印刷　新华书店经销
字数150千字　650毫米×920毫米　1/16　14印张
2024年8月第1版　2024年8月第1次印刷
ISBN 978-7-5596-7816-4
定价：65.00元

版权所有，侵权必究
未经书面许可，不得以任何方式转载、复制、翻印本书部分或全部内容。
本书若有质量问题，请与本公司图书销售中心联系调换。
电话：17710717619

"中国散文 60 强"丛书

编委会

丛书总策划

  张 明 著名出版人

编委主任

  邱华栋 全国政协常委

       中国作家协会副主席、书记处书记

编 委

  叶 梅 中国散文学会会长
  陆春祥 中国散文学会副会长
  冯秋子 中国作家协会原社联部副主任
  吴佳骏 《红岩》编辑部主任
  张 英 资深媒体人
  文 欢 作家、资深编辑

中华散文的文脉与发展

——"中国散文 60 强"总序

邱华栋

中国是诗的国度,亦是散文的国度。

穿越千年时空,从明清至唐宋,再由魏晋南北朝至两汉先秦一路回溯,汉语言文学中的散文实乃根深叶茂,硕果累累。无论是"唐宋八大家"之雄文美文,还是骈俪多姿的辞赋,以及名垂史册的《史记》《左传》,均为中国文学史上的璀璨明珠。"散文"与"诗"一道,成为中国文学的"嫡系"。尽管,后来从西方引进嫁接技术所催生的"小说",大有"喧宾夺主"之势,终究还得"认祖归宗",血脉和基因是无法改变的。

在中国散文流变历程中,曾出现过两次鼎盛期。一次是被文学史家所公认的"先秦散文"时期。其时,伴随着春秋时期的思想解放,诸子蜂起,百家争鸣,一大批散文家以饱满的气血、驳杂的学识和破茧的精神,创造出了散文的繁荣和辉煌局面,对后世产生了极大的影响。

到了"五四"时期,中国散文迎来了第二次鼎盛期。白话文如劲风激浪,吹刮和涤荡着神州大地。沉睡的雄狮醒来了,偃卧的小草开始歌唱。许多学贯中西的进步文人,肩扛文化变革的大纛,冲锋陷阵,掀起了一波又一波的新文学浪潮。《新青年》上刊载的散文,犹如一束束亮光,不但给人以希望,还给人以力量。"五四"以来的散文作品,无论是观念和主题,还是形式和风格,都跟以往的散文迥然不同。最具代表性的,当属鲁迅先生的散文(包括杂文),其刚健、凌厉的文质,疗救了中国散文长久以来颓靡不振、钙质疏流的顽疾。此外,周作人、郁达夫、朱自清、萧红、沈从文等一大批作家的散文创作亦各具特色,呈一时之盛,影响深远。

时代的前行催生了文学的发展,然而文学与时代有时并不同步甚至充满了"张力场"。"五四"的个性解放虽然催生了一批个性鲜明的散文精品,但这样的生态并未持续多久,中国散文的波峰出现了向低谷滑行的趋势。有论者指出,"散文在 50 年代既是对解放区散文文体意识的放大,又是对五四散文文体精神的进一步偏离。这种放大和偏离表现在个体性情的抒发让位于时代共性或者时代精神的谱写,政治标准优先于艺术标准,批判性为歌颂性所取代等诸方面。"(董健、丁帆、王彬彬《中国当代文学史新稿》)1960 年代初,散文创作一度出现了活跃,"专业"从事散文创作的作家群凸显出来,刘白羽、杨朔、秦牧相继登场,迅速成为散文界的三位名家。但他们的作品后人评价褒贬不一,认为其中颂歌式的写法较为单向,这种模式化的写作,不但对散文的建设毫无益处,反而扼杀了散文的个性和神采。

"文革"十年,中国散文更是一片凋零和荒芜,乏善可陈。1970 年代末,一些历经浩劫的作家开始复血,解除思想枷锁,重新拿起笔来写作,中国散文才又凤凰涅槃,焕发生机。加之各种文学刊物纷纷复刊和创刊,以及大量西方文化读物的译介出版,更为这些饥渴、桎梏太久的散文作者提供了登台亮相的舞台和瞭望世界的窗口。

1980 年代初期,伴随改革开放的热潮,思想解放大旗招展,文化随之繁荣,诸多承续"五四"精神的作家以笔为旗,抒发胸中压抑既久之块垒,出现了一批抒情性质浓郁的散文,使得现代散文这块"百花园"芳菲争艳,蔚为大观。特别是 1980 年代中期,随着作家主体意识的不断强化,中国文学开始呈现出一个崭新局面,作家从"集体意识"中抽身而出,重新返回"个体",注重对生活的体察和内在情感的表达。这一时期,散文的艺术性得以强化,文本的精神内涵和表现空间得以拓展。

进入 1990 年代，社会发展日新月异，城镇化进程锐不可当，文化领域亦呈多元格局。各种文学思潮相互碰撞，人文精神的讨论更是打开了作家们的创作思路。"大散文"概念的提出，引发了散文界对散文的内涵和外延的重新讨论和界定。风靡一时的"文化散文"热，成为文坛上一道靓丽的风景。"新散文""原散文""后散文""在场散文"等散文流派"你方唱罢我登场"，争奇斗艳，各领风骚。

及至二十世纪末，一批深具先锋意识和文体自觉的新锐作家，像一头公牛闯入瓷器店，使散文天地发生了激烈的碰撞和变化，形成一股新的散文潮流，提升了散文的审美品质和精神向度。

纵观 1978 年至 2023 年四十多年来，中华大地在"改开"的黄金时代中，社会生活奔涌激荡，各种思潮风起云涌，散文创作更是云蒸霞蔚、气象万千，涌现了众多成就斐然、风格各异的散文作家和具有思想深度、艺术上乘的散文作品。岁月的流水冲走了枯枝败叶和闲花野草，中流砥柱却巍然屹立。时间留住了新时代的散文经典，经典在时间的长河中绽放光芒。以沙里淘金的经典散文向"改开"的时代致敬，是我们不可推卸的责任和义务。

别看散文的门槛貌似很低，要真正写好，却实属不易。优质散文是有难度的写作，它不但需要作者的智识、胸襟、眼界、修养和气度格局；更需要写作者的态度、立场、慈悲、良知和批判勇气。遗憾的是，散文创作繁荣和光鲜的另一面，却是大量平庸甚至低劣之作的泛滥，不但败坏了读者的胃口，而且造成了物质和精神的极大浪费。散文作家层出不穷，散文作品汗牛充栋，可真正能让人记住的散文佳构却凤毛麟角。

散文要发展，文学要前行。发展和前行就要从平庸的樊篱中突围。在突围的过程中，散文作家不可太"聪明"，不可太世故，要永存对文学的敬畏之心。一言以蔽之，散文的尊严来自散文作家的尊严。也可以说，要想散文繁荣，首先需要有一批人格健全，品德高尚，铁肩担道义的散文作家。什么样的人写什么样的文章。特别是写散文，最容易看出一个作家的内在品质和境界涵养。一个人格不健全的人，哪怕他作文的技法再高妙，也很难写出撼人心魄、抚慰灵魂的散文来。作家精神品质的高低，直接决定其作品的精神向度。

为了散文写作的突围和发展，为了建设独具特质的当代散文，也是为了更好地从经典散文中汲取营养，我认为有必要正视和重申一些常识性的思考。高头讲章的理论是灰色的，常识之树却蕤葳常青。

一、作家的个体精神决定散文的优劣。常言道，散文易学而难攻。难在什么地方，不是难在技巧，而是难在作家个体精神的淬炼上。倘若作家的个体精神不够丰富，不够深刻，不够清澈，纵使他手里握着一支生花妙笔，也写不出令人称赞的散文。那么，如何才能做到个体精神的丰富性呢，这就要求作家时时刻刻不背离生活，要知人情冷暖，体察人间百态，关心民瘼，有忧患意识，不要做生存的旁观者。一个冷漠甚至冷酷的人，是不适合从事散文创作的。

二、真诚是确保散文品质的基石。散文创作跟作家的生存经验息息相关，可以说，真正优质的散文，无不牵连着作家的血肉和心性。作家的喜怒哀乐，悲欢离合，都或隐或显地暗含在他的作品中。假如在一篇散文作品中，读者既看不到作者的体温，又看不到作者的态度，那这篇作品或许就是失败的。说明这个作者在他的作品中"说谎"或"造假"，缺乏真诚之心。作家一旦失去真诚，为文必定矫揉造作，作品也必定会失去生命力。因此，真诚是散文的"生命线"，也是"底线"。

三、个性是促进散文生长的养料。人无个性便无趣，文无个性便平质。当下，每年都会诞生数以万计的散文篇章，但能够让人记住，且读后还想读的作品并不多，何故？概在于这些数量庞大的散文，无论题材，还是语感都千篇一律，像是从"模具"中生产出来的，缺乏辨识度。散文要发展，必须要求作家具有"个性意识"。"个性意识"不是标新立异，更不是哗众取宠，而是一种"创新意识"和"审美意识"。但凡在散文创作方面被公认的那些大家，都是"文体家"，他们以自觉的写作实践，开创了散文写作的新路径。不合流俗方能独步致远，推动散文的建设和繁荣。

当然，以上几点并非创作散文的圭臬，谁也没有资格去为散文"立法"。

散文是自由的创造，散文精神即自由精神。我之所以提出来，仅仅是希望引起散文同行们的重视和参考，共同为中国当代散文的发展尽力增光。

我们策划、编选"中国散文 60 强"（1978—2023）的初衷，旨在对新时期以来的中国散文创作作出梳理、评价和选择，试图精选出风格各异的代表性散文作家，以每位一部单行本的形式，呈现出中国新时期优质散文的大体样貌。此项目的发起人为资深出版人张明先生。多年来，他一直追求做高品位的纯文学书籍，也曾连续多年与中国散文学会、中国小说学会合作，出版年度《中国散文排行榜》和年度《中国小说排行榜》。2023 年他策划出版了《中国小说 100 强》，反响不俗。身处喧嚣、纷杂的环境，能以如此情怀和心力来为文学做如此浩大的工程，不能不令人钦佩！

感谢张明先生邀请我和叶梅、冯秋子、陆春祥、吴佳骏、张英、文欢组成编委会，共同遴选出 60 位作家。我们在召开筹备会的时候，即将作品的思想性、艺术性、代表性以及影响力作为编选的基本原则。在确定入选作家名单时，我们认真商讨，反复研究，生怕因为各自的眼力、审美和趣味之别，造成遗珠之憾。好在我们的工作得到了作家们的积极回应和鼎力支持，惠风和畅，大地丰饶。

60 位入选的作家，既有令人尊敬的文学大家，如孙犁、张中行、汪曾祺、史铁生、邵燕祥、流沙河、刘烨园、宗璞、贾平凹、韩少功、张炜、梁晓声、阿来、冯骥才等。这批散文大家的作品，文风质朴、清朗、刚健，充满了"智性"和"诗性"。无论他们是写怀人之作，还是针砭时弊，歌咏风物，都有着鲜明的文化立场和审美取向。他们或出入历史，借古观今；或提炼人生，洞明世事，输送给读者的都是难能可贵的"精神营养"。

也有被散文界公认的名家，如李敬泽、王充闾、马丽华、周涛、冯秋子、叶梅、筱敏、张锐锋、周晓枫、于坚、鲍尔吉·原野等。这些作家的散文作品，特色鲜明，风格独特，诚挚内敛，从内容到形式，都作出了各自的探索和尝试，为当代散文注入了活力。从他们的作品中，我们不但能够领略汉语之美，更可以借此反观生活与存在，寻找人之为人的价值和尊严。

还有散文界的中坚力量和青年才俊，如彭程、谢宗玉、江子、雷平阳、任林举、塞壬、沈念、傅菲、吴佳骏、周华诚等。从他们的作品中，我们见到的，不只是中国散文的文脉传承，更是自由精神的张扬。他们文心雅正，笔力锋锐，不跟风，不盲从，始终保持着独立的思索和判断，在各自所开辟的散文园地中精耕细作，以崭新的姿态参与和推动当代散文的变革。

其实，细心的读者不难发现，入选本丛书的老、中、青三代作家都有个共性，即他们均在以自己的作品审视心灵，心系苍生，弘扬真善美，鞭挞假恶丑，充满了正义感和人道主义精神。这自然与时下众多书写风花雪月、一己悲欢，充塞小情趣、小可爱的散文区别开来。正是因为有他们的存在，中国当代散文才呈现出一幅绚丽多姿的长卷。

需要说明的是，有些重要的散文家，如张承志、余秋雨、王小波、苇岸、刘亮程、李娟等人，由于版权或其他不可抗原因，未能将他们的作品收录进来，我们深以为憾。

我们还要感谢北京立丰天文化传播有限公司的资金支持，感谢北京联合出版公司的精心编校，他们慷慨和无私的义举，对于繁荣中国当代散文创作、对于赓续中华优秀散文文脉、对于中国新时期的文化积累，均具重大价值和意义，可谓善莫大焉。这套丛书的出版意义将同《中国小说100强》一样，旨在给读者以经典的指引，这既是一项重要的原创文学工程，同时也是助力推动全民阅读和研究传播文化的公益工程。

郁郁乎文哉，中国散文有幸！

是为序。

2024 年 5 月 12 日星期日

（作者为全国政协常委，中国作协副主席、书记处书记）

目　录
Contents

001 ｜ 皖南小景

009 ｜ 月出松阳

022 ｜ 吹笛人之诗

031 ｜ 在永康

039 ｜ 苏北旅行日记

063 ｜ 口琴曲

078 ｜ 江南的冬天

091 ｜ 大热天头

116 ｜ 帕米尔花

180 ｜ 剑　赋

196 ｜ 秘密的温柔

206 ｜ 我对水的认识

皖南小景

砍柴人

　　砍柴人从山里出来。那是采茶的季节，山林松风簌簌。一缕小径横斜。但她们身影走动的那丛树林却看不见路。起先，我们听到风把她们的衣裳吹到枝丫上，听见人说话的声音，随即听见走路声，身子和树丛相撞，脚下踩碎了的落叶枯枝，接着她们慢慢走出来，和我们迎面相遇。

　　山里凉风习习。一整座山坡都随风荡漾喧响。那是寒食节刚过的几天。沿途映山红开得稀稀落落，但十分妖娆显眼，有时一整座对面的山峰只绽开了一小丛。那红色却从溶化在蔚蓝色天幕的山崖深处直直悬挂而下。花开得惊险，骄傲。

　　山中青石横阵。

　　看见我们，砍柴人的眼睛显得讶异、专注。

菜花

　　这里的油菜花简直像一片乡间的染坊，坊间性情憨厚的主人把经由自己的手扎染过的成品到处散播、晾晒。一块块山间梯田，沿河畔蜿蜒而去的坡地小路上。有时，在正对着一整棵村头古榕树的方圆十数里的平原田畴上，金黄抖擞的这种春季植物把村民们的眼睛占得满满的。菜花的绛黄色、火黄色的光泽甚至满溢到了高耸入云的村舍白粉墙上。连山谷流下来的溪流，河里的水也充满了这花的斑斑碎粉。影子在水里缠绕着一条三月里苏醒的游蛇。兴许，染坊的主人有大大咧咧、浪费的习惯罢。我们从来没有看见他真实的身影，连他的长相面容也不清楚。这里村子上的人谁也说不出他的名姓，但可以肯定是名中年精力过盛的男人。一名田埂上遇见的小孩儿（他正一大早赶去五里路外的学堂）说：谁不知道呢，那是一名为人耿直的鳏夫来着。

　　今天早上，除了油菜花、桃花、梨花，整个山野村落，我只另外看见两样东西：一丛丛的茶园和待耕的水稻田。

　　油菜、茶叶、水稻（一年两季）——这三样大地上的宝贝，构成延绵起伏的山里人在青山绿水间的风景。这古老的农事诗篇，门的楹联。

污田里的牛

　　牛在污泥的水田里挣扎。赶着牛犁田的庄稼人用一块拖在牛轭身后平躺的木板驾驭这悲伤的畜生。"吃，吃——！"赶牛的声音，最终被牛蹄子从泥浆中挣扎着拔出来的"扑哧、扑哧"的喘息声盖过了。牛使劲地低头、拗下自己粗蛮的背脊、脖子。它对自己的气力——看得出来——已失去信心。它以一种近乎无望的姿势向立脚点匍匐，恨不得能像直立动物人一样双手着地、趴在农田里。可是它的两只手掌变成了肌腱发达的蹄子——它必须做牛，必须实践自己的进化论。一头农田荒地里的耕牛。它的鼻息出着热汗，喷着水汽。它的不停摇撼的毛茸茸的尾巴和臀部可笑地被不断击溅上来的污泥所耻笑、沾污。甚至眼睑也被田里的泥水弄得湿漉漉的。

主人狠一狠心，在另外一次千篇一律，平均每隔十秒钟重复一次的转弯途中举手给了它几鞭子！

啊，那鞭子抽打在牛身上——像极了人因为绝望的生活而在地上顿脚——连连跺脚！

兴善坊

兴善坊门前的火炉。靠弄堂围墙排放的早点摊位，两张可折叠桌子铺了层塑料纸，上面放酱油醋筷筒辣子。摊主是一名中年妇女，外加她前来帮忙凑手腿脚不便的老母亲。后者在深狭的弄堂和一大清早赶着办事的顾客之间来回跌跌撞撞走动，不时递上一碗热腾腾的汤粉或馄饨。生意冷清了，老奶奶负责照看煤炉上的火头。洋锅子盖已经掀开，热气顺着高而陡直的顾客面前这堵明清风火墙直往早晨莹澈的空气熏去。

地上堆了一摊煤灰。一名山里挑担的小贩转了个弯，从弄堂口挤过身来,他赶完了早市,前后两只篮筐差不多空了。肩后那一只只堆了他身上嫌天气热脱下来的衣裳,另一只码着捆扎好的新鲜菜苔,正是水淋淋的时鲜货,刚上市一礼拜。菜苔上还有一盆卖掉一多半的腌咸菜。看上去山里人的口味是往这种腌咸菜里放更多的辣子。

"怎么样?"他把身前的货筐晃一晃,"一块五。"

"两块两碗。"女摊主说。

"一块五。"小贩执意,然后加了句当地俚语,"盛满堆尖。"

"不要。"泼辣的摊主掉头走掉了,她的家一定就在这牌楼倒塌了的兴善坊弄堂深处。

那小贩叹了口气,把担子歇下来,安好在地上。把身子往后靠一靠,紧接着,全身的劲头瘫软下来,他半靠半倚地歇在了弄堂围墙上。从口袋里掏摸出一根烟,以山里人特有的谨慎和小心翼翼望望两边,把烟点燃。看得出来,这是他在那一天早晨的第一次下定决心歇歇脚。他甚至没有为自己要上一碗热腾腾的汤粉。

那个动作颤巍巍的老奶奶——摊主的妈妈过来了。她没有还价。这下,别人才明白她原来是耳聋,并没听清楚女儿或媳妇刚才跟小贩之间那段对话。她马上拿来了盛腌菜的搪瓷盆。这边,着实让刚惬意了两口烟的小贩忙活了几下。他用一只海碗掬篮里的腌菜,掬满一碗,再往碗头上添扒几下,"堆尖?"老奶奶说。

"堆尖。"后者的回答郑重其事。

一小笔买卖做成了。坊间又有几名顾客走过来要早点。

我走过去一看,这样老实巴结的"堆尖"法,待那名小贩篮筐里的腌菜全部卖完称净,也不过还剩三两碗。

正对着县城大街的弄堂外面,忙碌的一天开始了。

廊桥

那廊桥在四面寂静的山谷，睁大了眼睛，仿佛一名活得太久的老农民，忘了自己为何出生、为何死亡。一名樵夫，黑黑的无人相识的樵夫，看见他时他只是背对着你，身背阔大高雄。但他已经老了。干体力活是他从前的荣耀。他甚至见过红军，见过山里的土匪仓皇从脚下的青石板路上奔突流窜。时世有时像一摊污水。现在已经干干净净。现在那里已经只剩下三月明净的阳光。一汪汪油菜地，出嫁日的红油漆嫁妆，红油漆桶。不，仿佛一名远古的渔夫身披蓑衣，竹编的、木结构的、石板条相嵌接的。连他那样经年的耳朵也长时间听不到砍柴的声音！那烟熏火燎的寂静时光，仿佛一只记忆的手掌。一册山里人家的《年代记》。山在他平展的怀里匍匐。巨大的廊柱上有一枚人的眼睛看不见的子弹。你屏息静气，你仔细搜寻，你能找到蜂窝般密集的箭矢影子。日夜风吹雨淋，但那尖锐的箭矢仍旧射中了目标。

木头的灰黯鳌黑中有山里人红红的脸膛。每天村子里的牛会走过这里。牛蹄子一旦踏上桥面厚实的木板，牛走路的姿势就变成那种古代帝王式的优雅。连它下垂的肚腹也得意了几分，显露出惬意和自信呢。

我遇见他，仿佛遇见了一把群山铸就的剑。

延绵的青山，处处透露出失传了的剑法（秘诀）的气息。我寻觅山中的隐士，无意中在一丛翠竹林间碰见他少年英武的眼睛。

太阳

  我在牛的呼吸里倾听这山谷，听到山谷的炊烟，村上人家千年悠久的动静，我让牛的走远了的犄角带我寻访，去往深山里的农田、旅舍、瀑涧、道观。我把牛和山当作一道圣迹。
  田野像古时铺展开来的琅琅读书声。
  ……想起一首古诗，我的耳朵豁然开朗——

  牛鼻"吭哧"一声！我自己的肺叶也就焕然一新。
  牛的昂起来的犄角，冲着中午的烈日。

  犄角冲进了太阳。

  （油菜被淹没在太阳里，油菜已经不是植物，而是一种空气的温度，一层肌肤。）

  太阳变成了土地，变成了高耸入云的山崖、植被、潺潺流水。变成了任何山里人赖以为生的庄稼。今年的收成就是太阳。啊，阳光，你是此地的羊肠小道上清凉的青石条板。
  一把镰刀从树上挂下来，呆呆地凝视这场太阳静止的舞蹈。

  天空深处一定有一只破碎的碗盏。

小溪

小溪阔阔的,清浅着,时而被裸露出乱石的河床弄出些声响来,有时你仔细听,水声音像极了孩子气的、或上年纪人想心事时的叹息——坐在自家高大的天井、青石门廊下。水中横阵的乱石把水流"咯咯咯……"弄出些声音,水声音也真有点像村里的鸡叫。但更像是山里人家男女间的情事,有些纯朴的风骚、撩拨意味在里面。山里人的爱情,也像这溪水一样清浅——一份古老的温存……

在村头转弯处,那儿忽然裸露出几层青石的岸壁。很大、很齐整——威严的模样。那里曾经有一处古代的祠堂。祠堂被毁以后,把聆受过训诫的空气留了下来。

村庄的名字,或者叫"秧尖、秋溪、汪口";或者叫"大畈、严田"……午后,半村的人都在两岸的滩头栖息。妇女们把锅碗瓢盏浸到冰凉的水里。老汉牵着牛赤脚涉过河床。

牛的脚碰着了岁月的明丽。

茶亭

这个山中石砌的凉亭已经了无生气了。走近它,甚至空气里也有一层不知名的衰亡、年迈。但是年迈又从何说起呢?唉……年迈仿佛在此,向下面长满荒草的石阶迈动腿脚。这看不见的走动掠过古老阴森的石壁。静悄悄地，不说话。凉亭久已遇不到欢喜的人了，那些山里的烧炭工、老农、猎户。他们曾依偎着古朴久远的岁月跟它说话，雨天里，把一捆捆湿漉漉的干茅柴堆在廊柱下面。而它一度给他们蔽荫的身子仿佛不久于人世的老人陷入了昏迷的神志里……不再知道山中的岁月是否犹有智慧和美……

当我走近它，仿佛一名无知而贪玩的顽童，鲁莽中打断了一名老人的瞌睡。

我在那张皱纹密布、迷惘的老脸跟前站住，停下来——感到周围的整个群山，回荡起一丝无声的愠怒——

群山之上，正是晴空万里。

我朝那大山深处张望——一条蜿蜒攀升的青石小径——不断有人类的足迹，在此消失……

不断有人的辛苦、勤劳，荡漾整个山林的芬芳，在微微摇撼蓝色闪电般倏忽不见的延绵山脉——

2010 年 11 月

月出松阳

独山

独山让我想起孤山。孤山在江苏靖江,长江的北岸。路人过江,踏上由南往北的行程,第一眼望见苏北大平原兀立的山峰,即海拔仅六七十米的小孤山。南通狼山,靖江小孤山,一字排开,都不高,但由于四野平阔,竟也一时显得陡峭。

独山在松阴溪旁的松阳岸,仿佛大自然的烽火台,依此瞭望四面八方状若一只农村浴盆式的松古平原。山的峭壁,像一面古时失传的乐器,王维诗歌里提及的"铙吹",对准远处的延庆寺塔,对准花见小村,深山里的璞玉,"钟"与"镜"的汉字榫卯,月池、宗祠、地坛、四水归堂;亦对准了松阴溪莽莽苍苍一路奔突的三十几条支流。

1906年,留学日本并在东瀛参加了同盟会的界首村人刘德怀,回国后在家乡创办震东女子小学堂,是为古处州境内第一所女子学堂,学堂旧址今犹在。

夏天。月夜。

几次和友人坐在江边大排档,抬头望去,正揽着对岸黑黢黢的独山。山的体积,好像从月亮上新近掉落下来。好一道佐酒的小菜!

兰雪集校笺

　　松阳有超过205座千米以上的山峰。有四通八达的山中古道通向浙闽徽三省。古道蜿蜒,近代多有废弃。那些堆满苔藓落叶的古道石阶,很像《兰雪集校笺》中的眉批、条目。也像一般古籍条目注释,均按时(朝)代、撰(编)者、卷次(或篇章名)排列。同时,正如专业的文史工作术语所言:"……古籍线装本页码也用汉字。"

　　古道两侧,森林郁郁层层,叠次向一颗"诗格浅弱、不出闺阁之态"美丽女子的心灵致敬。二十八年短暂人生,凄绝尘寰的爱情悲剧,留下《兰雪集》诗一百十七首。而山中延绵起伏的静谧深林,亦如这名泣泪涕零的女诗人笔下心灵的体裁,丰饶多样:词牌,小令,中调,长调,古体,杂体,近体,绝句,律诗,排律……

　　　　采苦采苦,于山之南。
　　　　忡忡忧心,其何以堪!

　　　　远山翠不减,
　　　　满庭摇空青。
　　　　坐对太古色,
　　　　终日有馀情。
　　　　　　　　(《幽居四景·山色》)

山家茅屋隔寒林,

独抱枯桐觅旧吟。

门掩无人飞蛱蝶,

白云垂地结晴阴。

(《伯牙》)

水电站

顺流而下的群山,在水中变幻岩石深碧,月白风清,时而如阵风吹倒的竹枝,时而如浪头簇拥的松涛。一时令人眼花缭乱起来,究竟山脉是水流,抑或水流是寂静的深山?

山中公路的转角,迎面而来一座寂静的水电站,生了锈的铁门开开,院子里竟落了几处铁锈。山里的水池、自来水龙头,古怪得就像远古猎户人家中挂壁的鹿角、兽脸。正午,炎热的太阳光无声逼视工人脸上的汗珠。在拧开的流到手背上的自来水"哗哗"声中,出现一头白垩纪时代狰狞的独角兽——它曾在辽阔的松古平原上横行。此水电站小院,正涉足它的地盘——

飞溅的汗珠,好似淬打铁器的火花,不时地掉落进黑暗——而非吞噬万物的白昼。

"若道士无英俊才,何得山有屈原宅?"(杜甫:《最能行》)

松阳土烧

松阳当地的土烧灌在矿泉水瓶里，灌在可乐大瓶，饭桌上一摆，街头巷尾皆可见。吃口火辣、苦甜，非常好吃的。其浓度相当于我们江南这边米酒再加工后的双套酒，堪称浙西南地方一绝，估计丽水地方各县都会有，但在别地还没吃到。有一种深山里的炭木味。我平常不吃酒的，出门旅行却顿顿要，和三两朋友相聚也要吃。有点馋出门，馋旅行在外的意思。上周在松阳，坐下来吃第一顿饭时，主人就劝酒，开喝。第一口，就嚷嚷开：比茅台酒好喝！我的意思是，不比茅台的入口差。另一方面，此类土烧，也约等于地方上的"茅台"。酒的滋味，实则是一方乡土，是这里的莽莽群山的口感。松阳土烧好喝，香，八成因为松阳溪，或者说：瓯江上游的水好，清冽、甘甜。

土烧便宜，像老街塌下来的门楣板壁。有一种街头修自行车摊的风味。一种老的菜场，路边摊，自家种的青菜菠菜萝卜味。呷一口，入乡随俗。主人若盛情，拿一瓶茅台出来，绝对拿不出土烧原来的亲切感，亦没有松古平原仙风道骨的质感了。吃在嘴里痒痒的、麻麻的，一如颓倒以后、腐烂在深山老林里的千年古木。

旧时的村落，环山而居。有一种溪流改造成弯弓形的水流，穿村而过，叫"腰带水"，寓意"玉带缠身"。水的出入口，叫"水口"。官岭古村落，有松阳境内规模最大的水口，四周黑压压一片长满了樟树、柳杉、香榧、红枫、红豆杉、毛栗、柿子等各色树种；此外，犹有大片竹林，风起时错落有致，树影婆娑。深山旧岩，获得了一种常年湿润的湿度。这风声树荫，也是一种酿酒术。山里的古道也是，仿佛一层层包裹在酒窖外部的稻草绳编。

看松阳的山景，仿佛嗅闻到一阵陈年的酒香。

——谁能想到？不远处的县城街头，还有一种这么好的老酒，在等着大伙。

斫琴图

松阳人应该弹古琴。松阳这个地方让人联想起"圣人之器"的古琴。松阳、松阳，一曲琴曲刚刚弹奏完的感觉，周围的空气慢慢恢复到了弹琴之前的寂静里。县城，有丝、木、竹、金等八音。在竹子上挖几个洞，在中空的木段（街道）上蒙一张兽皮，在木板上绷起几根绳丝，或吹，或敲，或弹的意思。大概，"削桐为琴"的松阳县城，有五根弦，也只有三尺六寸的大小罢。

"面圆法天，底平象地。龙池八寸，通八风；凤池四寸，象四气。"（《琴书》引蔡邕《论琴》）

"琴有四美，一曰良质，二曰善斫，三曰妙指，四曰正心。四美皆备，则为天下之善琴，而可以感格幽冥，充被万物。况于人乎？况于己乎？"

"颠波奔突，狂赴争流。"

"澹乎洋洋，萦抱山丘。"

"乃相与登飞梁，越幽壑，援琼枝，陟峻崿，以游乎其下。"

"……乃知古材皆可为琴，不必桐也。"（杨宗稷）

我简直觉得,中国音乐史上,应该有"松阳琴派"一脉,虽然事实并非如此。昔日陶渊明有无弦琴,我来松阳,也把整个县境保存完好的山水形胜,当成一床可随时聆听万壑松风的古琴了吧。这是一种风景的音乐样式。所谓的《松弦馆琴谱》,所谓独坐幽篁,万籁有声。中国的南北西东,还可能找见几个松阳一样的地方?乃至地方名?"古调虽自爱,今人多不弹"。

权当松阳县城,是一古琴名手吧。那么,"忧而不困,何福如之!"(刘熙载:《艺概》)所奏曲目,罗列如下:

《乌夜啼》

《幽兰》

《离骚》

《梧叶舞秋风》

《忆故人》

《广陵散》

《龙朔》

《平沙落雁》

《秋鸿》

《流水》

……………

"夫道,渊乎其居也,漻乎其清也。金石不得无以鸣。……视乎冥冥,听乎无声。冥冥之中,独见晓焉;无声之中,独闻和焉。"(《庄子·天地》)

西屏镇

听听吧,县城亦能弹琴,只要它足够旧,只要它的街巷、民宅、深山、院落、树木、村庄足够明月清风,雅致古朴,难道它不像琴之面板上的音品,不似暮色四合之际端坐在琴馆的老者?延庆古塔,不似"九霄环佩"?松阴溪的开阔平展,不似琴腹有长篇隶书铭刻的管平湖先生生前所藏之唐琴,仲尼式?琴的形制,难道不是河流的形制?落霞式、蕉叶式、列子式、伏羲式或连珠式?

音乐的终极,是为取得美好的声音。

公元199年(东汉建安四年)建县的松阳城,在时间的长河中,又走过了多少的艰辛坎坷?

街上,各种店铺里里外外的音响、小广告、电视机,摩托车"突突突"穿过人群,车辆拥挤,似乎一时都是人间嘈音。可是,延绵一千八百年的古老山城特有的音序,仍是可以听的,尤其夜幕降临,夜深人静之际,当山里的草木虫兽,各种生命,共同沐浴在比文明更为古老的黑夜的序列之中,周遭的松古平原,是一双多么深邃的睿智的眼睛!一滴露珠落下来,能够取得多么神奇的音色和音效。

打铁、制秤、配草药、做棕板木床……人们开始在各自的店堂忙碌起来,据传,松阳古称白龙,恐和境内山冈多雾相关。在古城设计布局上,体现出山区人少,崇尚生殖、祈望人丁兴旺的思想,故按女人身子的形体加以构思和配置,被称为"美人"城。县城的夜色,被誉为"最后的江南秘境"。文庙、城隍庙、太保庙、药王庙、妈祖庙、汤兰公所、洞阳观、法昌寺、基督教堂、兄弟进士牌坊,以及松阳高腔、板桥三月三、竹溪排祭、山边马灯、平卿祈福等古迹民俗，至今，仍活色生香分散在县境各处。城门、社亭、骑楼、堰渠、石拱桥、牌坊、宅第、庙宇、祠堂、古塔……"声闻于野。清音落落，自合韶雅。惟飞指以取象，觉曲高而和寡。"（《太音大全集》）

杨家堂

一个马蹄形。黑色马蹄铁形，村庄的袅袅炊烟深嵌在其水流渠沟金属的边沿，有着"春风得意马蹄疾"式的轻盈飘飞。站在山坳另一面的坡地上，似乎可以把团团锦簇的那一色块轻举起来，盈盈可握：明亮的深绿。在大自然中永恒的橙黄色。那种千村万户式土墙朝阳的一面，已在岁月的光照中訇然定格：仿佛正午延伸出去的海滩——不用走近去，已然能听到海浪的哗哗声，抽象的光辉和音乐，即使拉菲尔本人莅临在场；或者，伦勃朗的画板，其斑斓光怪，也不过如此，不过尔尔。在这个名叫"杨家堂"村的古村落面前（橙橘色调），时空、四季、风雨盛衰，完全统一成了风格稳健成熟的画家。"光学大师。""光之礼赞。"宇宙中间自成一格的暗物质。

我们好像被墙挡住了。各种土墙、石级、高墙、围墙。我们走近村子，似乎自身也幻化成了一堵堵的雨水印痕的土墙。我们新旧不一、驳杂剥落在上下坡的小道行走。这里的空气布满密集的墙的语言。迷宫语言。湿湿的墙体。因极度简陋而备感温柔。众人被墙体化、石化、钙化，被围墙包裹着了。我们纷纷在自己身上打开窗户，天窗、侧窗、透气小窗……透爽的山风吹来，每个人全部被"江南小布达拉宫"墙体式的黄泥巴糊住（红泥）。这泥块，正是白居易笔下呷酒用的乡下小火炉的那种"红泥"。冬夜,红红的火焰自炉底不停跳跃、蹿出……

调色板。大海。光照。高山阶梯式层层梯田。古老农事的闲适。夕阳西落,已备感艰辛……

呈回

我两次去呈回古村,都没看到除村民以外的一个人影。而村民,也只有三两个人,三两次照面,一个颓然锄地的老人。一个扛着山里砍下的毛竹一大捆走路雄昂的中年人。一名吆喝着在竹园旁喂鸡的农妇。然后:村尾一口古井。我已有好多年没看到这么莹洁澄澈,生龙活虎童年般清凉的井水了。借菜地旁的吊桶,吊上一桶来喝、洗手、洗脸——立即听到了古村落空空的千年深山里的回响。听到水声洌洌的《百家姓》,听到水里的炊烟袅袅,村里孩童的课读声。小牛犊的稚嫩舌头以及连绵的茂密的青草,井水声音相碰青石井壁上斑驳残缺的《论语》——相碰山里人家的片断人生——相碰竹园上空的雾,夏天里的冬天。秋天里的春天。春天里的秋天。冬天里的夏天。井壁,谦卑的往昔的脸。

整个古村落,静谧空寂得让人心慌。古老进了人的鼻孔。闲适到了新奇的地步。每走一步路,都恍若进入一个午夜时分的梦境。没有一个村民活着开口,跟我们说话。据说,村落座落在六百多米海拔的山坡,比海拔865米,面积更加大的庄后村路略低,但比杨家堂稍高。而且,后者的村民先祖,全是从呈回村这里迁移过去、繁衍生息而成。因而,呈回村外貌上,有一层婴儿古老的胎衣感,也即,由于它的小、偏僻,它保留下来的时空隧道,更具世事盛衰之沧桑。它是宋琴,而非明琴，琴弦的音色不一，声音更加小、喑哑。村子悬崖上的参天大树，将屋宇耕田遮蔽得严严实实，如同一群畅游在溪水中的鳜鱼，鳞片闪着水渍。整个村庄，有一种不谙世事的出家人气质，仿佛入定的老僧，多年面壁，自有一种寻常没有的肃穆深沉，在路人脚底下油然而生。

村落，像礼佛用的佛龛，常年虔诚的烟火，熏黑了包括空气光线在内的一切。村子后面，有超过1000多棵的百年古树。其中，11棵高高低低，生长在村民必经的水口。所谓"四山环抱一水绕"。正对应呈回两个方块汉字的偏旁比画。四山，即村落前方由东向西依次耸立的笔架山、谷堆山、元宝山，村落后方同样由东向西的铜锣山、滚鼓山、七尖山……。所有这些山岭，又正对更高的名叫"谷堆山"的山峰。群山，将此小小的村落团团呵护。一条清嘉庆年间的青石板道穿林而过，浓荫匝地，古树氤氲。唯人的姓氏，在荫凉间闪闪发亮。

第二次走村子里的石板道，走近那口古井，我不敢相信我曾来过。我一时怔忡：除了远古、古朴、古老，这座村庄已不对外界吐露片言只语。如同深闭的蚌，朦胧中内视它深海熠熠的那粒明珠。

斋坛

或许，有过别的山居生活。但像我这种从未在松阳深山里住宿的人，说话会有多么不靠谱！

松阳不比江西婺源，婺源有朱熹、江永，有宋明理学。有最明晰意识的徽派建筑群落，亦保存得最为完备。婺源的地貌，都为古黟地，也即黄山山脉的外延，甚至逶迤成半边的丘陵沟壑。中间，亦有古道、凉亭、歇脚亭、旧的宗祠书院。主要的差别在于，平原多面积，起伏错落。在婺源境内，路人一会上山一会下坡，节奏一如西方爵士乐，恍惚迷离。松阳境内，就一个完整的平原，四方平展开的松古平原，其余皆四围合壁式的深山老林，终年云雾缭绕。在松阳，旅人只要一出县城，几乎立即就要登山。不进深山，几乎看不见那些藏之深闺的古村落：石仓、下宅、六村、七村、界首、斋坛、黄岭根村、酉田、官岭、赤溪、横樟……全在深山里，都有些不为人知。除了一个根据古老的阴阳风水术成型的山下阳村；在松阳旅行，大都在连绵环绕的山道上。小车、中巴、客车，都在爬坡，走盘山公路。庄后村，山道能够通车的部分，夏天刚刚完工。有些深山还在修路。路窄窄，大多简易的类型。驾驶员往往出一身黏汗，惊呼（我就坐在最便于观景的副驾驶座）："……下回有人再来，要切记两点：一、要预备新车！驾龄长的老车根本爬不了；二、驾驶员一定四十岁朝上，10年的驾龄以上！"他一边流汗，一边猛拧方向盘，动作一如误入原始森林的伐木工人。

我来松阳，至少三次以后才意识到这里特殊的山路、地貌、路况。如此完整意义上的深山里的县城；如此繁丽，堪称华丽的自然风景，一个人匆匆来去，根本看不了，也看不大见什么，光山路之颠连，就够人受的了。

松阳县城，也许是中国可数的几个一出城就须去往深山，去爬山的小城之一。

山和平原之融合、差异，构成松阳地方特殊的魅力，再加美丽如歌的松阴溪。

平原、山脉，被一条真正典型的田园江南式的河流缓缓围合，双手合十。

松阴溪，浙江省境内第二大河流之上游部。

一阴一阳，谓之日月。

西归道路塞，
南去交流疏。
唯此桃花源，
四塞无他虞。

这是880年前，北宋状元沈晦在松阴溪旁吟出的诗句。

窗外

夜深人静时，我希望我的窗外是延绵的群山。希望自己（甚至想象）是个古人。我生活在古代。周围是"终年似太古"的深山老林。我果真听到了风声，像是从广漠的森林茂密的高山植被上吹过。一种类似松涛般的"嚓嚓、簌簌……"声。也许是下雨了，但又不像是雨，是些树枝被风吹倒在木头房檐的刮擦声，缺乏一场雨落下来时的空气的重压。我在温暖的被窝里甚至觉得寒冷。窗外，天色黑得真像是在山区，一种人迹罕至的山里人家的幻境陶醉了我。为什么不是呢？我有什么理由不活着同时是个古人？我居住的地方，为什么不是松阳？有任何省份、县域，有比闽浙赣三省交界处更偏僻神秘的吗？这么多密集的崇山峻岭，不为外界所知晓的森林、乡村、河流。空气永远停顿在黎明前夕最微妙的沉睡时段。世界永远像是在天蒙蒙亮的清晨时分，甚至太阳还没跃出云端山巅。山里的生活不需要太阳，有百兽活跃的月亮足矣。我为什么不是活着的野兽群落的一种？为什么不是树上高大的枝柯悬落下来的一条蛇？满足得不言不语，只在幽暗天光里

"吱吱"作声？我在我的爬行途中，难道需要发明文字和语言，作自身命运的记号？我为什么不是山上的草、小径、荆棘？福建、江西、浙江……对于植物而言它们是什么？通过睡眠，我好像正在生命的本原体内部穿行。来回逡巡。岩石般嶙峋、沉静的风。从远处吹来生命原初的意图和气息。谁从这深夜的风中嗅闻不出山野林泽的致命清新，谁就无权活到天亮。大山，像松古平原周遭那样的崇山峻岭，随时在我们的身边，时刻围绕着我们，仿佛母亲、渡口、入殓师或收尸人。

在时间的旅馆客舍，我们终得以平静入睡，恬淡如梦；因为坟墓就在身边，你熟悉的屋子里。坟墓就在书房、卧室，甚至卫生间微弱光照的灯盏位置——在这些风声里。在黑暗深山的荒僻的小径。

坟墓就在窗外。我每前行一步，就把自己埋葬。

2015 年 12 月

吹笛人之诗

一

那一年我旅行走到江西婺源,正是清明刚过:采茶的节气。白天所见的山麓,漫山遍野都是采茶叶的女人。几个村子废弃的大祠堂,都有焙炒茶叶的炉灶和机器,在那里转动。我在经过一个山村副食店时听一个坐在店柜台内老眼昏花的老人在那里自言自语:"……每年到了这个节气,天都要下个几场雨的——"我问他:"对茶叶会不会有损害?"他望了望雨中迷漾的远山,摇摇头。傍晚时我淋着时而间歇的热烘烘的小雨,仍旧回到那个山里的古镇,忽然听到一阵笛子声音。那时山里山外的油菜花都谢了,前一两星期开的红杜鹃,仍旧光彩照人,只是经雨淋了,湿塌塌的也少有一些娇艳的颜色。紧跟着村前村后的树下、房舍四周,白色的野蔷薇也开了,开得如此惆怅、灰暗,因为连日来的春雨在它洁白娇嫩的花瓣上冲掉了香气——但江西婺源一带延绵的山区,村里村外多种植一些古槐古樟树。不知为什么,雨后的这些参天古木,香味更加浓郁,使得水稻田里那些湿鼓鼓的蛙鸣和细密的雨脚,闻起来都有一阵甜甜的香气。我在这些古樟的香气和细雨中听到那阵阵奇异的笛声,我循着声音走近过去,却发现吹笛人原来是在一街头灰暗的店铺里吹。那店铺的门上有块白牌子,上面用油漆书写着"某某村庄稼医院"几个大字。我还第一次遇见这种医院,因此毫不踌躇地就走进去看。照例是一排老式大户人家的宅邸改建的厅堂,正中央放一排漆水颜色很深、发黑的、灰尘污垢处处的旧柜子,柜面一半是木板,一半玻璃做的。后者的底下垫板上陈列着三四只瓷盘盛的糠秕稻谷麦粒,大概是患了病的粮食种子,放在那里展示,随时可以取一小撮来供"看病的"农民参考,或者是我错误的猜测。总之,大到三十平方米的店铺,一面柜台和三四盘糠秕,便是他——此地的店主仅有的财富和不动产了。店主正是那吹笛人。我走进去时,他仍若无其事,一管笛横在嘴唇上,吹得正起劲——他吹的曲子是五六十年代旧电影的插曲,先是《芦笙恋歌》,继而再吹《海岛女民兵》,曲目谈不上特别高雅经典,但也不能说是平常,跟一般乡村里流行的吹奏,要稍许古旧些,带有——我以为——更多的个人记忆,可能跟吹笛人自己的年龄经历、童年的生活有关。两支曲子,一前一后,都酷肖中国乡村传统古老的民歌,都高亢激昂,有着古怪的过去年代革命和性的激情,而又有一种情窦初开的乡村风味;一种特殊的少男少女迹近于青春期的忧伤……歌里都有爱情、理想、对岁月的追怀、大自然。在那个仲春的黄昏里,从一管偏僻乡里的无名的笛孔里,以一种自然的激情流泻出来,在屋宇房梁,乃至整个村落的上空飘荡……——我立即被这忽如其来的笛声迷住了。我平时凑巧喜欢那两首中国曲子,也无事常在嘴里哼唱——我在雨天灰暗的光线中瞥了一眼那吹笛的男人,立即记住了他的模样——我走出这家"庄稼医院"——走到山村旅馆里去,又半途折回来——在街口淋着雨——雨不大——侧耳聆听——边听边在心里跟着哼——他吹了有十来分钟——几分钟后,我干脆给自己找了个理由,重新走回镇子上的旧街，到前面副食店去买包烟（烟其实在旅馆的桌上），以便再经过吹笛人所在的店铺。我在街角一空地上，在雨中点燃香烟，蹲在那里屏息静听……

我回忆这些时忘了交代，那吹笛人的"医院"门前当时还一左一右坐着两个乡下女人，坐在长凳上，一个是少妇模样；一个看上去像个小姑娘，却已在胸前抱了个婴孩，成了乡间常见的那种邋里邋遢的小母亲。这位小母亲长相却很美，地道的山里人的苗条结实，一副亮晃晃的眼睛天真、多情，全无顾忌地望着你。我在店里前后逗留一分钟，又从门前经过，她都十分仔细地注意着我，一边轻声唱出笛子吹出来的曲调的歌词。她的声音淳美、温暖、无忧无虑，迹近于快活天真，词和曲子之间的配合漫不经心，却又天衣无缝——我在回忆这段美丽的乡间笛声时隐约能记得她的歌唱和嗓音（他们经常在一起唱和）——我记住她的眼睛在傍晚暮色中的那种亮：淳亮。

吹笛人却躲在他灰暗的店铺和柜台后面，身手修长，面目清癯、苍白，略带一点乡下人少有的优雅矜持——后者是横在他唇角的那管笛所天生带给他的——看上去有一点傲慢和欢欣，有一点点色情，兴冲冲地，却又显得怅然若失，仿佛出家遁入空门的和尚，却又忽然有了一些俗念，因此而——并非烦恼，但却——忧心忡忡，或者说（他的笛声里）……有某些忧心如焚的意味，却又无知无觉，毫无来由。那管笛的音色很亮，昏暗中我来不及细看，是竹笛还是石笛——竹笛，又是什么样子的竹笛？——石笛，古代婺源地区，或古徽州一带素有制作世所罕见的石笛的传统工艺——莫非我亲耳所闻，正是古书上常提到的玉笛——那种玉石制成的笛子——发出的声音？

二

　　在笛声悠扬之际，四野的寂静却仿佛漏开一眼天窗，豁然开朗。雨水冲刷过的灰黑泛白的村舍——那些旧祠堂的风火墙，层层叠叠的天井门罩雀替木雕；都纷纷有了些生气。一缕唐朝（天宝年间）的光漏射进来，照进大梁上题词的额匾（"忍涵喜骨"）；照进那中间褪尽了的墨迹；照进中堂的字画，村前大树下潺潺的小河，门楣上书有"山清水秀"的汉字中……也照到门前两块青石制的抱鼓石上——那激越笛音的阳光，照到无名的乡里如下一副对联上：

　　　　看花寻径远，
　　　　听鸟入林深。

　　　　清风明月本无价，
　　　　近水远山皆有情。

或者：

　　　　漫研竹露裁唐句，
　　　　细嚼梅花读汉书。

三

在笛声悠扬之际，我所途经的古镇的街道更黑、更破，夜色也更加灰暗。人类的辛劳消失、沉积在其中。祖先的威仪和面孔，也更加无名、颓败、黯然失色……

  一管笛落入傍晚的水中
  溪流激溅的
  青山，飘满炊烟，
  犹如飞鸟掠过田畴；
  鸟腹徒然遗落下一副空空的犁铧。

四

那吹笛人脸是黑的，脸的另一半却是白的，仿佛徽派建筑的木雕里的人物，身子微微向前躬着，而且还有点生着病，像是木工手上的雕刻刀缺了一个角。黧黑的脸沐浴着四月的清露、田间的蛙鸣、田野之上秧鸡的声音、布谷鸟的啁啾、杜鹃花的娇艳。他的神秘的笛音在古代歌唱现代的爱情，声音自群山翠谷的喉咙间流贯而出。那群山的喉咙幽暗、深古，是任何收获节气的艳阳天亦不可——必须采用佛法的宽宏无度去——测度的；或者……基督的爱心——才可在乡间居家的悬崖峭壁上冒险采撷，而且跟其他植物里的蕨类混同生长，最后由一个人的嘴唇去长长而轻悄地吹出……吹出那山里的春天、女子的恋爱、古代的吻、岩洞内的石笋——吹出石头喉咙里的温热的古泉，雨中潺潺的溪流，古书上所记载的竹海，婺源的砚石，春心荡漾的徽墨……一直吹到古代山中的驿道上辛勤吃苦的徽商背影（慢慢消失在山里，而且因为更便于记忆）以及木格花窗上的霜花；纤夫们在激流中用赤足抵住的船帮溅起的河床底里的砂砾……那神秘的笛音当空竖立，也是人类音乐史（声音的史实）上座北朝南的一堵石头围墙：马头墙。其吹奏的微妙气息，出自同一个造物主的腹腔，是群山中不可见的肺叶；吹笛人之诗吹笛人之身影是古代徽州的辽阔疆域中一个不可磨灭的地名（用当地方言来发音）：

歙县。

那吹笛子的人是婺源人——是我的记忆。

五

在人生的途中，我们每个人都会遇见这么一管笛。在这样一个节气——采茶叶季节，或飞雪的冬天——这样的一个黄昏：天上的颜色渐渐暗下来，暮色四合，蛙声阵阵……在农田里激起夜的声浪——你的眼前又是一个无名——无名而偏僻——的村落。你的身旁久已没有亲人。而由于旅途困顿，你身上一部分对于欢乐的感知已十分迟钝，已经像一个失忆人的手，盲目、徒劳，那么紧张地向前摸索。是的，对于这样的乡间天籁，这样一种明亮到晃眼的笛音，或许，我们的一生都是一小次荒山野岭中日夜兼程的旅行（我不说流浪——）。我们的一生都是其内在灵魂跌跌撞撞、孤寂地前行。我们要被某种光束所照射、尾随。我们会在尘世的记忆和时日的污垢中袒露我们可怜的脊背——这正是伟大的俄国诗人马雅可夫斯基所言：《脊柱横笛》……是的，在我们命运的背上横着这么一管黝黑的笛——黑暗中我们用手摸不着它（尽管很想）。由于长时间的熟稔以至于我们中间的很多人忘却了它的存在——笛孔的冰凉、笛膜的脆薄、笛身的滑溜——直到有一天（像我遇见的采茶叶的节气），有人在你耳边吹响、吹醒它，悄悄——几乎悄无声息——吹出一个熟悉的曲调，使你一惊，使你沉睡多年的灵魂为之悚然……人所有的反应，也只是动物的反应，只是自然界其他一切生物的反应——战栗。黑暗中的战栗——任何世俗的光亮也照射不进来的、无助的、无以名状、也不可慰藉的战栗——一管笛的笛孔和笛膜所引起的微小症状：歌唱、欢乐、遗憾、回忆、顾惜……以及——一管笛中的往昔（是时间在吹响，而非口中的气流）。

六

是肉体的冰凉气流和听觉结合，犹如溪流和霜冻、和积雪、和岩石、和暑热的山中向晚的斑驳日色；也是手与手在暗中相牵、勾连，用手指头上的肉和纹路相互温暖、问候。我所看见的吹笛人站在他的"庄稼医院"里——黑乎乎的柜台后面，也站在雨中，雨中废弃了的祠堂跟前，他的门前坐着两个乡下女人，一个不久前还是姑娘，另一个刚做了母亲（哦！田垄之上有多少被风吹拂的忘却了的出嫁日！）可是她们仍旧是欢喜唱歌、欢喜声音温柔地梦着爱的，虽然漫不经心——一切美,一切美德都是漫不经心的美德——抑或,在我途经那个古镇的前几分钟,吹笛人刚刚经受过她们烂漫的笑语中的调情和央告,用着慎思的手,从柜台抽屉里取了一只木匣,那木匣上刻有精美的吉祥图案。他打开木匣(这些我都看不见),试了试自己的嘴唇,要用唇际足够的体温濡湿孔上的笛膜,而后试奏,而后吹起来——空中有一股看不见的气流,是所有气流中年龄最小、相貌最美的姊妹,现在被沉寂多年(至少在我的体内)的孔眼所窥见——于是,我从镇上、从我自己的黑暗人生的另一头,向这些声音,这些美丽亲切的笛音走来……翻山越岭日夜兼程——

我的灵魂也在这朴素的乡村,开始歌唱人类——或者不止是人类的——爱情:

　　阿哥阿妹情意长哟
　　就像那流水向东流……

七

那一年我在婺源的山里听到一曲笛子,却从此悟却了乡村的寂静,和它所有辽阔深远的疆域。我的耳朵在建筑物的阴影中张开,微微翕动,听出了徽派民居里常年的生育劳作憩息,作为声音的建筑蓝图的那一部分古奥的内容。我听到了人在庭院里清静的走动,房屋中次第的主人、子孙、亲戚、家眷、佣仆、各式身份的来客和官员们不同出入的门廊和过道,按严格的等级制度所分派的人的脚步声、说话声、咳嗽声……而作为过去年代残剩的建筑物废墟的，首先是不可修复的声音的废墟。某种程度上，一个"文革"中被捣毁的大祠堂、大贞节牌坊，当年所轰然倒地的，远远不止是它的精美的石料、石雕、石刻，而是中国人声音中古老的空间——古代训谕，乃至牌坊或祠堂主人幼年时琅琅的读书嗓音——一种无可挽回的作为空间和声音的古老梦想，也随之而颓然坠地。这样的一种声音的废墟里，布满了断裂的伦理的柱基、柱础，美的石料，饮酒赋诗的木头房梁，弃官从民的马头墙，道德的天井结构和戏曲章回的雀替——这样的一种声音史实，是作为木雕上的人物头和脸被用粗暴的铁铲削除了的古代中国读书人——也是老实巴交的种田人——的理想。在一些现存下来的旧的深宅大院里凝聚着祖先们瞭望星空时的屏息静气，他们幼稚而古朴，但却不断更新的天地观——自然，一些过道和回廊是他们的呼吸，墙上的青砖是他们的心跳，所选建筑用的石料（自遥远的深山里运来）是他们对家园深思熟虑的梦想，而房梁之间特有的阴凉空气，是他们的血液……人们可以修复一幢精美宅邸的房檐、门洞和窗罩，但却修复不了一种声音，一种声音的次序，一种寂静。这声音里包含了多少千秋万代，多少历史上的中国人对水流、山峦、空气和月夜的认识。对生命的沉思，对阳光和阴影，白昼和黑夜的清醒体验——这一通过人类的建筑来表达的生命体验是全面的、彻底的，也是原始的、自然的——如今，这自然已不复存在，或者至少：微乎其微……

——声音是难以修复的，正如沉寂——正如吹笛人的戛然而止。他的残损面容，他的门前坐着两个木讷而天真的女人。他的遥远而黑暗的室内一角，站着一个偶尔途经的我——

1996 年

在永康

赫德离开中国时,乐队在北京车站列队为他送行,演奏《可爱的家园》,这《可爱的家园》风光旖旎之旋律,也可以叫作《永康》。

方岩的山顶上,有海拔并不高的一条小街,名叫"天街"。店铺十几家,多售香火纸烛,面朝不远处的"胡公殿"。终年香火缭绕。胡公名胡则,是一名古人,其名其殿,在永康历史上营造出了一种南方山里特有的缥缈虚幻之境。进入永康,游人必游方岩;爬上方岩山顶,亦必步入"天街小雨润如酥"的"天街"。我第一次上去是在1996年。我最近一次登临是2015年的5月。

天街湿湿的,中午之前上山,山上露水很重。山如左右周折的屏风,被游人的惊奇叹服,画出各种轻松自在。

山上凉凉的风,顿时把新出的一身热汗吹干。爬方岩不必出太多的汗,但不出,似乎也不可能。像郁达夫当年来永康,坐滑竿上山,毕竟不多见。今方岩山脚跟头,乡民的滑竿(轿抬)还在,但一个上午,也没见几桩生意。

方岩郁郁葱葱，如神奇驻颜的妙龄女子，一直不长大的，一直正当年。酥胸小蛮腰，而且后山的风景更是私密。整个山谷围成一个突显的喀斯特地貌，裸岩壁立之深谷，好像是用大的围栏从直升机上悬吊下去的一个花园。人站在山顶往下望，简直不可思议的美丽。江南的美，一时汇聚到这里神秘的谷底。天街，也蒙上了一层妙龄女子的婷婷面纱。好像两个作曲家在室内吵架，经过的路人，却只听见了音乐。

古人游山玩水，不宜过累。因为全靠步行。永康的方岩风景，正适合此古风，因此从古至今，此地香火游人日众。今天，外来客到方岩，没准会气恼不屑到把嘴巴撇开，会争嫌此地方圆空间之逼窄。走走路，至多也就大半天，半天日程，前山后山，包括民国时浙江省政府旧址，包括那个藏匿至深谷的古代书院，一口气也就走完看尽了。再说，今天中国的南北，好玩景区太多了，像方岩这里，难免显出了土旧，显得过时和小气也说不定。可是，正如赫德（罗伯特·赫德（1835年2月20日—1911年9月20日）——当年清政府的海关大员，临离开中国听的乐队演奏——我本人所爱，正是这方岩在今日中国之小和旧。这山的本色，守旧过时，返璞归真，也不很累，正是我所适意者。对我而言，去一趟方岩，就好像平常的散步，出了花园，到不远处的农田田野上悠游、转悠了一番一样。

也许我喜欢上了这里的胡公殿，山上纯粹江南的佛教香火，又兼有点道家况味，又沾带上一点永康名人陈亮和辛弃疾的君子之交，或者说，儒学的古旧味。我所说的这些，在方岩这里是日常流水，天天跐得到游客眼睛里去的。

去方岩，等于重访儿时的天井庭院，也不惊异，也不厌烦。也不紧，也不慢。山峰本身有的仙风道骨，一时笼罩在游人心底，不知不觉中，山道已崎岖，人已渐入云端。同样，这山峰亦像一壶初冬时辰微凉的黄酒，之前在炉火上温热了，烫过，端下来待客，等了时间稍长稍慢了，酒温冷却，但人的手掌掬抱住壶，一焐，还有微热，尚漾余温。捧啜，入口正好。

山也有老黄酒的本土味，并非土得快掉渣那种。酒味本身醇厚清淡，呷一口，满口纯真的土绍香。

郑愁予有一次在温岭。天黑，八十好几了，满桌待客的名贵好酒。他独返身上街，找那种灯光昏暗的小副食店，说是要买本乡市民常喝的便宜黄酒，结果买到一种8元的"土绍"。用青瓷瓶装，封口也颇考究，酒味，开出瓶口，顿时醉入心腑。郑诗人一高兴，买了好几瓶，返酒店予众人，我也分到几杯，又私藏起一瓶，那故事，那劲道，那滋味，非永康方岩的上下方圆，青绿世界，嗟可观照。

方岩已经不名贵了。但也更罕有了。

起先，人们叫一方田畴谓"永康"，流经本乡本邑的那条河流叫"永康江"。千百年后，江上建起木头廊桥六座，其中一座叫作"西津桥"。于是一个地方的人文时间，经由一座古桥而凝固。看看那座夜色中，胡琴咿咿呀呀的古廊桥上的精湛工艺吧。那江水的工艺，千古水流常青，山水人物碧绿。桥上行人脚步声喑营，桥下一派水声静寂，仿佛深刻在大木料上的木工的锐创凿刀。

江水悄无声息，像一个人静静坐在房子里。黄昏永康江仍旧像是在清晨。而清晨的江面宛似深夜，如夜黑般的深沉，水面有一种人们做梦时想要去徒劳地挽留住身边人的睡眼惺忪。两岸的树丛和厂房，远看，亦和水流浑然成一体。厂房空地、建筑工地，树丛垃圾，被机械臂切开的河滩和河床中央高出的青草滩也在流。空中的飞鸟流逝，白云流逝。远端的山峦，旧城新城的难分难解流逝。堵车的桥头行车道交警桥上的电瓶车流逝。一个女人的美貌流逝,新近下车的女中学生,她手里、她胸前、她书包里的课文书页流逝。她本能地在街头伫立,迟疑一小会儿,用双臂护住书包里书的重量——那重量也流逝。有一种不可见的水的力量介入此情此景。重量和空气坠落,根本抱不住;或者说:根本无法完璧,来不及走路。来不及活下去。江水汤汤顿顿,像一餐美食中不停搅动的舌头,根本无法归赵,书写它的文明史,至少,也只一人独坐,独坐在书斋,独坐在古琴背面的徽上。街上的风流逝,形成五月江水般的水波纹。没有多少人停下来听一听这浩荡江声,正如偏远乡村的葬礼上,没有多少人真正注意到丧亲的家人在号啕大哭。原因很简单:极端的苦闷和绝望根本哭不出声。正如这傍晚的永康江,你站在江边什么也听不到,一切悄无声息。左右悄然无声。你能听见的只是枯蝉秋虫、一阵风吹动一片树叶,好像盛放到胡公殿上去的香火。好像庙里的签据(我也不知道是什么)。江水流经永康县城,好像庙里的香灰被撵落,像旧式密纹唱片所保存下来的声音的喑哑。泪水从一名盲人的瞎眼窝一点点白白落淌,大致也如此吧。有时我感觉江面的某一段有某些冤屈;有时,它像今春踏青的景物深处少男少女的欢情。它在一棵树下,像是直升机的停机坪。它在湿漉漉树丛里,像是在空中。它的落日宛似朝霞,它的晨曦又缥缈无常像金华城里的尼姑庵。像郭台铭的企业。像国际知名的微观史学或近代早期的伊拉斯漠(人文主义者),富有某种中世纪的骑士精神,富有静谧的庄园主式的在其黄昏的领地踱步。有时,江水像独自去往特洛布里安群岛考察的波兰籍人类学家马林诺夫斯基。南极地平线上只身前往的白色科考。其境遇完全不被人注意。像一本古籍:《论基督徒》(汉斯·昆)。

在我酒店窗外的永康江静静地流。其安静虚薄,足可以安放、置放一床古琴。"山光浮水至,春色犯寒来。"南北朝时期,公元494年春天的午后，金华太守、吴兴人沈约乘挐泛舟，畅游此水域，在这条河上留下一台时光放映机，一部仅可供文人反复观摩的老电影：黑白无声片。正如后来的彩色电影早已失去的电影单纯的艺术功能或无声而古老的感染力，江水，亦早已失去了它的青春。

  这种文人放浪形骸的江水正在其本身的自然流向中不断荡漾而求诸内心的现实图景。水流本身亦像20世纪70年代大街上跑片的胶卷。"余自少不喜郑卫，独爱琴声，尤爱小流水曲。平生患难，南北奔驰，琴曲率皆废忘，独流水一曲梦寐不忘。今老矣，犹时时能作之。其他不过数小调，弄足以自娱，琴曲不必多，学要以自适。"（欧阳修：《三琴记》，外集，第十四篇，作于1062年）。窗前，我怎么觉得江面上，有1062这样的数字图形呢？

  江水，一朵凋零的花，尘封在昏暗的大河两岸，渐渐地枯萎。"弹琴于密室中。"好像几案上一部明刊本的传奇；像一张古琴名"冰磬"。所谓"宫应商鸣，击玉敲金，怡情养性，中和且平"。……一个一个的小篆，不断自江面涡流中涌出。

  "……越富于幻想者吻得越好。"（沃尔夫冈·M·施莱德语）

  江水向上流，向下流。蜿蜒过农家的田畴。黄黄的土驳岸上青草茂盛，低低的茅屋水车，如今矗立起了高楼，似乎比古时农家的茅棚更原始荒凉的楼盘。在自然界中，荒凉也有新旧之虞。今天的永康江两岸，多见崭新、簇新的荒凉，欧式高楼电梯房，有的过高，有的孤零零少有配套生活区，似乎一个持戟英雄，一时间到了陌生地方，尚不能入乡随俗。明晃晃、傻愣愣地原地站着。江水可不理这一茬，照样和照旧地浑浊湍急，不古不今，不生不死地流淌。风景一时新。时间将要证明，此地最时尚的元素，终究还属这条蟒龙似的江水。站在酒店十九层，或十一楼，江水闪烁，镇定。把古往今来发生在这块土地上的一切文章史实、一切变故惊奇，尽收眼底。大诗人辛弃疾的马蹄声得得。五峰书院落成当晚之盛况。杀人越货的山里土匪们，向着村镇上一座老宅蜂拥。月黑风高。深墙红杏。吴兴名士沈约，常熟人黄公望，山东来的李清照，一波波疯狂激情，全随江流远逝，好像去年的冬天，留在行人记忆里的月白如霜。

月白色的江水，似乎不受自然界光照的影响，自成一个隐秘光源，自藏起一个地穴发电厂，夜里看来，仍汩汩地喷涌。岸上多是大排档、小吃店，吃龙虾人，以短促无常，去蘸取温凉的江风，博一时之人间喧嚣。一座城市有一条江，横贯两岸，使这方乡土顿时低伏逶迤起来，好像寻常百姓人家，有了写字用的毡毯，有了笔墨纸砚。想起这里民国年间的书法大家：应均。江水仿佛通过一个应均的名字，念想问候着另一个人。是的，一个人物背后，必定隐藏有另一个匿名者，一个更加籍籍无名者，乡间诗书耕读者。在应均先生的上面，有于右任，有永康江；在他下面呢？有什么？

生逢乱世的江水，忽然挥毫蘸墨，写起了狂草。水流炯炯、汤汤、突突。水流崆崆。似乎佳人自在高楼。似乎铜钩铁画精微。不遗余力，然未能窥彭泽数纫也。

永康人应均（1874年—1941年）。初名万春，字敷华，一字仲华，号晓村，别署师竹轩主，晚号松石山民，在乡里开一家酒店，一生钟情于书画，勤勉不已。他留下的兰花墨迹，如大风吹乱的树枝。其书法造诣别开生面。他临帖众多，尤其对魏碑深下功夫。三伏天，盛夏酷暑，特喜练大字，又说是人在大热天里腕臂比平时壮健，便于伸展，练出来的字不易走失。他练写小楷多抄书，整本整卷地抄写《东坡全集》，57岁那年（1931年），一年里春秋两季去杭州的西泠印社，搜求拓本印谱。"不即不离任此身。"其流传乡里的遗墨遗作，虽书法亦声情并茂,粗头乱服中,似带泪痕。

我去郊区一茶楼品茗,壁上赫然一巨幅应仲华字,顿觉口舌生津,满室光辉。字与人俱在,穿墙逾壁。蔼然一乡里读书人。目光炯炯,布衣长袍,不修边幅。指头,袖襟印有酒痕墨渍。满屋子别人言语,我独只听闻他说话声音很大,声若洪钟。一口口的永康乡野方言,多数听不大懂,独书法无方言。书法要写出中国之南北、江淮、东西,写到方言口音的境界,不知道是什么?南方的帖,北方的碑,总还是条缕分明罢。只见刚落座的仲华兄手一挥,根本不管行文表这一套。一杯热茶下肚,即席吟诗一首:

> 逸性爱山居,烟霞共晨夕。
> 含馥香从风,抱洁体伴石。
> 澹泊少人知,清真甘自洁。
> 或为君子佩,亦登幽人席。
> 我剩墨一螺,聊写山中客。
>
> ——应均《己卯春》

无论书家、诗人、醉鬼、圆作匠、教书先生,今天的永康人已经听不到他们留存人间的声音。唯一床月下的永康江水,散步者还能够静心一聆,或偶有所闻。歌赋华章,诗词歌曲,多付一江春水。"或为君子佩,亦登幽人席"而已。

赫德在中国海关任职时,原本就喜欢音乐。私自拥有瓜达尼尼、斯特拉迪瓦里等名家制作的珍罕小提琴,1885年,他听说一个在天津海关工作的洋人职员,会拉小提琴,能够指挥乐队,便萌生了组建一支乐队的念头。之后,穆志清等名手加入。这正是后来蜚声海外的上海工部局乐队的前身。梅百器、萧友梅、阿伦·阿甫夏洛穆夫等名家,以及"夏令配克大戏院"（后为新华电影院）的由来。

如同方岩五峰山的由来：巨厚。瀑布。桃花。覆釜。鸡鸣——分别是五座山峰的名字。

2015 年

苏北旅行日记

2003年1月8日

  下午,我在车窗另一侧看见了大运河,在氾水、界首一带(《三国演义》里曾记叙)。我大呼司机停车,他好不容易——因为开得太快——耐下性子,把车孤零零停在快车道上。我下了车,先奔运河边上去,沿河走一段,又折回到公路上,拐下公路通往乡村的一条田间小路。刹那间,我四周已是茫茫无际的江淮农村的平原。我不知道附近任何确切的乡、村名,只知道现在已到了宝应(县境),那里的一切都使我恍若置身童年——在我儿时过江去看望祖父的经历里。不时有村上的狗叫起来,打破这一幻觉。我徒步走了有一小时,约五公里。我走得很快,很舒服。那里的乡村机耕路是用一种特别的红砖铺就的。地冻得很严实,冬日暮晚的空气清爽。不时有村民们坐在家门口纳着鞋底晒太阳、嗑瓜子。一名妇女脸上有中国古人的表情。我向她询问去氾水、去柳堡的方向,她顿时表情郑重,不知该怎样指点我——"向南走,再向东,再向南……拐过去……"两名村民在吃力地猫着腰挖河泥,其中一个是名年老的妇人——河……干涸了大半,就在我走的乡间土路左侧,我能听到他们吃力的喘气声音。有人告诉我,此地"离城里(镇上)还有10里路……"我加快步子,至少出了两身汗,但这两身汗却让人很惬意。最后,我坐上一辆过路的机动三轮——那是我沿途一个多小时内所见唯一的一辆机动车……

从氾水,再乘中巴到柳堡去。沿途风景古朴,已届暮晚(这就是四十多年前那部同名电影拍摄的地方?),所有河岸上的杉树、柳树林都仿佛凝结了一层灰蒙蒙的冰膜。我已逐渐置身于这大片旷野最古老贫困的村野深处。镇子所在地似乎有两处,我们经过了一段叫"小尹"的乡镇集市。风景中的苏北话音。我本应在那里就下车,可是中巴车不停,我也懒得动弹。过小尹,见河岸旁有几处写着标语大字"藕行"的简陋码头房子。成吨的莲藕堆得比乡间通常的干草垛还高,许许多多的乡民在那里忙碌着,从船舱到跳板上上下下。大约一周以后,这些乡下产的白生生的新藕就将出现在南京、淮阴、苏州、上海……的菜市场上——藕片炖排骨汤,这可是一道淮扬帮菜系中的名菜!——我坐在车里,一直到河岸消失,公路尽头出现另一个旧柳堡镇——它似乎忠实地待在它那更为古老僻静的位置上——从那儿再也没有任何公路通往更远的乡间,再过去大约十几里,就要到盐城境内了——但那一带河网纵横,自古以来,除了本乡人以外,就没有人迹。

暮霭中有高高的杨树、泡桐、刺槐、冬天的水杉。从田野尽头的地平线开始分泌出一种严寒和夜的灰暗相掺杂的暗蓝色来,这样的蓝色像燃烧的火焰,所到之处,无论大气中的云层景物,都一触即化。两名下了车的乡下男孩一路打闹,离开了我在光线暗冷的中巴车窗边上的视野,走上旷野上结了冰的沿河架设的独木桥,一派欢乐童年的表情。天很快就要黑下来,独木桥上结了层滑溜溜的冰,沾着稻柴,像横卧在河上的冰柱子一样危险,但走在上面的两名孩子若无其事……我奇怪自己就像一名飞快行走中的梦游症患者,那梦的主题是:乡村。

放眼望去，田野各处有一层恍若晨曦般的银灰色，跟大地尽头夜的暗蓝形成一种微妙的色泽对照。我不知道那种色泽从哪里来——看上去又像是霜降，又像超时空的冰层——更像土地被翻耕后寒流淡漠的印迹——也许是那一切的总和。我只记得在古中国山水画，在董源、龚贤一路笔下，见过这种黯淡萧瑟的笔墨——也许介于中国南北山水画派之间的风格印迹……我们的车子行进在这一层冬日暮晚的村野色调之中……

是谁把荒凉的古河道变成了农田？
把田野变成了新城区的街道——在昔日士兵中弹
染血身亡处安装上了铝合金门窗？

船从我的窗下划过。我夜宿的旅馆就在镇子的河岸边上。黑黢黢的河面微微发蓝，凝止不动——偶尔几簇闪烁银光的——不知是寒天的星辰，还是霜花？

可以听得见霜在空气里的声音。

整个柳堡镇上，仅有两处私家旅馆，都在紧邻河岸的地方……

——我想走也无法走了。傍晚过了五点，就再没有任何机动车辆，带来哪怕半点遥远县城的气息……

——村舍、田野、集市……所有的景物，都跟人穿了身旧衣裳一样木讷着，勤勉地笑，逢人便笑，相笼着手。脑筋里只记得古旧的乡间传说；只记得爷爷奶奶们讲的鬼故事。"长毛来啦……"离奇的有关上海滩、拳匪、日本佬、战争年代、红卫兵或知青们的轶闻。树跟人一样，一生也从未出过远门，吃过自己乡土上糕馒一类以外的其他点心，连死了尸体也未曾抬到过县城大街那么远的距离。人跟不识字的滩涂、河岸上的茅草相厮守，跟河上的鬼魂、鱼鳞、炊烟、木柴灰、稻草垛、节气、霜寒相攀交、结识、心心相印、互相称兄道弟……

1月9日

  旅馆的房间、露台几乎悬空在高高的河面上。七点，太阳尚未升起。我走到水泥楼板、结满冰霜的阳台上——我眼前的江淮农村的土地就像一整块临时搭建的水泥露台。太阳出来，但只是一个红红的圆球，躲在一幢白色建筑物后面，旁边还有一根高耸入云的烟囱，在以一种古老怀旧的方式吐出浓浓的黑烟（约摸是本乡的砖窑、水泥厂一类）。天色如小孩的脸蛋一样娇嫩。河的对岸，长长的乡间公路结着层我仿佛多年未见的水洼的疤痂。一艘机帆船从河面驶过，打破小镇凝固了一夜的静寂。河水发青。红色砖瓦的屋顶。

  我雇一辆机动车离开柳堡。它有两扇白铁皮做的活动移门，一路"哐当"作响——整个早晨，河岸各处仅有我乘坐的这辆"颠三轮"一路向南驶，发出巨大震耳欲聋的声响。

  途中，我看见远处田野的一排排树林后面太阳的光芒渐次显露，从冰封的村落土墙深处喷薄而出——周围的一切如此寂静原始——田野仿佛堆满了雪。而不时闪现的村庄像一个个原始人穴居的洞穴。到处都有颓圮、过分低矮的土墙，有的深埋在杂陈的墙垣深处，有的漏开着房顶——或干脆没有房顶……所有的树木、草棚、过河简陋的小木桥、树林上空袒露的大团黑乎乎的鸟窠，都被大地上灰白的霜寒紧紧裹住——

  到夏集——那是一个新建的乡镇，闪烁着俗丽的店铺、铝合金、瓷砖贴面的过分虚假的光亮。我下车，徒劳地穿过半个镇子，想寻一处足以证明它过去渊源的旧街。片瓦未存。在镇子外面石灰坑旁边，一名老人用权威的口吻告诉我，"没了——全拆掉啦！"

在这样的冬日清晨旅行，人真是十分心旷神怡——我并不感觉丝毫的寒冷孤寂。天色湛蓝，太阳光越来越使四周的一切焕发金黄色柔和的光线。

从夏集有中巴车去陆庄（换车至临泽），那里是宝应、兴化、高邮（俗称高、宝、兴）三地分界线；那里散布着无数偏僻的河网村落——从未有过任何现代意义上的游客或旅行者前往涉足——那里古时也恰好是《水浒》一书作者施耐庵出没频繁的地方——我几乎能用鼻子闻见空气中古旧偏远的气息。我的心提前兴奋起来，我本可以在陆庄下车，但又随车去了子婴河——我在地图上第一次看见这地名就很想去。子婴河镇——一条东西狭长的街巷，半是街镇，半是马路。

之后搭乘上高邮（方向来的）至临泽的中巴车。破旧、温暖，焕发出一种新的人情味。我宛如乘坐在旧时代的马车车厢，并在这样一种旅行工具里找到了现代的安全感。

1月10日

临泽老街呈新月形，绕古镇一圈；另外有的一半已被拆，正在新建中。有时一条窄窄的小巷出现在你眼前，暗黑、明丽，鳞次栉比的店铺照例是糕馒、花圈、白铁、鞋帽、酱菜、钟表铺。没有旧式的茶楼，但有百年以上的石拱桥，架在狭长的河道上。老人和孩子们在桥另一头朝南的空地上晒太阳，呷一口滚烫的茶，讲过去的旧闲事——我在他们中间待了有五分钟，以至于老人们的谈话至少有两次被迫中断……我脸上的表情一定落寞而怪异，一定仍像异乡漂来的梦游症患者……出临泽镇，街头正巧遇见一机动三轮，乘车者每人两元，对我来说是如此便宜的价钱。司机在没有熄掉火的马达声中大声喊我："你走不走——到哪里？"我怔了有半秒钟。"我不知道……能到兴化境内就行！"

我到了兴化。但是一望无际的乡间——三轮机动车在偏僻旷野上（在部分沿河岸走）游荡了足足有一个小时后，途经金店、大李乡，路边上开始出现"兴化"字样的路牌。方才经过的多数乡野原来仍属高邮境内——也许是高邮乡间最僻远处——但离早晨出来的宝应县境已很远。到兴化，田野上空立即出现了一些含混不清、新异的地貌——更凌乱、更矮小（的房屋？），或许，更富乡间的喜剧色彩？有一刹那，我恍惚觉得自己走进了一个小矮人的国度，这里的乡民都很矮小，走路步子却很快，透出一份古朴的殷勤。转眼之间，车子停下，我下车，那是一条（通往县城的）大公路的岔路口，那里的乡镇名叫"周奋"，有着长长的大河，一爿路旁边的副食店，兼过路客歇脚的车站，店门口放了一张靠背长椅子。我身后不远的地方就是沙沟镇，原想去那镇上停留半日，但我已急着去看县城——就这样，我到了施耐庵的故里：兴化县境。

我随时都在注意《水浒》一书里故事、人物、文字音韵的气息——此地的空气中仍有某种显著的残余……

我问起小店里几个人。他们个子倒很高。他们知不知道施耐庵？全知道！苏北方言，可以说是一种奇特的语言现象，在说这种方言的区域均有一种幽默生动的喜剧色彩，一种乡土喜剧精神。有近百种不同的口音——地理上的，延绵起伏的变化（迁）。濒临黄海滩涂，以及大运河——一条民族之河，最大程度铸造了苏北平原风土人情以及那里的乡俗、民间俚语。纵深处另有一条里下河……秘密的河流。

——这是看得太多、印象丰富的一天。这样的日子难以从记忆中消逝。

1月11日

回想起来,去柳堡的经历几乎完美无缺。除了那一天天黑得太快,我未能来得及闻到那里的农村集市的气息——以及镇子路口有一卖烤山芋的老太,慈眉秀目。热的熟山芋放在一瓦钵内,炖好在热烤炉上,令我喜悦,边上是煎臭干的小摊。我往河边上走,我感觉自己已在那阴暗无名的巷子深处消逝——车过藕行那一幕——"藕行"两字刷写在河岸边上土垒的房子墙上——我不能够及时鼓足勇气下车。当时船上码头上的人还很多,男男女女,都忙着搬运货物。那是我第一次看到人们在大冬天里在为藕这样一种农产品奔忙……船上人家和乡民们大多嗓音洪亮、底气十足,穿单薄的衣裳。夜色很快覆盖在我头上。繁星满天。闻到了儿时乡野的繁星气味……干草、冷在夜空中的炊烟、湿土、霜露、入殓了的乡亲和蛰伏在地平线尽头遥远的早春气息……

河两岸的旷野已积了一层厚厚的霜冻,就像一名孩子戴上了大人的护耳套。我从中巴车上下来时,正好赶上附近乡里的村民们纷纷要收拾货担,从集市上散去。眨眼的工夫,他们已走出柳堡街上,冒着月夜的风霜,消失在四面八方的田埂上,顷刻间小镇变得萎靡、年迈、空空荡荡,如同对往昔久已淡漠了的老人……柳堡所留给我的,更多的是屋脊面上无垠的夜空;是镇子外面无数交叉着、被寒流冻得硬实的车辙印,一团团柳树林上空苍白的夜雾以及四通八达、奇特迷宫状的河网。高高的河岸,窄窄的小木桥——那些木桥的模样简直就是元代中国画里类似深山雪霁图中桥的形状的翻版——不知为什么，桥上每天走过的人这么多，式样这么稀松平常，可走近一眼看，仍有中国文化中典型的高士隐居避世的味道。想想，从这样的桥上走出来了多少清逸远致的诗人、高僧；多少纯朴善良宛如稚童的乡民……在镇上的夜色中，我又闻到一种勤勉而操劳一生的村妇气息，尽管事实上的我一个也没见到（是黑暗中大地母亲的气息！）柳堡镇还留给我一间悬置于河岸旁孤零零的旅馆房间。寒风彻夜从门缝里朝我困觉的床这一头吹进来……。那晚我一直在读圣琼·佩斯……他的《远征记》……隔着露台的窗户，我的身子几乎紧挨着户外深蓝渺远的星空。我跻身于璀璨星群之间，整夜都听见夜空清悦辽阔的声音。

1月12日，晴

兴化城里的人力三轮车排着队——到处看得见三轮车，而且响着一种很悦耳的车铃声，犹如老舍在《骆驼祥子》里描述的场景。到某地，一般车钱是两元，有时甚至只要一元。当车主看准你是外地人，朝你报价三四元时，他脸上已经有一种十分隆重的表情。那是一座色彩俗丽、街道拥塞的超现实县城。城里到处都是彩绸飘舞，大红大绿的招牌广告；到处都是显眼的垃圾、精品超市、农用拖拉机、大量抛售的廉价商品以及新旧城区极度扭曲的古旧小巷——是兴化城脸上强作欢颜的表情。县城充满了无处不在无限膨胀的私欲气息，以及光天化日之下的官员、民工、妓女、流浪汉和小偷、勤勤恳恳的板车工人（拉满各式各样的货箱、鲜点、卫生纸、煤球或过冬的大匹猪肉、白菜）。这座城市显著地在底层挣扎生存了多年的顽强活力令我吃惊!——当我刚一下车,公共汽车站,就扑面而来——街道各处,有一股旺盛、被压抑但时不时会喷发出的人气!这里的人民多恬不知耻,多吃尽了辛苦、拼了老命在活着——这是夹杂在现行体制里的一座中世纪县城——僻居东方大陆一隅——如果它在大街上,在所谓广场中央再摆出一个贩运物资的市场,我不会为此而震惊!冬日阳光下的人群就像漩流般地涌向聚售彩票、削价商品的广场上去——阳光在这一天的中午显得火烧火燎,出奇地光亮耀眼,人群在大街上也一路跟着火烧火燎、表情兴奋!此地(此城)可写一部史诗般的厚书。整个兴化县境夹杂在著名的淮河、大运河、长江之间,像一块突出于江岸悬崖之上紧绷的峭石。东门码头上排满了各地漂泊至此的渔船、货船、拖驳。我在河边上看见堆积如山的大白菜,堆积如山的"弯弯顺"(慈姑)以及同样堆积如山的其他水产、干货、蔬菜。七绕八拐的长跳板搁向运河支流的宽阔水面。那条河的名称本身就很有趣——叫"岔路河"——一种地理上的暧昧和曲意逢迎。那河面上积了一厚层满满的垃圾——有时白花花一片,全是白菜叶子——货价,在码头附近一带一定已经便宜得不像样子!码头上弥漫着一层旧时代的船家和苦力气息。此地方言口音中的苏北味道一定更加浓郁。而在长长的"东门后沿河街"上,我听见拖长板车人(车上满载货物)气竭时的呻吟;一辆板车的主人在和另一辆车的车主互相谩骂攻讦,缘由不过是车和车之间过往的阻塞相碰。大家僵持着,很快巷子两头塞满了围观人群。县城本身成了一种无声的斗殴——而且显而易见!那条东门后街,是我近两年到过的年代悠久老街中最热闹、最有意义、保存得也最完整的一条。我在里面逛游了整个下午!我像是在大白天里做了一个在年代上具有晚清特征的梦魇。外面的大阳光明晃晃的,巷内的店铺则是黑黝黝一片。一小半的店家都开着电灯!香肠、调料、寿衣、竹器、草纸、菜市场、廉价小超市、铁器店、船具店、五金店、馄饨和鱼丸摊子……各种气息相掺杂、争吵,而又和蔼共处。这是名副其实的江南小巷,是真正市井化的江淮之城。长长弯曲下来的屋檐上有长江上的风浪气息。围墙仿佛是被小渔船船舱内的旧油灯火熏黑了似的。地面的一块块石板条路就如码头工人在大热天里一溜飞跑着赤脚——宛如中国劳苦大众的光脚板!而街道有一种隶属于民间,雄壮而浑浊的人性!我看着三轮车夫向我介绍"郑板桥故居纪念馆"——"旧的早拆光了,现在那个是新造的"——我竟无半点兴致想前往逗留——我听见他朝我大声嚷嚷"东岳庙……","那边就是好有名气的八字桥……"我则像一个机械人那样点头。

——我朝此地的每一样东西点头——既是为了感奋和敬畏,也为我内心深处的麻木不仁。……大概,正如鲁迅先生所言:为了忘却的纪念。

傍晚在街头看一"铁板烧"摊位。寒风阵阵。街上人群已散,只剩余宛如洪水退却以后残剩的各种垃圾:塑料袋、空饭盒、水果皮、烂菜叶子……。除了摊主(兼厨师)、买主之外,仅我和一名四十多岁的女乞丐(她是这一天兴化城外貌的总和)。她头扎一块脏兮兮的绿色头巾,身上、脸上都极脏;露在外面的手像某个非人的物件。而那正在油锅作料里烹调过程中的嫩牛肉片、洋葱片、大蒜杆则热气腾腾,令人馋涎。我侧过目去,见那女乞丐正边看边低下头去啃吃塑料袋里搭拉着的一小团冷面……她一定把正在煎的嫩牛肉片想象中的滋味也吞进去了——

一个时代的缩影:被过度烹调着的,人的贫困。

我住的旅馆在东岳庙斜对过,名"太平泉浴室"。我的房间仅一单人床位。电灯开关在门外走廊上。感觉像是黑洞洞的停尸房——或许,这也是我到兴化这样的城市来最合适的去处归宿?——房间在二楼,楼下正是澡堂的锅炉房,不时有开蒸汽时机器的隆隆声,把靠墙的床架子震得"吱嘎"直响。

夜里再到那条老街，逛弄堂后面的"沿河后街"。那里有三家老吃食店，分别在三岔路口朝东、朝西、朝南方向，门前有一长条形熟食摊。我走中间店面最大那一家，要了一碗馄饨，飘着浓香的猪油味（这座城市的味道），兑了很可口的酱油（酱油也是本地口味），仅一元钱一碗。我连吃两碗。

1月13日，晨

一早。

七点下楼，告诉三轮车夫想去一"老字号"吃早饭的地方，我心时想的其实就是昨晚上岔路口那一家，但我不想再去同一家，奢望着还有更好的——想不到我说的话，车夫无论如何听不明白，不知该往哪儿踩。清早的街市行人稀少，空气有凝结着的霜。最后我只得仍告诉他昨晚去的地方，但又不知该怎么称呼。"店名叫什么？"车子在巷子里乱跑一气，最终终于找到了那三岔路口，车钱一元。

吃早茶——点心方式：扬州干丝、葱、豆干、花生米加糖。花生果是煮熟的。其中有一"饺儿"很好吃。茶是绿茶，自己动手。我见陆续进来的老茶客先把筷子捅到茶杯里，倒开水烫过，很老练的动作。我桌子的对面坐一对老年夫妇，是大清早从城外摇着船来，几乎天天早上来，每说话必先咧嘴一笑。

他们每每在一旧（县市）城街区的旁边再建一座新城，美其名曰："新城区"。对于外来、不明事理的旅人，有时干脆就让他们看原地上残余的旧城。这一情形十分类似当代中国人生活中的"独生子女问题"——那些新建的城区,各方面都酷肖于那名中国城乡各地的家庭的独生子,脆弱、狂妄、无知、媚俗、神经过度的敏感且又有一种生理上显著的孤独;而旧城区的当代境遇,则也相对等于他(她)们的亲身父母亲:窘迫着老旧的笑脸,黯淡着、拘谨着,节约而又过分地文静,没有权威,丢人现眼,抱残守缺,蹲坐在各自旧时代的阴影里,无人理会,自言自语……

而所有那些偏僻县市的新城区,都像一个吹着泡泡糖上学的肥胖儿童,也许打娘肚皮里生出来脸上就有骄横的表情;他们的建筑学命运,也像独生的子女,有一个孤独醒目的将来,一个时间不会太长久的畸形命运……我从房屋的建筑式样上观望着人的命运。

兴化县的新城区,新公交车站——一派慢慢要把老街旧门面吞噬净尽的气派。从那儿我将离开这座(仍在建构中的)超现实之城,离开鲁智深和林冲,一百零八将梁山好汉们的心灵故乡。我将乘车去高邮——一路是河流、旷野、霜白的冬日田野。中巴车上有人用易拉罐中奖的所谓游戏骗取一乡下老太太口袋的钱。那老太太中途上的车,慈眉善目,宛如古貌。他们让她相信了,只要她肯出钱买下那罐头,她就"中了八万元大奖!"她把钱掏出来时有点紧张,但始终面带微笑。作为可能"中奖的幸运者",她下车时没忘了带好随身拎的那只竹篮子——而我眼睁睁地看着她消失在一大片旷野荒凉的小径上……

高邮车站。一名工作人员在听明白我想要去的地方之后告诉我"孟城驿"这一古迹名胜地。

这哪里像旅行?这变成了一个个吞噬了我的巨大的黑洞……

"现实意味深长地不可分类。"(苏姗·桑塔格语)

1月14日

　　此地的阴寒被砌成了弄堂长长的围墙。童年就像夜星空里荒凉的气息；就像穷人家房门半遮半掩的灯光……每年的冬天，每个夜晚，无论旅行在外，还是闲坐家中，我都有一种离自己的小时候更近的感觉；似乎白昼过去，儿时的那个我又历经了人世的千辛万苦，重回到了自己身边。四周充满了迷宫形状陌生的街道。很多出门远游的旅行都像是漫漫长夜中的梦境；很多走过的街道其实只是儿时孤寂中的幻觉……夜的暗黑，尤其是在它的寒冽之中，总有一个人的从未长大的身高。而空气的寂静在说话，物质在生长——房间各处慢慢像荒凉的花蕊河床或海底世界生长出珊瑚类海藻一样，长出一些我从未真正感到亲切的家具、电视机、椅背上的衣服样式和桌上的书籍来……没有一双真正智慧的手可以将那些书页翻开。夜色在恢复童年时代的视觉，我读的第一本书：《水浒》（少儿版），我向往更广大世界的野心……这梦幻，这传奇般的野心，暂时被严寒封存着，在寒风呼啸的街路泥泞中，在墙旮旯和路旁壕沟内……那里永遭弃绝的幼小人性散发出辽阔旷野的气息，从未像活人一样长大、长高，而只能跟荒野中的农田垃圾、岩石荆棘相厮守。每一个人的灵魂世界里，都有一名从不开口说话的永久缄默者，一名幼小者，一名小矮人——不知为什么，他被世上奇异的生态永久剥夺了说话——甚至在黑暗中的墙上丈量自己身高——的权利。艺术家、诗人不过是突然长大的孩子！骤然间，他在自己的工作中恢复了成人般正常的身高——的确，我们人性中的哑巴无处不在。

——我的出外游荡，更多的是我身体中的那名哑巴贪婪无序的出游……

1月15日，阴雨

当三轮车载我穿过兴化县城，我看到了仿佛来自两个不同的人类时令、纪元的世俗生活场景。一个是禁锢人的自由思想的邪恶中世纪；另一个是纽约街头现代大都会，"军械库画展"式的零星残片。整个县城从里到外，全是这两样不同天地但却同样喧嚣猛烈俗丽怪异光鲜陆离的景致内容、形式设施的大杂烩——一个中国式的大杂烩，主题是当代县城生活。……大红色气球广告呈半圆形腾空漂浮在商场大门口，当空遮没了半幢大楼。长长的商业性标语自大厦顶层从天而降，底下的空地上则是寸土必争的几个叫嚷喊卖茶鸡蛋臭豆腐干或一堆廉价鞋袜的小贩。人们在一幢显著设计和工艺上都十分拙劣难看的建筑物上公然刷写着同样过分崭新的"郑板桥纪念馆"几个大字……这名画家的传世作品我大概将在未来三年里不能够再去读（我一读就要想到那幢建筑物！），而在他一句人人传诵的名言里他提到了"糊涂"两字。他糊涂——但此刻轮到我糊涂了！因为大街上人人都在垃圾的碎屑上面走动，以至于一名看花了眼（如我辈）的过路人会把街道纵深处的房屋景致或街区本身——把那里的店铺、装潢、人群、嘈杂的市声也误认作为是一团糟的糊里糊涂的"垃圾"——垃圾一词，已不足以说明我们的感官在当代相似的境遇里所受的刺激……有一个人居然手里拎了个高声喇叭，在县城街上走几步，端到嘴边上去喊几声，声音震耳欲聋，宛如沦落到中国乡间小业主队列里去的"大人物"——但我完全听不懂他说的话，更不明白他何以要有这样杰出的一番创意、表演和举措。他所要想达到的大概是他声音的分贝，这一点，我可以说：无异于惊雷（他做到了！）街道上会弥漫着一层屡次遭匿名者变卖、弄脏了的喜气洋洋。城市本身像一个马戏团，可又年代悠久——几片分划成不同街市、小块区域的巨型游乐兼杂耍场地——所给人的印象是：魔鬼在这一带，在附近这里是自由快乐的……是逍遥自得的——每一种哪怕再小一点的私人摊点（例如：日杂品、钥匙扣、买盗版书或音像制品、买烤山芋、买手绣的童鞋……）都咄咄逼人而又理直气壮地摊放到了大商场、国营商店门前，或式样崭新的大型超市门前，挡住了过路人想要再往大商场里去的企图……。后者因而率先显出一种可怕、空荡荡的静寂来，仿佛一个个隐形吞噬人的黑洞——

于是，商场在大白天里也不开灯，原因据说是因为节省电费……但高保真进口的音响却奇怪地向外面县城的闹市区放出一阵阵的时髦劲歌、情歌、甜歌……从早到晚，一刻不停，弄得县城里七老八十岁的老太太也开口就想唱王菲、凤飞飞、孙悦、那英、刘欢……唱情歌对唱。而象征企业亏损破产的灰尘又无处不在，转眼间犹如银行的高额巨款利息一样反映到了那里的柜台上、衣架货物上，甚至商场的音箱上——

我走进马路边上一家巷口的副食店，问那里的主人要来一支笔，在纸上写下一行诗。我就伏在腌臜的柜台上写，旁边是一大堆卫生纸，一玻璃瓶棒棒球糖。所用笔是店家放在那儿给别人记录电话号码那种——我的纸——我写着：兴化兴化……——是口袋里带的一小本书，约翰·勒卡雷的最新小说……

——我把诗句写在书后面的白纸上。

1月16日，晴

  高邮城边河堤上的风景真是了不得！我先是走到那个"古驿站纪念馆"，攀上一层高高的石阶，随即看到了大运河以及河对岸那座耸立的白塔。河上汩汩的波光正和冬日的大太阳相交织，拖拉机不时从我身后"扑扑"驶过。河道更远处是大拖轮"突突"的声响，船家婴儿的哭喊，男孩女孩说话声，以及波浪冲击停泊着的木船船舷的声音（那船桨以肉眼看不见的隐秘方式笔直插入水中）。对岸沙堤上的风景夹杂细微的鸟鸣声。寒冷的微风紧贴路人的面颊，几乎是和煦的，可以很快剪开柳堤上修长绵密的枝条——又一辆拖拉机由远至近。浅浅的河滩、枯灰的柳树，一个废船坞旁"工"字形龙门吊（被漆成褐黄色，油漆颜色暗旧剥蚀）。再往右边看是一江心洲，洲中央矗立那幢古塔，是式样古朴的灰白色砖塔，呈半圆半方形，当地人称之为立在大运河高邮河段中央的"魁星阁"，塔身灰黑，间夹镶边长条形的灰白色条纹。我坐在堤上草地（我一时不知道该坐还是继续朝前走），几乎要让自己的双膝跪拜下去。我的边上是一丛柳树，停了一辆卡车；另有人在往堤上歇的自行车车胎里打气。我的左面……一长列堆积如山的黄沙。寒风阵阵，枯草萧瑟。船头有一面飘扬的红旗。粼粼波光，在大运河朝南的河面上一路向西南方向，泛起光辉的涟漪……。我眼前出现的这幅风景，仿佛是16世纪荷兰画家笔下一幅港湾风景图（勃兰盖尔），或有关东方帝国大版图上运河的白日的铅笔素描……

  这是此次旅行最明亮的一个中午。我折回到河堤下面老街上，在一家淮扬饭店里，叫了一碗干丝，自己动手泡茶（我已知道此地的饭店会有什么特色点心菜肴)。我记得那天中午的午餐,餐费加在一起仅三元钱:一碗干丝、一碗米饭,外加一碗味道清淡上口的青菜汤。我真不忍心立即吃完这顿饭,我痴痴地看着店里的女招待和厨师在餐厅和灶台之间忙碌,想象自己也是住在附近街上的他们中间的一员……。饭后立即再到河堤上,到大运河岸边上——强烈地意识到它寓意于平淡简朴中的古典之美。我沿河堤走到一渡口,远远地看河中央岛上的白塔,心里十分清楚我一定要设法走到塔的底下面,但必先坐渡船到江心洲对岸。那一带的水域呈三角形,渡船必先到这三角形的一端,再折返回来,到达另一端。渡船是一长方形漂浮的平台形状,一名水手,一名船老大。老大在船头开船,水手负责系船靠岸时的上下缆绳。船上乘客仅八人,有三人带自行车,另外几人带着货物。当船第一次靠岸时,6个人上了岸,船上仅剩我在内的两人。有一名老妇急吼吼在岸上码头问我(显然,她觉察我是外地人):"要不要上岸玩玩?到高邮湖上玩玩?"我真愿上岸去,跟了她走,可是我的时间紧迫,而且还要到旁边岛上去看古塔——但经她这么一嚷,我恍然大悟——浩渺美丽的高邮湖竟就在河堤不远处的另一端,也就是说,跟同样浩渺的大运河仅一岸之隔!只不过,我在这边河里的船上看不清……我何不上岸登堤去看一看呢?但我任凭渡船继续往回驶,往它的另一个停泊处——江心洲那边拐弯……。当船第二次靠岸时我和另外一名乘客攀上了有白塔的那处岛屿。我走上台阶,岛上有一种古老的清郁沉静,但不远处已有一建筑工地,有大堆的水泥、砂石、钢缆、脚手架、搅拌机和卷扬机……。一幢不知名的仿古建筑正在日夜喧响着的修建中。工地为此把岛上几乎最中心的一块坡地和草坪都开挖成了四处浪籍的建筑场所——那方形古塔已经落在了罩有一层安全网的工地脚手架后面。

  我绕过工地的灰浆泥泞向它走去——

  那塔仿佛是隋唐时的建筑。那岛的东北面一角上荒草凄凄。塔身所有的门洞进身处均已被水泥砌没（现代粗暴的修补术，美其名曰"保护文物"）。塔顶的砖缝里竟还长出了几棵规模不小的野生树丝，有一棵像是石榴树。我走近塔底，沿着塔身环绕一圈，一直走到有很多锐利石片的运河边上。如果我家在高邮，夏天我会经常到这一带水域来洗冷浴。在岛上我逗留了有半个时辰。

再仔细看，摆渡所用的船只，是一艘大机帆船，甲板两侧分别摆了一排简易靠背的木长椅，供过渡乘客们享用。船工二人，配合极默契，一望而知已在这河上航行多年，也都是我这样年纪的中年人。那名水手兼做收费员，身材高大，表情诙谐质朴，脸上始终有自感有趣的笑容。每每船一启动，他便朝乘客方向做一个（示意付钱）模糊的邀约动作，仿佛他在颇友好地示意他的对手动手揍他——他那摊开的大手掌、歪起脑袋的姿势十分憨厚可爱——那真值得用一支炭笔画下来。我注意到他做的手势大多无效——船客大多无动于衷，不给他钱，并且丝毫不觉得窘迫。他们都是本地的渔民和附近城郊的住户。我暗自纳闷：难道这样的摆渡船上也有"月票"一说？每次过渡，船费五毛。

如果我早一点来高邮，到这段古运河的长堤上来，我会更早地爱上这条稍显古板，但两岸风光非常清越迷离的古老的河流——这一片仿佛人类社会史前史的宽阔河面……我感到了那清浅的水流在洗涤我久违的、风尘仆仆的心灵——我将对自己的生活更有信心！河水代替我在这里睁开年少时的眼睛，观察人类生活的一举一动——如果我在更早一点时候，漫游至此，我将会更加深以往对一些问题的认识和感受——对南北中国的地理概貌、河流走向、民俗、语言、音韵、民风、土地各异的个性、江淮平原以及江南文化……我将获得更多的力量和诗意！

这顺流而下的雁影白塔，这土地包含着一种对新的诗意，新的过去和将来的领悟。

——我看高邮城外那段大运河风景，就像在看一幅久已失传的古画，一幅元以前中国古人的山水风景……而此刻那幅画忽然活生生地摊开在人眼前！人们如我辈，本已对此不抱任何希望，但希望之光芒突然照射进来，奇迹出现了……！尽管它原本也应该是意料中的——

1月18日

离心目中的大自然近一点，再近一点——哪怕再近半寸，我都倍觉温暖……。所有的荒村野店、最微小的风景中，都存留有生养我的母亲的芳泽；都有我的祖先亲人（的因素）在里面，以一种轮回转世的隐秘方式——

自界首过轮渡，往金湖县。

运河上的轮渡，我还是第一次乘。渡船旧而体积小，甲板前后仅能容纳两辆客车。下午阳光温暖，天气也是浊浪的颜色。

1月19日

金湖，这是一个奇怪的地方。从该地区前半段来看（自界首到涂沟公路段），那几乎就是《水浒》中"水泊梁山"的绝好原型。

大片冬日的沼泽，在夕阳下呈金黄色。远方尚有一层雾蒙蒙的蓝色，像草原或其余荒凉地带的一缕青烟——也像草原一样深不可测。到处河网纵横、渺无人烟；到处都是落过霜以后的蒿草芦苇，以及高耸挺拔的杉树林，仿佛《水浒》的传主施耐庵仍住在林中弥漫着一层层雾霭霭的沼泽地里，生活于渔民们的随手搭建、席地而居的简易窝棚（"滚地垅"）里……中巴车（在这段荒芜旧公路上颠簸了将近一个小时）离城市愈近，现代社会的虚假感觉就愈突显。终于，一个全无个性（差不多也几无人性）的新城区随着一段仿佛自天而降的现代高速公路（我们的破中巴上了那段高速）出现在大家眼前，乘客们纷纷交头接耳：那就是"金湖"……过分奢侈，仿佛欧洲建筑样式的蓝灰色银行大楼、供电大厦，崭新但管理混乱的马路……有趣的是，街上处处有无所事事的警察。无论你朝县城哪个方向或区域观望，你都看到那里站着一名警察。这座以江淮美女、建筑工程队闻名的县城同时也酷肖一座现代化的警察工厂。一个个看上去制服笔挺、全副武装，也许正在年关临近的马路关卡上追捕某个匿名逃犯；也许查找的对象就是今冬的坏气候；是入夜凛冽的寒风或乡间的泥泞……我雇了一辆三轮车到旧城区，这里又成了各类商品被弃者的天堂——货物就像垃圾一样堆积在一半已人去楼空的大街小巷——旧城区变成了一个露天的仓库！——有副食品街、吃食街、文具用品街、卫生洁具街、农用机械五金街、小超市街、玩具街、服装一条街、等等——全都可以批发！（批发——一个当代中国常用词！）是一个远近闻名的小商店集散地。花花绿绿的商品货物箱阻塞了那里的马路交通。甚至灵巧的三轮车工人也不得不为之屈服而折腰——我只好下车步行，走进它的街巷深处。从仅存的一部分旧城遗址来看，除了上世纪五六十年代政治口号的印迹和旧房破壁之外，这座城市已没有完全的历史，也没有记忆——处处皆是时间的断砖残瓦。街上也见不到神情安闲、长相可爱迷人的女孩，至少在那天夜里，我没碰见。我几乎徒步逛遍了所有的新旧城区，最后，住宿在一"水乡旅馆"——离汽车站不远的一处私人客栈。

城里有一条宽阔的河流，把新旧两座城区相隔离——水泥桥栏刻写着"人民桥"三个大字。

夜间,我不停在看书——好像我到这些偏僻城镇旅行的目的就是为了看书——阅读,或者说,为了和约翰·勒卡雷笔下的间谍们在一起。单独相处。……每晚7:30分之后,电视里的新闻结束,在不同城市不同旅馆床位上……我的体内有一名渴望离井背乡者,有一个多愁善感的人(甚至还有点体质羸弱);更有一个粗野蛮横的人,一名迷失的小孩和一名蛮族游子……在夜色中纷纷醒来——在自己的旅途上,自己的国家里迷失了故乡。

睡前片刻,那条河上的风光又浮现在我眼前。"工"字形废船坞的龙门吊,黄沙滩场后的古塔(塔身垂落下我遥远年代的童年)。古塔砖墙上有石灰褪了色的粼粼波光,从运河宽阔的水面反射过来。我开始回忆起那天早上我在河岸附近听见的鸟雀声。那声音里的光和此地风景里的光是统一的,就像同一把胡琴上并排的两根弦……那鸟声啼转中的光亮也跟河岸上冬日的灰白相称。一种古代的美在此地残留不去,仿佛颓圮斑驳的石灰围墙尚未全部露出砖缝……。我在想象中又看到自己登上那条风物浩渺的河堤。我走向夕阳下的方塔,除了高高矗立的这一件古物,周遭风景中的一切线条都是平缓简白的,全都在冬日阳光下一览无余,适宜于中国人去用毛笔在宣纸上勾勒……:低低的运河水一直流向浩渺的天际,高高的白塔却显得那么肃穆静谧,仿佛在以一种遗世独立的方式远离着我们——远离人世……

1月20日

高、宝、兴——这三地之有趣完全超乎了我的想象,虽然我只是从它的河岸和田野上匆匆掠经——比一只燕子还快——但均留下了难以忘怀，难以磨灭的印象……

生活方面，似乎兴化城所冒的风险要更大些，因为它更贫穷，也显而易见地穷得更疯狂些，但它又具有显著的中古喜剧和杂耍艺人抑或江湖飘篷气息。论写作，我觉得宝应的乡间为最佳，因为它显示出一种更为古朴宁静的仪容来。它毫不张扬，默默守在它自己身处大运河岸边的命运里。那条历史上著名的河流从它门前流过，在它所处疆域流经的面积也许要比高邮和兴化两地更开阔些，而且呈几何状的笔直走向——河流赋予它乡土地理上的一种夺目的气魄。生活并且居住——我以为高邮最惬意。它有一种昔日皇城或破落大户人家的气概。如果说宝应像一首质朴的七绝古诗，那么高邮城，则类似一阕郁郁寡合，其曲调大部已散佚了的宋元词曲，以它自家门前出产的秦观（少游）为典范。兴化则是百姓口中所唱民间诙谐小调，有一点下流、色情，也有点像繁华码头上的劳动号子，但更多的是机智、幽默、狡黠——用狡黠来形容苏北大地上的兴化乡土大概是不错的——这是一片狡黠者的土地，也是义气和壮烈性情的古地盘。高邮则是享乐者的乐土——在那里娶个老婆，过过小日子，很是实惠。更北面的宝应，则是虔诚的隐修者的秘密后院。如果到兴化去，一个人兴许会学会打架，和人争吵、相骂——更有甚者，那里的河道两岸充满了世俗热闹的场景以及生存的种种古老技艺、顽强本能。整座城市以一名江湖艺人艺高人胆大的杂耍姿势作为其最本质意义上的乡土意象——但若一个人想要做勤恳、守本分的农民，一辈子种种地、养养猪、信佛、生儿育女或默默无闻从事一项经年的工作，那么——他就到宝应去！宝应的乡间是他灵魂极好的贮藏室，而且他还可以在那一带做成他想做的诗人（那里的田野村镇有一股古老清心寡欲的气息——对我而言已经久违！）。

从地理上看，中国的北方一路向南，到类似宝应这样偏僻的乡里，就安静了下来，一股荒凉粗野之气，也就向内收敛了许多；而中国的南方朝北走，走到宝应境内，却也有点畏葸不前的模样出来……兴化——一个人很容易会在那地方染上一身江湖气。高邮——那是闲情逸致之城，是闲适富足之城（运河河面开阔的气象），也是命运的终结之城。一个人老了，倦怠了，对人生再没有额外的抱负，他就可以退下来，往下走，下到高邮城西面西门外那样的运河小街上，类似于从高高的河堤走下通往底下市井陋巷的层层石阶，整天喝喝茶、听听说书，以消磨剩余的岁月……那是一座自命为贵族者的颓废之城——但是是上好的颓废，落落寡欢，但满面堆笑——像王少堂的说书用词——不合群，但喜人多热闹。不时会有些暴躁，外加一点点坏脾气的势利……但我更喜欢、更迷恋三城中的哪一处呢？我说不上来。

我只能说，我极陶醉于它们各自的个性。我惊讶于兴化那一方超现实之城的梦幻活力！我流连高邮城外大运河岸边的白塔（以及那河岸的渡船，高邮湖在旁边隐约的汩汩水声……）。我深深敬畏于以子婴河为界的宝应县城及它周边广袤乡村里的清远宁静——设若苍天允许我从中选择——也许我会家住在宝应，到高邮城里去玩，但是在兴化一带乡里交朋结友！也许我年轻时候会住在宝应，年纪大没事干了，我就移居到高邮的西门一带——我愿我的灵魂能够时常看见高邮城外那幢美丽的白塔——我的人生已被那岛上片片苇丛、密密荒草所感化——那就像街坊间总住着一名白发苍苍的不死而睿智的老者——而我又同样敬畏宝应乡间那种真正劳动着的、劳动者的品格——那里的块块田野呈现出此种质朴之极的品格。同时，我也被兴化城里老百姓生活中与生俱来的那种天真、热闹、兴高采烈的劲头所折服、打动——在过去的两千年里这种市井中国脸上兴高采烈的表情经受到了人类历史上几乎所有的天灾人祸——它经受住了那种考验的磨难！至少你到兴化街头走一走，你能确信！——而最终那张脸上的笑容依旧，从未有过丝毫的犹豫、为难——从未真正颓废过,从未黯淡下来!

在兴化,我聆听到了广阔的苏北乡村里一种真正自由自在的豪迈歌喉;一份宛如天籁的歌唱力量——平原和河流的声带之美!——最终,我意识到:兴化是一种音乐(民间歌曲)。高邮是一幕永不落幕的戏剧——而宝应是诗歌——是在中国的黎民百姓中间代代相传、永生不息、妇孺皆知的乡野诗篇!

口琴曲

口琴

　　口琴有诚挚的味道。这是为什么呢？回忆中好像有可以吃到口中的音质。一般而言，金属外壳使它葆有时光纪念品式的不动的形体。它身材修长，一如它最初的德国主人，它的发明者，一名青年基督徒般苍白消瘦的面容。是灵魂漂泊者独自置身在黑夜中的感觉。而且第二天天一亮还得继续上路。漂泊，这是短小的时常被打断的幻念，属于世间人群中那些无家的归者。四处漫游，把各自到达的每处异域他乡当成美丽忧伤的故乡。口琴似乎天生隶属海上生涯的水手，他们习惯了黄昏时分踱步到甲板上，把它从口袋里顺手取出，吹奏出声时鼓足了脸颊两边的腮帮子，这时连底下的浸透着晚霞和宇宙之荒凉的阵阵海涛，也一时显得柔顺温存起来。每一扎浪头里面都鸣响、呜咽着同一把口琴。实际上，水手没头没脑的，只吹出了两个字：远方。

　　若干年后，口琴传入东方。在俄国，它们遇见夕阳、冬雪中的一排排白桦树。后者仿佛是这个北欧和鞑靼草原之间的古老国度之上的另一种乐器;手风琴声音在旷野隐修室的翻版,是它隐秘的味蕾。于是,口琴这种有时因过分年轻而受冻、风雪肆虐中的琴孔,添加上了一点点篝火的热量,一些往昔的余温。

它的音质,制造出某种恍惚,遗世独立。
像手机中被删掉的一个电话,号码。

树荫

一小片树荫多美啊!
密布的藤蔓下,人心多么可怕!

午后洁净的风,仿佛水流冲刷出的渠道,在我房子走廊的渠道之上,太阳光,热得多么慷慨,多有异国荒凉的风度。

夏天吞咽着自己的食物:

大楼。云影。竹林深处的风。我想起两百多年前一名作者写就的书。一名法国人,他是部队的上尉军官,驻防在大文豪司汤达的故乡,一座偏僻的南方小城。闲来无事就写作了一部长篇,供自己消遣。而这是何等漫长、惊心动魄的消遣啊,整整两百又一十八年! 1782 年春天,《危险的关系》问世,初版两千册,转瞬间售罄。

夏天吞咽着地名。初版书。"亵渎宗教"、"……"、两度入狱。更大的厄运。超自然抑或不言而喻。迷人的信件。

那旧梦重温的夏天。

水

水比话语更管用。

物体比任何生命更有资格享有生命,看起来也更像是生命,更简单、更有起色,更神奇——每样物体似乎比我们人类占有更多的世界,尽管表面看来,它们岿然不动、了无生气、一如死亡。

因某种特殊的缘由——比方说:神话——它们买通了死神,甚至可以说,达成了生死间的秘密而内在的默契。

比方:桌子。窗台。岩石。山峦。

比方:汪洋中的一个浪。

它们拥有真正的法人身份。它们拥有表决权。一大杯水足可以否认一个人的丑陋。

而表面上,它们是死神统领的那个亘古恒常的世界。

清晨，一缕曙光投射在我寝室外墙，在微微翕动着秩序之清新的棉质、纤维质窗帘上——

这时候水来了。水在人的体内——以及灵魂深处苏醒。

水的另一种印刷术。而在我书房的一侧书架上，摆放有"名字被书写在水中"（济慈语）的另一拨著作……
（有时，水是我的读者。）

书

我常常到书店里去寻一本书。我常常空手而返。

独自回到家的我，寂寞更深了。

这件事情过后，身上有别人不易察觉的喟叹。于是，在书店和空手而返之间，愿望会更加频繁。

有时，会在雨果、奥登、洛特雷阿蒙、叶芝等这些光辉的名字下面，找到其中的一两页。有时更多，可是，随着我伫立在书店空地翻阅的时间和次数的流逝，忽然！……那本书隐身匿迹，消逝不见了！

我在普鲁斯特那里，几乎寻觅到手最完整的篇章！这种巨大的幸福几乎使我窒息失声，使我流下快乐而哽咽的眼泪！然而……一个孤独莫名的我，在一天黄昏，又从普鲁斯特的书页上巧妙而金色地流淌着，汩汩而出。

我走回家中，又恢复了原初的我。

我多么绝望！

堂吉诃德

书，人类爱情集体的呈现。它是爱的信物，是恋人般的心灵永恒的追求。它有一个古怪的俄国名字，叫屠格涅夫。它还有一个名字，叫这个名字的人写了一本书，叫《复活》，又名《德伯家的苔丝》，又名《卡门》《珍妮姑娘》《斯通纳》《花边女工》或《茶花女》。

还有一个世人根本遗忘了的名字，写了一本永不被遗忘的伟大的书，叫《危险的关系》，又名《沙尔特海岸》或《一个吸食鸦片者的自白》。

所有这些人名和书名，加起来都叫一个名字，更古怪，也更加古老：

《堂吉诃德》。

每一部书籍后面，隐藏着一场轰轰烈烈的爱情。这爱情，大多在尘世得不到实现。书籍，因此而成为作者个人那种爱情迂曲而深沉的表达。是通过失败来实现的会面，通过完全独自的相处而抵达的……热烈拥抱。

书，这一动听的拥抱——恋人间最称心的吻，最长久的拥抱。

（爱情……有时竟使人手酸！）

隆隆的夏天

隆隆的夏天。清晨快车道上滑出的鸣蝉。蓝天的云,仿佛蝴蝶的幼虫。一辆停靠路旁的小车门窗紧闭,充满秘密羞赧,像极了高楼林立的城市角落的一小块擦字板。这一天,生活被擦掉的内容多么忧伤,多么美!而这一切完全随机,完全不可猜测和毋庸置疑。只有黑板最高处的几行字,独自坚持着……一些日期和数字。

是的,文学,诗歌……幸免于身。有时,仅保留下来命运最枯燥的部分。

不可解的脸,无价值的目光,路上飙升至一百六十码的粗蛮无知。

如今仅有愚昧这一项还属人类。还有些美,还占有这一年夏天很多假期,很多爽朗,欢笑声,海边的篝火晚会,不错的身板,书法也说得过去。

手机铃声(包括彩铃)还可以接听(仍有信号)……

像素很高。

午睡

午睡会使诗人的思想变得更简短:

今晚一只蟋蟀又把我从这土中掘出来,来见这夏日清晨的爽朗,四周阔畅、静悄悄的宇宙,在这深黑的土中,乳白色的窗帘翕动着,证明眼前几乎不动的晨曦有薄雾,有微风。蟋蟀,多么像我童年的院墙,墙上我用手摸过的那一块砖。

树,一动不动,仿佛加入了一场伟大的仪式。

我被一缕阳光晃花了眼。

蟋蟀,传统刺绣,传统纺织女工的声音。她们经过遥远的世代,凑在一起边低头做针线活,边闲聊一些附近村镇的家长里短,没有一部书籍曾经记录下她们普通平凡的谈话。她们在各自的手工活面前遭遇了日食般全然漆黑的遗忘。在《阅微草堂笔记》或《聊斋志异》里,有一点点她们死后的声音(身影)。这些谦卑的娴静美貌,同样谦卑的朴实女性,在《搜神记》或《海国图志》里。今晨,在我的周围露出一点点"蟋蟀"走动声,仿佛仍旧在为她们各自可能的灵魂转世忙碌……

她们的欢声笑语,她们往昔的胸腔音,隔膜音,低声嘀咕和呼吸在树上一只知了颤动的薄翼里,被一阵清风从树上吹来。

这一阵风湿漉漉的，含有世代的眼泪，世代草木的馨香。

只有蟋蟀，成了她们秘密嫁妆，首饰、女红最后的见证，最后穿金戴银的守持。入土千年后，仍旧在自然中存留下一份欢喜。

我嚼着面包片……这世上可疑的食物。

我

我试着在口琴声中抓着我那件夏天的 T 恤。
我已不再能回到昨晚的枕上
我曾头枕星空
我曾……

水面

我到江边，江水竟沉积有我昨夜的忧郁。

上游某地的一场洪水，水面零星的漂浮物，从岸上看，构成完整的印迹。屋舍、牲畜、婴儿的哭喊，半截树梢……仿佛曾经伸出急流深处的活人手臂。此刻一切都很安静，非常安宁恬淡，这些如今可称为"泄洪垃圾"的残留物，表面有一种渴望成为水，已经快要实现各自愿望的难熬的喜悦。站在水边上,你仿佛看得到人死后的结局。一小截木板,曾经是一幢民宅墙体、门窗的局部。

它们都有一些怨怼,或曾有,但却有气无力,欲说还休。不说也罢。它们表面热烘烘的,即使一小捆稻草,那已经是最后的自我,很快,即要被更加恢弘庞杂的江水的自我所吞噬……

水面有一行婴孩赤足的脚印。

小说弹道学

我属于一把黄昏时的口琴。

一本美好的小说,我只读了个开头。书放下,窗外一个盛大的夏日。

印刷术可以局部地对应人类生存的自然。如同其中的四季之盛衰,草木枯荣。桌上这本小说,仿佛由窗外那棵大柳树印制装订成册……小说的作者,就像此刻枝头的小鸟。

埋首阅读更好一点,还是细听鸟儿啁啾?

小说讲述一名青年旅行时吹奏口琴。火车隆隆到站,前方即将进入广漠荒凉的沙漠。

他父亲的父亲曾是一名旧时代雇佣军中的一员，所隶属的小分队最终在沙漠深处消逝，没人确知那几名雇佣军的下落……

我们唯一的将来，只是被沙漠所吞噬的过去。

口琴声音既旁若无人，又有点若无其事。带几分淡漠，傲岸，几分人年轻时特有的焦躁不安。在一个空旷无人的黄昏，旅行者即将进入父辈们行踪不定，焦竭难忍的沙漠。此刻，夕阳恍若他心目中那名从未谋面的祖父的战斗的身影……发出一滴水滴落进沙质土层所特有的"嗞……嗞……"声响。

在树上，孤独的诗人开始为亡灵们歌唱。

我属于口琴音阶表层的呼气和吸气。
音乐是心灵再次加重了的呼吸。
空气的闪光点，思想的窒息。

有人旅行。
桌上端放的口琴，像极了黄昏时一个无名站台。

子弹，曾经在士兵的胸膛上横穿。
伤口迸溅出鲜血，如同锃亮之音孔。

未被子弹击中的那个人，仍将是一名青年。

他还将在世上漂泊六十年，存活六十年。仿佛天命如此，仿佛世上从未有过飞行中的弹头和弹道这类事——一把黄昏时呜咽的血迹斑斑的火车车厢。车厢内的口琴——弹道学。

金斯堡的一首诗

早年，诗人刚出道。不会玩女人，甚至不会使用一台打字机。

他身无分文，把自己关在贫民区一个房子里，遇见了一个特别炎热的夏天。墙上、地板上全是撕碎，丢弃的手稿。他在这满房间的废纸中间裸立，赤身裸体，走来走去。

被大学开除，而警察局专侍的警车正停在楼下等他——等着给他下一首新作戴上镣铐。

那副在诗人头顶上晃动的镣铐啊——多么守时！多么体贴！

阳光，仿佛被碾碎成粉末状的毒品！骄傲自满，不可一世！

他没有意识到，诗歌，原本就是人类最古老的毒品，少得可怜的那么一点词的剂量，近乎于人类被世代之爱情肆虐、折磨后的幻觉。哦，死亡之大度，自然之静谧。人类集体的幻听……

浑身赤条条的美国，仿佛鬼魂，消瘦地附身在这名犹太籍后裔的青年身上，催动果实般催动他一颗羸弱的心。

于是，鬼魂成就诗人的创作，撬开他的嘴，缚住他的双臂，把属于诗的营养、词语、梦魇往他肚子里塞、塞：

把我压碎吧，虽然我会呻吟痛苦
把我的情人带走吧
她总要叹息无论躺在何处
…………

——艾伦·金斯堡《骷髅对时间的抱怨》

命运弄人

坐在床边上，躺下。起身走几步，完全不明白的一系列举止，没有能走动的目标，没有想法。这时候手机短信响了：命运弄人。

命运，藏在装茶叶的茶叶罐里，藏在桌上每一件细小的摆设——从笔到纸，到任何一叠书不同的叠放。上下，多少。里外。莫迪亚诺下面我的那本私人笔记，笔记下面那本"花城版"的《夜之卡斯帕尔》，再往下：《中国传统文化精华二十二讲》，山西古籍版，然后是备受大诗人奥登称赞的M·F·K·费雪的《写给牡蛎的情书》（为了看清这本书的书脊命运或我把它从中抽取出来）。再往下是最新中文版，也是第三种中文译本，徐和瑾先生的译文《追忆逝水年华》。命运弄人在这堆书里面,命运弄人也在那一堆书里面。

关于命运(我桌底下的风扇正响着),我不再一一罗列。

诗句

一个人在沙滩上的足迹。
漫过的海水像人的啜泣一样多余,无力。
风,海风吹彻整个黑夜的苍穹。
人人皆有的那段少年时光。
建筑师的测绘仪对准沙漠。

在夏天

我的杯子上也有水乡清晨的涟漪。我是说一阵风吹来的快要凉了的茶杯。有一座花园,一份岑寂。多数时候,生活是被隐蔽,被深藏起的那部分。你知道时间,但你听不见秒针指针的"喀哧"走动。我吃了一口茶,夏天仿佛从我嘴里落下来一道帷幕。

在如此剧烈变革的今天,变化其实很少,很少。在县城某些区域,我的童年仿佛完好如初,又可以重新来过一次——即使在饥渴幻念中……

一堵弄堂围墙，一个清纯的院子，一阵空地小河边的涟漪，刚刚开头的大热天的上午，空气有着河滩、剥毛豆子、墙上刚摘的丝瓜味道，淡淡的苦涩。天气毛茸茸，仿佛乡下瓜田里的西瓜表面那一层绒毛，刚刚被露水浸透。

戴红袖套、鸭舌帽的厂里的民兵，回顾茫然，坐在一辆大卡车的后车厢。

正是这个早晨，这一阵风，使我仿佛重新拥有了信仰……
我信仰人的童年。
我信仰夏日之清凉。
我信仰自然界投射到人们日常生活各处的奇迹的印迹。

……有时候，与其说我重新拥有了信仰，不如说我重新拥有了童年——

我

我所经历的年代难道不像一座奇异的森林？我的身体上难道没有一只怪枭，一条夜间的蟒蛇和一只蹀步到泉边去喝水的老虎？我难道不是老虎眼睛里偶尔瞪视的白色、金黄色？我像树上披挂的藤蔓，或高原山区特有的"树挂"……那些毛茸茸、白色如霜的树挂通常只生长在海拔三千五百米以上的高原松林间。寒冷难道没有洞穿过我的心房？

街道、县城、工厂、居民区……所有建筑物慢慢褪去其外形，仿佛山洪暴发把树丛中蜕下的银白轻飘的蛇蜕卷没冲走，四下是只剩下一棵又一棵的仿佛在原地腐烂的大树。哦！森林的静谧遮天蔽日！

　　我是植物花粉，化为尘埃的山体、河流。我是我自己不知名的兽类，我和宇宙的混淆、闪电、虫鸣声为伍。我和大地唯一的真相为伍。在奔跑中我贫病交加，在中午时躺倒在街边上一间无人光顾的小屋里……

　　除了火的余烬，人还收获到什么？

2010 年 7 月—2011 年 6 月

江南的冬天

江南的冬天,太阳特别白,特别亮。天空结着一层薄冰,农田亮晃晃的,收割后的稻茬茬望出去一望无边。平原恍如一块浮动在汪洋深处的浮冰。人在幼年时候能够感受到这块浮冰黝黑的重心。田野好似钢蓝雪白的冰河表面纵横捭阖的道道裂纹,向四面八方驰骋而去。上午,风把太阳光的热气吹散;到了下午,太阳更白、更亮。天地万物没有什么能够阻挡住太阳的折射光。这阳光直射向一个人内心深处的童年,一直彻射到儿时旧居烂旧的门槛——黑夜的门槛上方。人就是从那道门槛上爬出去的,慢慢爬向世界的寒夜深处。从门槛到坟墓,太阳光无处不在,昼夜普照——就连隆冬的冰封的深夜,也受到地球的另一半的太阳的秘密拥抱。水乡的冬天,有桥,有船,有深井、大河湾。幽深的桥洞时常从望乡者的睡梦中升起。阳光如此亮白,娇嫩,仿佛春夏秋冬的一年的时序又重新从姑娘、中年妇女、身子佝偻的老太婆渐次回归到了窈窕秀气的少女时代。在乡下,农闲时节腊月天气女人们开始从稻田里抄近路(跑)走亲戚。晒在人脸上的太阳光也开始有了久已失去音讯的旧亲戚的感觉（或者温度）。吸一口户外寒冽的空气，你就知道什么叫"江南"，什么叫"江声浩荡，自屋后升起"（《约翰·克里斯多夫》小说开篇。罗曼·罗兰。傅雷译），什么叫真正的江南了——被贮存在这天寒地冻数千公里范围内长江下游的这片土地，也就是传统意义上的"江浙沪"长三角地区。看一眼长江边的这块亮晃晃的三角地域，空间充满了各种水光、波色，各种波光粼粼大地冰寒的折射，而这波光中的宁静的涟漪，由于严寒，在冬天全部冻结、冰封住，暂时消失了。水乡的涟漪，要足足消失上一整个冬季，一直要到来年开春的某一天，大地回暖，这江南大地上层叠的波光，才重新荡漾，晃动，慢慢像一个濒死的人一样深吸一口气（冰雪之气），回过神来。这时候县城里所有的井都在欢呼。店铺里所有"稻香村"的甜点：桃酥，马蹄酥，脚踏糕，袜底酥，麦饼，草鞋饼……也全部苏醒过来，含一口腮红，咧嘴笑起来。糕饼上的几粒核桃块，有时自行松脱下来，滚落到食客枕头边。水芹菜长满蓬勃的水田。油菜田看上去灰茫茫一片，完全成了野外荒无人烟的无名冻土带。大片大片的风，吹过一览无余的苏南农村，好像太平洋上的波涛一般层层矗矗，一浪高过一浪。风把人的性命之外的一切都吹成彻骨的风寒，好像在大白天砌房造屋一样加快了寒流的进程。风也把上一周的一场小雪遗存下来的雪末在行人脸上凝结成一层干土，有时会吹迷进人的眼睛，怎么擦抹也抹不掉。人会在露天县城的街头伫立半晌，呆呆地对着这种隆冬的天气发愣：究竟怎么啦？老天爷这是究竟怎么啦？一种寒流的声音劈头盖脑、铺天盖地，席卷而来。童年、青年、中年、老年，统统被裹挟其中，仿佛浊流翻流的长江的江中心，吹出江风中的雾霭。那雾霭看起来像锅炉房的热气，那热气一望而知又像是医院停尸房内的冷气流。整个辽阔的长江段波谲云诡，云蒸霞缭。冬天来的时候，起先是一种声音，之后形成某种特殊光亮，而后慢慢变成令街头行人的鼻翼

秘密的温柔 | 079

微微发酸、胀疼的空气中的零度冰点，一种令人的身体急骤下坠的冰点，天气冻到人忍不住在风里大喊大叫，弯下腰身来示意：哎哟，受不住了！围墙冻折了。弄堂灌满了"呼呼"耀眼的寒风，好像一长截败落在屋脊顶头的烟囱管。街道被自身敷上的一层薄冰晃晕了头脑。角落里水泥砌的茅坑板厕所，所有粪便的臭熏气道完全冻没了，人的垃圾、排泄物全没了气味。相反，煤灰、稻草、木柴块烟的气道浓郁起来，变成空气中无处不在的人烟气道。饭店门前、屋后煤灰的烟气飘过运河上空，一直和附近工厂的油污、铁锈气相掺杂混淆，形成一种古怪的使人一吸之下大惊失色的臭氧层味道，使人如坠地狱阴间。整个县城断续被包裹在这种肉眼看不见的淡淡的烟雾深处，以至于居民难以分辨出周围令人窒息的腊月年关氛围里，究竟是寒冷还是人们用于御寒取暖的火炉本身更加的令人气闷不止。白天，太阳光仍旧亮得耀眼。街巷里一派弄堂人家晒出床单被子此起彼伏的拍打声。由于光线格外鼓舞人心，刚刚从冰寒清洌的井台上归来的主妇们的手心底都要拍红了。每条弄堂、街巷都有一处户外公用的大水井。井水在风声音"喀喇喇……"的大冬天也格外嘹亮，人们临近过年之际，在井上用水、洗菜剖鱼，交流着邻里之间的各种揶揄戏谑。大声取笑的世俗亲情，仿佛在一年的末尾，陡然之间来到了世界尽头。井台的面积是一大块空地中心水泥砌平的微微上拱的圆球形。井、井口，位于圆球滑溜溜的正中心，冬天的水泥地颜色介于钢蓝、蛋青色之间，一天到晚湿淋淋的，去井上用水的人家从来就没断过，桶里、盆里泼溅出的水，早上的，到了下午就结成了冰；而下午用掉的，过了傍晚，来不及在太阳落山之前完全流入下水道的，又覆盖到上午存贮下的冰层之上，冻结成新的冰层，于是，左邻右舍们上井台，都要小心绕开大小不一的冰洼水潭，慢慢使展出各种肢体身手的溜冰绝技，才能一步一个脚印把手头的洗濯工作完成。到了次日早晨，最初去上井台用水的几户人家，还不得不事先烧好一洋锅子开水，端到井上去浇融隔夜地面层的冰，以免脚底亮晃晃地打滑走路不安全。井的面积是一般人家天井里普通水井的数倍。人们根本无法复述出井的开凿年代，一般都用古时候的朝代来说事，例如："宋朝、明代"之类，模糊笼统到死。况且这跟距离眼下要洗干净掰开的十斤萝卜大青菜也没有几毛钱关系。有些露天的公用井台，由合并在一起左东右西直南直北的四口水井拼凑而成；另一些大井台，就黑咕隆咚一个超大青石井栏的井口，石头的井沿上绳凹累累，经年累月的上下井绳在青石上留下了两指宽，一指深的凹痕，无论冬夏，看上去滑溜溜，润如脂玉。人的视觉上，竟有一种万人面前小家碧玉的印象。好像石头也可能知书达理，通晓世故人情似的；而孤零零的井口，则凭空诵读了一首宋词。此时此刻，有着一股江南特有的砖土、青石气的弄堂人家从晾晒着的被面上拍打下来阵阵新棉花香味道，一阵阵随风吹来、凭空落下。晾晒过的棉花和新被絮，就是寻常百姓幸福生活的希冀和征兆，跟人心向背的当时代正好相反，物质世界，似乎比人更具古典的人性。那么，想知道古老的江南吗？在夕阳西下之际，去看一看井栏边沿的绳沟吧！无数世代的井绳，在青石的井沿结出岁月的果实。此时，那果实绽放出了青衣、老生或者花旦的唱腔。那唱腔在深夜里吞下一小块烟土，洋一洋嗓子，兀自哼唱起来一阕喜庆的曲调。

  在大冬天的户外晾晒一过的床单枕被，同样在仿佛一汪清水的寒天头远远闻见，有一股极温馨的扑面而来的家庭古老的气息，让人猛一下子定一定心神，仿佛白天太阳光的尽头就是人生的喜极而泣。你感到幸福，然而，你却在哭，在悲泣，至少，在过路的行人眼里，你在流眼泪。你无法一边哭泣一边告诉人家，你很开心知足。你这是特别幸福、温暖的时刻。没人会相信一个甜蜜中人眼泪汪汪。是的，一名当街哇哇大哭的人，他痛哭的动因竟然是爱，是快乐或难以抑制的幸福神圣感。与人这种动物相仿，大自然在冬天这个季节关口，也同样容易伤感、动情，一天到晚哭鼻子摇头哽咽，走到哪儿都失魂落魄，见人就泪汪汪，克制不了。冬天实在是个外向狂野的季节，尤其在中国的江南，尤其在古老、群山环绕的徽州府，在镇江，在常熟，在吴江，在南太湖，在湖和江河——太湖、长江、大运河之间。而就地球人类的水系而言，这一个狭窄的三角洲地带，光湖泊、大江、长河三大样式，都在此处天然地达到了自身一定的极致模块。在这三大水系相毗连相邻的最狭窄区块，在无锡、江阴、常州乡里的某一地点上（例如：武进。例如：三河口）、江湖河三者相距，彼此不超过三十公里。空间距离如此狭窄，以至于长江每天两次的涨潮落潮，差不多就要和湖水接近、完全吻合了。湖面上的风浪、运河、长江上的波浪，彼此可以相互拍打，勾肩搭背了。然而，奇妙的是，但还没有——只差一点，一点点，约略十公里——陆地上有那么十公里的区域，长江和太湖遥遥相望，彼此登岸，堪堪看见对方，点一点头，打揖作别，如同雪夜访戴。而事实上，这一狭长的十公里区域，在古代也仍旧是实现了的。古代，清晚期以前，江阴和无锡之间，还有一个芙蓉湖——长江和太湖之间，基本上是相连接的，水天一色，蒹葭苍苍，可惜历年战乱，再加上沧海桑田，1949 年之后，大面积人工的围湖造垦，一个偌大的湖泊，竟活生生地光天化日之下凭空消失了，岂非咄咄怪事！事实如此。从此，水和水，空气和空气，地区和人，就有了细微差异和不一样。中国文化，有特有的"风水"科学。在湖边的城，和在江边的市镇，亦跟一条大河贯穿的城乡不大一样。只有久居的人才能体会出来，其间微妙的层层递进。有一样的地方，也有不一样的地方。北京和天津，重庆和成都，汉口和武昌，西安和咸阳，看起来相似，又不同，期间的异同，相当复杂多变。久居一城，久居汉字，或又有不同的反应。人和人不一样，地和地更相迥异。

大海历历在目。大海就在不远处的苏北和上海、宁波。大海就是古老的泗州、泰州、江阴军、海虞、福山、金山卫。海水中的盐粒、盐水成分完全从这大块的淤泥滩涂褪去，始于一个冬季，一个昼夜24小时的日月变迁，一个隆冬的深夜。就像白天飞机隆隆地从天空飞过，留下来一道声音令人眩目的轰鸣声，从人的体内慢慢到达机舱隆起的金属肚腹，闪闪发光而又肉眼不可见。看不见的大海比看得见的更加汹涌，更辽阔，激流、洋流、暗流和漩涡更多。有市井的漩涡，小巷深深的漩涡，街巷人家的漩涡，邻里市井的漩涡。有小学堂的漩涡，戴红袖套的军管会的漩涡。政治标语不动声色的漩涡，也有大海向西的光辉。古老江南的最明显的一个标志就是，在江苏、安徽、浙江农村，在所有黄海或南太平洋沿线相接壤的农田和农村耕地，在山峦起伏的旷野，或完全一马平川的平原四处，有心的游人稍加用眼睛留意，人们就能够在田岸村镇，在高速公路两侧的开阔地带，观察到一丛又一丛大小不一的芦苇秆丛，恍若远古的陆地上的盐分般尚未完成褪尽，盐粒还凝结在先民的脸上，闪闪发亮。大海的冬天的海平面仍依稀可见。往昔溯源而上，仍在以各种隐晦的方式回来，看见冬日里枯黄的一丛丛芦苇，就看见了江南。看见寒风中芦穗瑟瑟，听一听干枯芦苇叶的喧哗声响，就仿佛听见了远古大海的涨潮落潮。夕阳仿佛是落潮海沙沙中殷红的一道，被世代的变迁层层包裹着。这时候人如果到农村田埂上去站上一站，似乎可以一直站立到地老天荒。他似乎一直站立在了宇宙的边沿上。那么，吹过他脸面上的风，铁定是那地心深处的风，铁定是那天边无沿的洪荒之风。而人若要想听见或看见江南，就要伫立在这一洪荒之风中。我想，江南曾经是中国的洪荒之年，洪荒的尽头吧。曾经是华夏大地最荒凉的地平线尽头吧。人们，远古的汉人如果跋山涉水，想要看一看传说中的大海，他就必定要到江南，要来江南。孔子望海，不就是反方向从他的故乡鲁国，向南行走，来到了今天江苏的东海县城的岸边吗？那里今天不还有一个"望海台"（孔望台）吗？而在孔子望海的年代，蓬莱仙境距离他还太过于遥远。道家学说大多还尚没成型吧。虽然，对于南北分界线以淮河划线的江苏省而言，东海县，已地处北方，但也距离江南很近了，距离太平洋、大海就更近了。那里的人们迄今还在因为孔子当年看海，选择了他们的家乡而自豪骄傲，兴奋不已。孔子往大海边轻轻一站，就站立到了中国汉字的地平线尽头，站到了地老天荒。孔子从未游历到江南，从未渡过辽阔的长江，然而，他一定看见过无尽的、数不清的芦苇。江南、江北的芦苇，是同一种芦苇，夕阳下燃烧出同一种水乡泽国的不灭的余晖。芦荻萧萧，雁鸣声声，催动着旅人的乡愁。这时候，《论语》中有多少天涯浪迹者的精神格言，在我的耳畔回响？我是否该引用一句孔老夫子的谆谆教诲？江南有《水浒》《孙子兵法》《红楼梦》，更有《浮生六记》《文心雕龙》《梦溪笔谈》；江南有《三国演义》《诗经》《古诗十九首》《活着》《今生今世》，却没有《论语》。孔子本人没有渡江，但他的著述文字，却传遍了大江南北每一个国人的心魄。何处是江南？繁华和荒凉系于一身的《论语》可以告诉你。我的朋友，诗人、画家杨键跟我说："今天的国人已经不读圣贤书了。这是一切痛苦里最痛心之处。人们已经不再关心圣贤之学，中国，又何以可能仍旧是中国啊！"而我从他这一席话中望出去，大自然的圣贤之学，就是日月山川，就是平原村野之间一丛又一丛的芦苇。金色芦苇在寒风瑟瑟中的金色声响，就是人们传说中霜天极地的水乡江南。芦苇秆茎中空，就是水乡河道上一道又一道拱形、霜迹斑斑的桥洞——如果一生之中，你未曾在那桥洞之侧，伫立眺望过隆冬深夜的长满青苔的水乡的月亮，那么，你就没见过江南。换句话说，你到了意大利，没见过威尼斯，未曾亲自聆听过寒风瑟瑟之下的多情贡戈拉。

江南冬天一望无际的乡村耕地，其景象震撼我心灵的程度，任什么样华美圣洁的语言也难以描摹。在灰蒙蒙、极寒的白天，我本以为我已穷尽了我对于故乡大地的体验，想不到有一次深夜，在临近半夜但还不到深夜的时辰，在距离常州奔牛机场不远的偏僻乡间土路上，一辆载人去机场夜航的中巴车，临时停车，让乘客们下车解手。我走到更远一处田野上，抬头看天，繁星满布，寒流呼啸。那正是年关临近的一个夜晚，到处都是新旧稻柴草干湿不一的熏香，"嚯溜嚯溜"直往人的鼻孔里钻，一直钻进你的五脏六腑，钻到人人透心的凉啊，真是又冷、又清爽、又香、又寒甚，夜空深处仿佛横亘着一首民歌的零星歌词。歌词大意类似于："家山哟北望 / 觅啊觅知音"，"几家欢乐几家愁"。

类似于：

怎能忘记旧日朋友
心中能不怀想？

我感觉，我能为那一夜的旷野和风，足足写一本书。此时此刻，眼前所见一切，皆为奇迹。首先，零度以下的风寒是奇迹。从我身体里泄泻而出的热热的小便水是奇迹。机场名字"奔牛"是奇迹。周围直达穹隆的辽阔农田是奇迹。眼前呼呼叫的寒风是奇迹。人身处江南这件事本身是奇迹。空气中不远处冻土带结冻的声音轧轧作响是奇迹。人呼吸一口然后想起曾经爱过是奇迹。星星的味道，白天焚烧过的土块的味道，人往前一步宛若墓穴深处的味道，稻草湿漉漉的来年开春的味道（几近于欢快）。我一时之间又激动，又绝望，心知肚明，明白自己永远地说不出、道不尽那一晚的幸福际遇——我称之为："和江南猝然相遇，撞了个满怀"的那种电光火石，比恋爱更强似恋爱的体验，仿佛你最终痴爱上的恋人并非真实的世人，而仅仅是类似于一个不知名的夜晚（且还是冬天的寒夜）这样的肉身，血肉之躯。或许，人世上有比人的样貌心神更清新，更加令人销魂的血肉之躯。也就是说，我除了爱上了江南的冬夜，再也没有爱过比冬夜街头的寒风更娇柔明媚的女子的了。

人家说：灵魂出窍。我不仅是灵魂出窍，且寒风瑟瑟，幕天席地了。

那一刻，生而为人的过去和将来全部重叠了。

隆冬天气的寒冷里，有人的开始和结束。

荒草，乃人世之终局。

就这样，无尽的乡村，成为献给人世的成长、挫折、热恋、失意、不甘、痛苦、梦想、嫉妒、平凡和宁静的一生之书。

伸出手掌，把我的眼帘合上的，是宇宙洪荒的水乡江南。

围墙冻折了。墙体挑高的一部分是用县城酱油厂废弃的酱缸，水桶腰形状的空缸坛排列砌筑而垒高。在县城其他地方，东南西北，大小不同的巷弄两侧，也多能见到这种节省工料的砌墙材料。风因此在这一些空间地带徘徊低绕，发出别处没有的异样声音。从破损的孔洞，从缸体空洞的端口，寒风似乎找到并瞄准了更加复杂风趣的游戏在人间的借口；风声音时而尖啸不止，时而发出老人哮喘般"空通、空通！"的咳嗽声。那里的结冰层也形状各异，透明晶莹，在露天的院落墙角生根发芽，江南人家常见的日用器皿，就此成为建筑物的一种抽象符号。有时候土砖结合的围墙会散发浓郁的酒糟味，盖因墙头的一排缸坛是曾经的酒坛头。有时闻起来，又有糟香浓郁的华士酱油味，各种味道，深浅不一。在厕所、粪坑、农田周边，这一类露天的瓮缸更加常见。缸片破裂，缸体洞开，多见于1949年之后的县城住宅和建筑群体。

"嗡嗡！"的风声，折向而变成西南方向的黑糊糊一团，黑夜的风声，小孩的舌尖在舐舔一层长竹笛上的薄膜，演变成黑夜空旷的体育场煤渣地上的尖哨声。风继续吹，把足球裁判员嘴里的哨子声变成暮晚乡村的牛哞，变成长江滚滚东流的江面水花。江南最冷的冬天，必定出现在长江南北两岸，出现在数千上百公里的沿江一带。江风浩荡，十月的风，吹起来像十一月的阴寒；十一月的风，吹起来像十二月的结骨头。十二月的风，更加地挟带大地边沿的洪荒之气，仿佛有一个看不见的空间地带的深渊，出现在南太平洋和中国海岸的中心位置。北方、南方，都有不同的深渊，但是濒临黄海和东海交界、交汇处的这一片地理位置，分别表明了是由远古废弃了的黄河入海口（简称废黄河）和始终稳定的长江入海口，两个相距不远的大江大河入海口组合而成（濒海大陆架）的漫长滩涂。这两条大河，两大入海口，数亿万年间的一动一静，表现各不相同，黄河动荡不宁，长江坚如磐石，带给华夏民族汉人身上两种阴阳变幻，井然有序不同的情性，两种鼻梁眉骨，两种颜色，两次眼神，两样倨傲。当你有时间，有幸在隆冬的深夜进入江南农村的宇宙洪荒，你大致就明白了神农尝百草的滋味种种，《史记》的体裁和页码。施耐庵作为诗人的作品无存。曹雪芹的未完成之80回的冲天遗恨。你大致也体会到了夏完淳式的年轻，倪瓒的洁癖和《容膝斋图轴》，湖北天门人陆鸿渐如何在江浙交界处的丘陵地带完成《茶经》的撰写。你已深入体悟了锡剧的发源地何以在无锡羊尖乡的严家桥。何以钱穆的七房桥可萌发《八十忆双亲师友杂记》这本书的种子。何以古时江南农村，有那么多不识字的乡民会唱嘹亮的田山歌。东林书院的门联又为什么要那样写。风声雨声，在山里或深山里听，在平原和丘陵带听，在江边、河畔、湖岸上听，多不相同，都不一样；而在既有山又有水的地方听，跟贫瘠土壤的村落听，又不一样。风声雨声，在无锡惠山脚下听，跟在偏远的鸿山、斗山、胶山脚下听，似又各不相同。听到一名读书人耳朵里的风声雨声，跟一名种田汉耳朵里的风声雨声，又不一样；大热天听，和冬天头里听，更有很大、蛮大的差异，那么：家事国事天下事，就更加地各个不同了。

只有恋爱中，莫名激动到簌簌发抖的程度，才可能有我当晚去奔牛机场那样的体验。似乎，人的身体，不过是大哭一场过后的清新浑噩。人就是一场爱的献祭。没有对象，对象是谁不重要，重要的是献祭本身的孤勇，献祭本身的猝然在场和临近，是某种程度的准献祭、发烧和昏迷，夹杂着更多崇拜和敬服，还有痛苦无望的陶醉。因为这是绝望的陶醉。你明白，你一无所知，一无所望，你根本做不了什么，狂风中只有严寒撕扯的稻柴草丝、枯枝败叶和各种飞扬的土屑，那么土屑扑打在人脸上让人误以为是旧时戏剧里的锣声，误以为马上就要开始飘雪，下雪啦，江南吴方言，叫作：落雪。雪落无声，不仅无声，空气仿佛平地分派出来一辆巨型的扫雪车，在雪飘落的地方，在落雪处，瞬间扫空，清除出一条肉眼几乎看不见的冰寒雪道来。这辆天地的扫雪车行驶到哪里，哪里的空气和地面就为之一变，变得水分更容易凝结，娇嫩成型的雪花也更容易扇动开六角形的梦幻羽翼。大雪像天地之间有一个巨人向底下呵了一口气，类似于列车上无聊的小女孩在寒天的车窗玻璃上呵一口气，以便更好地观察周围的环境、投影、人形一样，瞬息间，世界分出了小人国和大人国。这纷纷大雪，跟从在这辆空间扫雪车后面，以至于骤转的天气仿佛是人类发明出来又一样隐秘的机械。事实上"人工降雪"也早已经实现，或许，遵循的也就是上述一类天气的原理罢。江南的冬天，隆冬深夜的洪荒景致，那种寂静和星空，雨雪霏霏和冻土带之间的关联，甚至机场的地方名，一一敷化成我内心的难忘的体验和经历。

稻田恍若星空的祭坛，白天有成千上万的人群的脚印从这里踩踏过，仿佛追逐空中飞舞的暴风雪中狂乱雪花的神秘仪式。大地像不知名的激流向着远处，四面八方地奔流，发出一种天地洪荒被神秘定格的声音。这镜头定格声在我耳畔"喀嚓！"保存下来。我一时迷惑惶恐，只联想起电影剧本创作手册上的一个词语，通常只出现在剧本结尾的阶段：封镜。似乎，作为好莱坞大片中无数跌宕起伏的情节设置和人物故事演绎，一年四季，这看似荒凉平淡的乡村世界正以倒计时读秒的方式进入了它的杀青程序：时近春节，一年中的一月之初，眼前竟然还有一大片完整的稻田尚未被收割。所有稻穗都沉甸甸地半弯下腰杆，早过了稻米成熟的阶段。一枝枝穗谷长得就像芦苇穗须一样苍老饱满，或者说，长得跟芦苇一样高。香稻长成了芦苇。跟四周疯长的芦苇混杂一体。只不过因为天性使然，全部在寒流肆虐中倒伏下来——稻秆本身缺乏芦苇杆子的坚韧和挺拔，不得不在一阵混乱边界和自我辨认之后重新做回自己。在江南，雪飘落进毛竹林和飘落在空旷的稻田里是两种不同的声音；而飘落在沿河停靠的穷人家的船篷顶和飘落在弄堂里人家的天井庭院角落，声音又不一样。吴方言称唤寒冬腊月，跟中国其他的方言区，也各个不同。吴方言没有"冬天"一说，同样的意思，只表述成：冷天头。或者加个"大"字："大冷天"。我的这篇文字，题目实则应写作："江南的冷天头"，或者"大冷天头的江南"，这样才符合行文的基本要义：情景交融。江浙沪，包括安徽省、江西省的读者诸君看来，方有可能大呼过瘾。普通话国语的规范，实在损失匪浅。苏州人，无锡、安庆、芜湖、上海、杭州人，发"冬天"这个音，都好像在和各自的上司和领导讲闲话。南方人一说"冷天头"三个字，就"咣当！"一声，浑身上劲。一说"冬天"，立马泄了口气。

　　我站在那里小便，解手，（那稻田仿佛是人们尚存于世的最后一丝羁绊）吹着风，我还将继续站在那里，仿佛一时之间，被江南农村神秘的寒夜景象定格住了——剧本"永远封了镜"。我从一个大冷天白天热昼心晒着太阳混日脚白相的懒洋洋（百无聊赖）的小孩子，小屁股露出来的"小屁孩"一下子长大到成了一页破损的漫画,一名无聊"社会闲杂人员"的青年,期间真实经历了何等样的社会人生。那经历如同一场子夜歌舞厅式的群魔乱舞,似乎由一本 30 页的陀斯妥也夫斯基,20 页的《追忆逝水年华》,50 页的《巴马修道院》和半页《西厢记》,小半张的《论语》糅杂组合而成。是小半部的《荷马史诗》或者《农事诗》,外加一部分译文暧昧的马拉美的散文诗,还有一大章回的《水浒传》……以此类推而成某种县城生活千年不变的大杂烩,外加马大哈(茶馆、庙宇、屠宰场、操场、建筑工地、看守所、私人红酒会所、园林和码头);一生中同时和法语、英语、德语开战;同时向各个不同的方向:荒野、风车、美女、山水、道德、未来、互联网时代兀自出发。没有任何准备地上路,始终精神抖擞地落败,以失败人生的狼狈程度为伟大和声和基准——而唯有一场江南农村田野上的寒风扑面,唯有乡野寒风的浩荡程度,给予我时间和空间上并非足够的清醒际遇——我从一场孤零零的宇宙之梦中醒来,一眼望见:江南,是生命中一部不断发展生长着的作品,是我童年人生的永无完结之日。

2022 年 12 月 15 日

大热天头

  大热天头弄堂"空通、空通!"响是我一生最难忘的江南景象。整条街的斜七横八各种大小不一的石板里弄都在因行人、天气、走街穿巷的小贩和脚踏车骑行而晃动。围墙、茅坑板、转角的垃圾箱(水泥板砌),地面凹凸不平的青石条块都有程度不一的松动之后的附会。整座县城也像一辆当年常见的老式生锈的脚踏车(二八大杠)链条松脱轮胎瘪气地勉强上了路,但随时都有当街散架的可能。人们醒来睡去,无不感到惊诧:那辆称之为"县城"的城里厢的脚踏车竟然一身松垮地出现在了他们眼前,似乎,在最可怕的炎热来临之际,白昼所见的一切都摇摇欲坠——正是那种弄堂似乎快要被过路人的脚步踏穿踩垮了的声音和感觉,才最大程度地让人们回忆中老旧江南的乡镇之美达到空间和时间上的柔美饱和程度,预示着事实上的逐渐淡出且循入历史深处的水乡江南即将要在永远的意义上集体散架了而且不复于人间了。我到很多年过后才略略回过神来:周围的庙宇、宝塔、牌楼、古桥、小船、桨橹、莲藕、桥洞、馄饨店、团子店、茶馆店、花圈店、煤球店、面馆、小人书摊、电影馆、糖果厂、稻香村点心店、中药房……一切都在摇摇欲坠中灰尘簌落落，在一场肉眼根本难以看得明白的时世和人类记忆的深刻的分崩离析中。空间的响声：声音，其实是伟大的江南水乡，上下五千年来土地和命运最后的遗存：它的实体其实正在消亡，或者已经消亡。江南的夏天到了。夏天，吴方言叫作：热天头。苏杭一带都这么说。特别特别热的大暑天气，叫作：大热天头。如果你不曾来过江南，一辈子不曾走进过湖洲、嘉兴、锡山、金坛、太仓、昆山等地乡镇的弄堂小桥，那么，你不会明白我的意思。如果一生中，你未曾在——今天出生的年轻一代，已经来不及了——某个七月流火的大热天上午，早晨八九点钟的江南县城沿街边边的老旧旅馆——或招待所——醒来，到街上喝碗豆浆吃个大饼油条，打完嗝放上个屁，然后，沿弄堂口随意溜达，猛然之间，发现弄堂两侧围墙的墙根处，一字形排列开十几三十只附近人家敞开盖子的马桶——马桶被倒空之后已经冲洗刷净——如果你没见过此类景象，闻过那种味道——江南的夏天头味道——听过那种声音（霞光升起时大小河边刷马桶的声音），那么，你就是铁定没到过江南。可以说你从未走近过传说中的水乡人家。如果我说，江南被保存在了人家倒马桶的声音里，淡淡的气道里，你能信服吗？换句话说，江南被永久地贮存在了弄堂人家晾晒马桶的声音和臭气里，你觉得可信吗？没有这种大热头的清晨的一阵忙碌（菜场、厕所、河滩、码头），吴语系的方言表白：五筋起得六劲，那么，升起的日头也显得仿佛不那么逼真了。霞光万道，要是没有了底下水乡人家河滩头的屎尿横流，同时竹刷子做的清洗器具"哗哗哗！"的一圈圈一遍遍地回来反复洗刷，那么，市井江南的小命一条也基本休矣。一年四季，这一种倒马桶声音从没有停止过。弄堂、马桶，在汉语中，这两大名词似乎可以在一定程度上互换。马桶即弄堂。弄堂就是马桶，都有一个口子，一个体积上的纵深，一种隐私，都包含有人类居住的内涵。一个木质的底子，都一样盖头朝天，浓缩了江南里弄生活的日常真相和世俗景象。马桶被洗刷一新，桶底搁放在墙根头，呈45度角朝外排列。马桶盖盖搁在另一侧。家家人家的马桶都如同操场列队的士兵般整齐划一，排好队伍立正稍息，在江南幽深的弄堂里迎接一天的新生活。与此同时，四邻八乡的小贩次第涌入，脚踏车、拖板车，行人们一个个"空通、空通"地列队进入：豆腐摊贩、磨剪刀补锅子补碗的、修伞人、货郎担们依照一天中不同的时辰早晚，定期定点地进入四通八达的小巷人家。下午，小贩们退场，大都已在电线杆下、向阳院或某地纳凉的围墙大树下占据好摊位栖息。冷饮生意上场，卖棒冰和西瓜者，叫卖螃蜞螯的小贩们，在赤日炎炎的下午两三点钟，开始出入于上述场所。正午白热化的时间段好不容易熬过去了，马桶、井上洗菜淘米的味道早已经四散一空。长满青草的泥墙两侧的弄堂空气出奇地洁净、干爽。水乡昏昏欲睡的热昼心开始进入一天日脚的下半场。这时候，时令水果的味道，井水和冷饮的味道，树荫被风偶尔晃动一下的风凉味道，就开始替代上昼心的火热忙碌，进入城里人家的街坊邻居们的视野。如果把这样的一天，1970年，或者1977年夏天中国的江南弄堂的一天，写成一本书，真是会有说不尽的故事和日常琐事。每条弄堂的页码和章节又不一样。河滩的远近，小学堂声音，菜场、工厂、车间，上下班的人和时间，阶级斗争的热碌程度，天上的白云……每天都不一样。

  有时候，那声音会从弄堂人家的天井井壁里传出来。我不晓得你看见过多少井壁。我这一辈子可能看见过几百甚至上千只井壁，大都是亲身扒在井沿、井栏上用脑袋把头探下去，深深地倒吸一两口气专心致志看见的。有乡下的井，城里的井，四眼井和窄口简陋的井。一般江南的井，大多是井口上圈窄小，底下宽畅呈尖锥状，像一只地下生长出来的冬笋。有的井深不见底，有的浅近大约两三米。井水清澈如镜。多数的井都在肉眼看得见的正常距离。一般而言，井台面积越大，井水越幽深。我见识过完全见不到底的巨井。对于像我们这样从小无所事事，把县城各个角落的弄堂窄巷，天井人家全部反复逛遍，整日价上天入地的顽皮儿童而言，县城有许多秘密，但也可以说没什么秘密，至少在空间上没有太多的秘密。我们把每一条里弄都跑遍了，尤其是北大街、浮桥、闸桥头到新北门一带的街面。光一个县城的北门地段，就有说得出名字和确切方位的四五十口井，大多数的井都形状相似，大同小异。这些人生三十岁而立之年之前所看见过的井，在三十岁之后随着城区拆建改造，大多被填没了，在一片片旧县城的废墟中失去了宝贵的清冽的踪影。整个北大街，到我写这篇文章的时候，侥幸存活下来，并且也不再有人使用的旧井台，大概，不超过5只了。那么，全江阴城加起来，统统计算在内，可能还存活有二十口左右吧。而且每一只井都加入了水泥材料的象征性"保护和重建"，也就是说，沦落到了各地水乡的景区式的规范处理。井台、井栏全部使用水泥重砌。井水没人使用，不再是日常饮用水，那么，为防止臆想中的"安全故障"，井口朝下二十厘米处，一例用铁丝网的格栅钉牢封死了。人们在今天的江南，再也看不见几乎任何一只往日里清粼粼的青石深井了。大热天头，把西瓜用吊桶吊放到井水里去"冰镇"降温的美景，在电影里还有，现实生活中，人间是再也看不到了。与此同时，我前面所言：弄堂人家的"空通"响声，有时仿佛是从井壁里传出来，这声音是再也没有了，听不见了。很简单：弄堂没有了。老旧、民国版的县城没有了。井也没有了。或者说，井成了无人理睬的枯井。声音曾经四通八达的深井，已经暗哑发不出声了。中国有句成语，叫"心如枯井"，好像正是说给今天的江南水乡听似的。而在我不多的儿时记忆中，井是多么神奇的一个去处。井台，有的紧贴地面，甚至与地面并行，人一低头，一口水井就亮湛湛地波动在那里。有的高出地面很多，人走近去，一股清冽的水井气扑面袭来。大热天头，井栏圈边边上天生地比别处阴凉，风凉，温度要低上两三度。井壁四周长满了苔藓、各种奇形怪状的花草，从贴近水面处一直生长到井沿上。每口井都有专属于自己的传奇、传说故事，大多跟鬼怪、书生、戏剧中的人物和前朝往事相关联，同时，又天然地跟千年以上的地方历史掌故、人物轶闻夹杂在一起，好像在市井陋巷深处，自行脱落成了一部竖排线装的小小古籍。走到井栏圈前，打上一桶水，听见井水在桶里"晃荡、晃荡"的声音，听见井水在念诵："万般皆下品，唯有读书高"。再抬头看一看周围人家井台所在的小巷深深，天井院墙，这才是江南。这就是宋词元曲中锦口绣心的古老江南。没有这一口口菜园附近的小径、竹林深深的井水气，没有这空气清冽透亮的水声音，江南怎么可能度过岁月一重又一重的劫波，来到世人眼前？

　　由于城里城外的井多，井壁跟井壁之间互相挨得很近，有时在一公里的方圆，隔开一条弄堂，附近竟有五六口井水之多，因此，井和井彼此似乎可以开口说唱，称兄道弟，相互传话，甚至甲井里吊上去的水在洗什么菜，乙井里井台上正汰洗的衣裳，彼此都可以心知肚明。某种程度上，开凿年代大小不一的各类古井，事实上也就成为了江南水乡四周天然的贮存和传播市井声音的音箱，就好像通上了电线电路开关的机械高科技功放音箱一样，在土地和人之间起到功放扩音的作用。对我而言，1992年三十岁之前，大的变迁没有大面积到来之前的江阴旧城，那些水井里弄，码头河滩还在发挥着传统、古代江南的作用，整个县城在大变革之前簌簌发抖，每天都在担惊受怕，旧城快要散了架，勉力支撑着，老百姓们如我辈者，却也浑浑噩噩地度着死日，过一天和尚撞一天钟。想想也是，新旧江南，对我来说各占了三十年，前后各三十年。而前面的三十年，好像过了三百年，甚至更久。

　　城里不说，说乡下。我记得每一个村庄上，都有一口大井，几口小井。过路人经过，到村口，自然脚步就朝着一颗大树，大树底下的一口水井而去，到井旁边，井台倒扣着一只水桶，有时是木头的，有时是铅铁皮桶，拎起往井里一丢。一桶结骨头冷的净水就起来了。喝上一两口，用手捧喝，或低下头去，把整张脸放到桶里吮吸，顺便双手掬上捧清水，洗上一把脸。这是那个年代的旅行者们每个人都经历的事情。走街穿巷，在县城里，任何一处城门洞，里弄人家，亦同样。"有井水处，皆有柳永词"，这句话的另一层意思是：有井水处，皆有江南。

　　从井壁里传出来的一天中的大热天头，早起头的街市，永远是最忙碌的辰光和日脚啊。淘米洗菜，生炉子关炉门，倒马桶汰衣裳，买卖上下班，可以说，全城除了不上学的小囡和老太老头，活人们都起床在走路、干活，忙于一天的生计，每个人都在自己无形生活看不见的流水线上，继续有劲或者没劲地走路呼吸，吃喝拉撒着。在浮桥上下，一条北大街的两侧全挤满了各种菜贩摊头，全自动形成了露天的菜市场，人群拥护到甚至国营商店的大门也打不开。涂写上数字的排门无法正常地摘取。商店台阶的地方全是人，躺着的坐着的站立的全部肩并肩，全部排满。人跟地上的菜蔬一样全部湿淋淋，一早上浑身挂满露水。空地上冬瓜皮冬瓜籽大蒜叶大蒜根丝瓜皮菜边皮菜叶子鱼鳞鱼内肠到处全是。人声鼎沸的菜场一块旁边是由远而近此起彼伏的倒马桶刷痰盂声音，加上茶馆店门口的炉门用铁钎捅火炉的声音，火星飞舞四散，热烘烘地一蓬火焰窜出来，拉响的鼓风机声音，船上人家的篙子撑过来沿岸的汽笛声，长江上的风浪声音以及行人在桥上过桥人数越来越多的声音。这时候一辆粪车"空通、空通！"地拉过来，事实上，粪水粪便在早晨的金色霞光中四溅。可以想象，粪车的主人一定迟到，来晚了，但又不能不拉满一粪车过去，（如果是在大冷天，粪车两侧还结着冰棱）从浮桥西首拉到东首，拉过整条的北大街。他原本应该是在凌晨五点左右,在菜市场还没成形,没有人满为患之前通过这一街区的。周围被撞到,挤倒在地,被挤的人全部爆开了粗口,互相推搡、漫骂、哭喊、尖号起来,人人都把愤怒转向那辆猪狗不如的同样"吃令咣啷!"快要散架了的大粪车上。而粪车对此一切漠然处之,每向前移行一寸距离都形成一片波涛汹涌的咒骂声浪。粪车就在这市井的声浪之中奋力前行。拉车人低下头去,用一只破草帽把自己羞耻的头脸深深遮没,大汗淋漓地左冲右突,似乎要把那一整条街的日日夜夜合力拉走,拉到地狱里去。粪车犹如生活的战车般满载而归,又一次战胜了世间太多的狡狯、贪念和遗恨。一车子大粪终于过去,在北大街口口头的浮桥脚下转过弯,虽然前方仍旧还有差不多两公里的高低不平的黄石头路面,称之为"台石路"的里程,包括最中心的商业区店面要一一路过,但最难缠的人群地段,终于摆脱一过落在了身后,阳光灿烂。朝霞密布。湿淋淋的水芹、红苋菜、韭菜摊位,黄瓜、丝瓜、番茄、蒜苗又重新复活了。粪便令人掩鼻的冲天臭气一过,市场仍重新清风扑面。冬瓜的瓜瓤味重新又把生活值得期待的清新异常的一面展露无遗。我躺在儿时的床上,周围是宽畅惬意的农村编织的草席。一夜困到天亮,草席上已睡出来一个人形大小的汗渍印。一会儿起床,揩完脸,必须用一盆热水及时把床上的席子抹洗一遍。而这会儿,弄堂"空通"响的声音仍旧在屋子里回荡,仿佛有一个看不见的小人书外的巨人跳过了平房的屋顶,落到了邻居家的天井里,在那里的花坛院墙上蹲伏起来。大热天头,一天中最凉快的也许就是早起头了。天亮后到起床的两个钟头,困醒之后,人再困个回笼觉,可以把隔夜溽热中的烦躁疲累蚊叮虫咬的劳累劲完全补上。我闻着早上满屋子的蚊帐味道,那一种经年不散的棉纺厂里的布筒和棉纱味道,蚊帐是用很轻薄,很细的白纱布纺织而成的,普通的蚊帐布几乎稍一不小心就会被扯破,我小头里,见人家床上的蚊帐破损的程度多样且很多，十有八九户人家的蚊帐都泛黄发黑，蒙上各种大小补丁，有的缝隙处就用橡皮膏贴布胡乱搪塞一下，贴一块旧的膏布。每张床都有暗旧的木床架子，帐顶立柱、帐钩。从我出生起我就只看见带蚊帐的睡床，从未想象过这样的卧室寝具会在一夜之间消失。反倒是它的完全消失绝迹吓了我一跳，同时消失的除了时间和空间上的各种记忆，还有蜂窝煤、碗橱、门槛、童车、天窗、阁楼、老街老房子——最终甚至房子和街区都没了，消失殆尽了，怎么可能还单单留存下来一张床周边空空的白纱布蚊帐呢？老式有四根立柱床架子的大床，原本上床的床沿底下还有一只长长的脚垫子，木头做的，跟木床的长度一样。床是旧式的棕绷底。靠床右首最里端的角落，放置一家人家最隐私的两只桶：解手用的马桶和一只大小相仿的木头米桶。打我生下来，我就记得，鸡蛋总是藏在米桶里。鸡蛋不是在米桶里，被白生生的大米堆埋在深处，就是在屋子外面，院子里鸡棚里蹲着的母鸡屁眼里或身子底下，因此，小头里看见的鸡蛋，不是有一股新鲜鸡屎味，就是有一股乡下新米的清芬扑鼻——而并非像后三十年的世界：鸡蛋永远在冰箱门的两侧，或冰箱的贮物抽屉里。盛米的米桶，和用于大小便的大人的马桶（小孩子只用便壶，也就是小便痰盂，或到屋外院子天井里解决。如果在农村，就是在厨房灶屋间屋后的竹林里）前后相挨着放置在一起，形成一个家庭里自然而然的秘密禁忌，除了大人家，严格意义上，除了姆妈，没人可以不经过允许进入到那张大床最进身的角落中去，也就是说，举步跨过床沿垫脚板冒险涉足全家人的禁地。在每户人家，似乎都是昼夜交替不成文的规矩。

我们家父母的卧房是老式地板房，是民国旧民居典型的侧厢房，房梁挑高，屋顶开出一个漏光的天窗，采光很好，空气流通。大热天头要比别处的房间荫凉，事实上，房子越旧越阴凉。北门街上大多是经历过太平天国长毛战火洗劫遗存的旧屋，基本都有一两百年上下的历史了。太平天国在苏锡常一带，都有反复激烈的拉锯战，最遭殃的自然是苏州和常州城，其次就轮到江阴之战了。总之，全城几乎一半被夷为了平地。但在我幼年独自醒来在老屋大热天头一大早晨的那个辰光，我根本还不了解吾国的历史，只听大人们闲聊，常提到一个古怪的词语："长毛、长毛！"的。我经历的屋子里里外外的暑热，恰好距离那场惊天动地的战火，有大约一百一十年的时间。大约在1859年，太平军大破清军江南大营，占领常州、苏州和江阴，血腥屠城，烧杀掳掠，使用各种残忍手段消灭掉四邻八方残余的抵抗人群，一直到1862年，清朝军队才卷土重来，双方来回厮杀，直到1864年，清同治三年5月，淮军提督刘铭传，总兵周盛波和李瀚章，常胜军戈登部计20万人兵马，才合力最终摆平此战局，拿下常州和江阴城。其间，曾国藩的手下湘军著名的骁将金国琛（？—1879年），就是江阴出身，江阴璜土贤庄上人。曾因战功累累，任广东按察使。自然，我小辰光对这一切毫不知情。我起床后就朝后院方向的同兴里跑，那是靠近君山脚下街巷里弄一半建在山脚的斜坡上一半靠近运河里弄的江阴北门段最古老的街坊，方圆大约两公里，整体上的空间有一种依山而傍从北向南略微倾斜的坡度，地势上是北高南低，各种电线杆杆旧祠堂台阶青石板弄井台和天井鳞次栉比，有两三百户的人家，占大弄口、道士巷、后马路、君山弄的几乎全部。此地是我小头里露天乐园的一大部分。每每，同心里的一条宽畅里弄，我们这些小屁孩，一玩就是一整天。弄堂钻进去就出不来了，里面的树荫菜园、砖头瓦爿的古战场太过于辽阔。我能闻到空气中的一千种县城古旧的味道。蜜蜂、青蛙田鸡，树上的鸟虫，苍蝇茅坑板，还有街道工厂医护室学堂比比皆是，其中的奥秘和人物故事，穷尽我整个的童年时代，也仅获得十分之二三的堂奥。祠堂里的阴森牌位，夏天田野和山麓的远足，庙里的三棵古代银杏树，多有三五人合抱的高大树身。院墙和院墙之间的一个个菜地天井，高低新旧不一，有的一半坍塌，有的在一整片废墟中仅剩余一个孤零零的门头，也就是砖砌的门洞，兀自伫立在弄堂边，里面的蛇虫百脚，多为男孩们探索世界、宇宙万物的实验场，刺激而又充满未知的想象力，加上不远处流经的运河和长江。到河里洗冷浴，大热天头最为孩子们所热衷，吴方言不叫游泳，叫汆冷浴。一条大河奔腾，两岸孩童纷纷从生长有蚕豆青菜的河驳岸上依次往河里向滚落。码头上是较为正式的汆冷浴地方。一般顽皮的小孩子都直接从草丛菜地上依次往上午九点的大河里滚落下去，到水里，呛几口水，再沿着眨眼功夫把人卷走的潮水慢慢靠岸，抓牢一把青草，或者码头边沿的石驳岸，勉力站牢脚跟。河水涨潮时，水流急湍，到令人一眼望去头晕目眩的程度。大热昼心里的河水，沁凉结骨。水里的味道，充满砂石的土质、农田和青草的馨香。同时空气中还飘浮着一整条沿河的顺流而下的北门大街人家和店铺味道，码头上淘米洗菜的味道，中药房和混堂浴室味道，酿造厂，糖果厂的糕点，菜场味道，钱土公所的后门味道，併线厂和棉纺厂里的铁器、棉纱混纺过后的热气味道。有裁缝店里的味道，街上白铁匠店味道，铁匠铺里打铁淬火的蒸气。茶馆店里木花的味道。水面飘浮腐烂的西瓜味道。西瓜从新鲜到腐烂程度不一之间，大约会有至少 10 种味道。有屠宰场湿塌塌杀过猪开始放血的味道。闸桥饭店门口头的猪头肉味道，后街人家的煤灰味道。汆完冷浴，我们去吃饭，小短裤一脱，浑身上下赤条条，再套上干的新短裤，筷儿头上往薄粥碗里一挑，粥汤只有十几粒白米。"嗯落落"一大碗粥喝掉，用手把嘴巴子一抹，再吃两口萝卜干，或者酱爆豆付干。酱缸在大太阳头里晾晒，里面都出了白生生的蛆虫。除了蛆虫，其他什么都吃，也都能吃。肚子往外一挺，万事大吉。

酱都是自制的。大热天头，一条弄堂家家户户沿门槛头都放一只骨牌凳，或长板凳，凳上放一两只大小陶钵头，钵头上用白纱布蒙着，以免苍蝇蛇虫偷吃。年深日久，蒙钵头的白纱布多变了颜色，大多呈深褐颜色。沿路头的行人，看一缸酱的成色好坏，一般只要看这块纱布的样式就心中有数了。好的酱料，相应地地纱布头略微要考究点。甜酱、咸酱，鼻子凑近上去闻闻气道就七七八八明白了。一旦纱布有了孔洞，破损了，主人家不注意的，苍蝇掉落进去，酱料不出半日，就容易拱出蛆虫了。而摆在门口的面酱一类，主人家总是不大容易去注意看，只有我们这些无所事事、举张反帝反修、整日价脑子里都是第三次世界大战的激烈战争场面的小屁孩们，最有可能去沿街张望，去关心这类涉及到吃东西的事情。那年代，"世界大战"是我们童年生活的关键词，如同"坏人好人""阶级斗争""共产主义""文化大革命"一样。这一类关键词，在我们心里已经捂得出蛆了，熟悉到耳聋眼盲的程度。唯一欠缺的，就是吃不饱，就是各种吃食，其中也包括从春晒头春天开始，一直到白露霜降天气沿街排放的这些晾晒物。实际上，一年四季，江南人家沿屋檐晾挂摊晒的各种食物，其实一直不曾中断。春节刚过正月十六开始晒糯米粉、山芋干、团圆，晒咸鱼、咸肉，三月三，晒春笋，大头菜，梅干菜，米粉，晒田横头摘的野菜干。晒面条，莴苣条干，晒菜边皮，青菜梗，晒萝卜条。一个人沿街走过，可大着胆子，一样一样尝鲜，吃过来。基本都是咸货，或者没有味道的，主人家看见了，也不会追上来骂人，也犯不着。这些如同衣裳晒晾在露天户外的东西，都呒啥值钱的货色，像咸萝卜条，咸青菜，甜面酱，西瓜皮等，我们小辰光一年到头不知道吃了多少，北门街上差不多上万户人家，沿河滩全是味道不一的晒出来的食物。我们都伸出指头子，伸到人家酱缸，酱罐罐头边上去探进去抔出一把甜酱来品尝过。家人用这种酱来炒青豆、豆腐干块，炒肉丝，都是上好家常的江南风味。三十岁过后，老街一拆迁，风俗一变，这类沿街排放的酱类食品，就基本绝迹了，看不见，更是吃不着了。酱的原料，多用泡熟磨碎了的黄豆来酿制，具体酿制方法，我就勿晓得了。所忆总是大热天头，沿街晾晒时的那种空气为之一变的人家气味，那是江南天空下特有的食物发酵的气味，酸咸涩苦，略带一点悠长深远的甜胖气，吴方言有一句话，叫"酱胖头气"，大概是说这一类的酱坊味道。那时，自制的红豆腐里会出蛆虫，面酱出蛆虫，咸鱼咸肉过度变质腐烂的部位也会爬出一拨又一拨的蛆虫。大热天头，腐烂的苹果、梨子，五月份的杨梅，桃子，烂果出蛆虫，我凑近鼻子闻过，嗅了又嗅，蛆虫本身竟没有什么味道，是完全洁净的品种，真乃咄咄怪事！大多虫类会有味道，比如人肚子里掉落的蛔虫，就有一种生腥气的肉味，爬虫类，我们大多研究过。这是我们那一代人儿时的一个特色，多在菜地树丛、砖头瓦砾堆上爬过。是一个全景式的江南旧城和另一个科技经济主导的江南新城的忠诚见证者。所有最老旧和最新奇的县城景象，我们都亲眼见识过。一个月之前，看了著名的邱炯炯导演的故事片《椒麻堂会》（荣获 2021 年 8 月瑞士洛迦诺国际电影节评审团大奖。）时长三小时，里面的人物故事，时空上从上个世纪三十年代，一直穿越到今天，差不多是一名今天的八十老者的一生，其中讲述文革的部分，披露出一个细节，当时的人们由于营养不良，饥饿不择食，最终有人道出一个民间千年秘方：用粪勺，到厕所茅坑里去捞出生白的蛆虫，回来反复清洗，放在瓦片上烘煸干，晾晒，磨成粉末状掺杂牛奶、豆浆，或直接清水服用，高蛋白，补充能量，口感也不错。这真是国人的智慧呵！我看后大惊，不仅联想起小辰光露头茅坑板上拉屎，因为无聊撅起屁股往下看，见底下黑乎乎、黄蜡蜡的粪便堆上，苍蝇成群起飞，有很多蛆虫上下滚动、爬进爬出的恶心场景。人常看见这种场景，看到后来也会上瘾，会变态。我小头里，每名小孩都很变态，都屁股一撅老半天，流着口水看这些茅坑板上的蛆虫，感觉上，那竟是江南人家岁月静好的盛夏美景，虽然气道上臭不可闻，可是对于小屁股们，却也是一堂堂难得的生物或生理课，免费开门办学啊。我们从电影里知道，饥荒到极点时，连粪厕里的蛆虫也会大量减灭，或一夜之间消失——换句话说，蛆虫也无法熬过饥荒年代，更何况人啦！

茅厕中的和面酱缸里的蛆虫，吴方言中，有一尊称，叫：大头蛆。所幸20世纪90年代后出生的新一代人，大抵听不懂也再看不见这一类过去国人和江南的污秽景象了。大头蛆，已如"牛鬼蛇神"一起自动退场了。人们不知道，我平时不养狗不喂猫，没有任何私底下养育某种宠物的习惯。我的这一习惯，恐怕就来自于儿时的某个难忘今宵的"大热天头"，一个饥馑年代带来的深度心理。某种程度上，让我养宠物，我或许会选择古纸堆里的蛀虫，或儿时所见粪坑头头的大头蛆吧。它们一个个、一只只成群结队出现的样子，虎头虎脑，真正很可爱的，预示着社会中人，一个个有东西吃，有食物填饱肚皮呢。

洁白粉嫩的大头蛆们，有一个终日饱肚的流线型美感，视觉上，总比蛔虫、屎壳郎、蚯蚓强多了，也跟地上的蚂蚁蛐蟮差不多吧。今天，我甚至对那个年代里到处乱飞嗡嗡嘤嘤的苍蝇，也有一种强烈怀旧心理。小辰光使用苍蝇拍，不知打死过多少苍蝇！蟑螂蚊子就更不用说了。有时候一只大热天头的木质碗橱上，上上下下密密麻麻，栖满了苍蝇，多到人视若不见的地步。苍蝇全都屏住呼吸，静止观望，感觉橱里的菜碗头上的肉味道，也能喂饱它们。我们家里，我十岁之前并没有碗橱。生活进步了，家具中就添加上了一个碗橱，是毛竹筒搭建的，之后几年，又改成正式的木质木架子，分出层屉来，橱门还有一只小挂锁，白天锁牢，钥匙只有天黑前下班的父母亲手头有。我们小孩只能一整天隔着橱门踮起脚尖朝里面的剩菜剩饭不停地流下口水张望。

我记忆犹新到十月里，秋天头，一个礼拜天（那时开始通行国家有礼拜天休息的规定），上午，父亲和我把碗橱里里外外撤空，一前一后扛着空碗橱到河滩头，下码头用河水清洗多遍。竹制的碗橱很轻，扛着下沉到河中，起先，漂浮在水面，之后，吃饱喝足了清澈的河水之后，慢慢向河中心漂移、下沉。我和父亲俩人半泅在水中，扶住它。十分钟后，突然从竹橱头的顶端、尾部，碗橱的四只支撑脚一端，集体窜爬出来十来只黑黑的蟑螂，你完全想不到，蟑螂们是如何秘密潜伏下来的。一旦出水，蟑螂们就爬行着四处慌乱被水流冲走了。那一天真是大开了眼界，蛇虫百脚无处不在，人类生存到哪里，生物圈就跟随到哪里。

洗净泡足后的碗橱，再从码头扛回去，分量就重多了。里面的水分，两三天过后，才能完全干爽净尽。

我们吃罢午饭，各自找地方困午觉。一条长板凳，端进空旷的厅堂，端到院子和走廊进身，有穿堂风的地方，这样，风吹来，就十分凉快了。地面砖头地，厅堂畅亮屋檐很高，气流畅通充足，真是大热天头纳凉歇足的好去处。下午一点，空间如同一场熊熊燃烧的大火现场。人赤着脚，根本出不了门。小辰光没有鞋子穿，根本没有什么拖鞋凉鞋，大热天头，基本赤脚，地面烫出泡来，无从落脚。北门大街是台石、沥青和砂石混杂的路面。你去赤脚走一分钟试试。全城如同子夜零点般彻静，连风声音都听不到。风被炎热全部吸食走了。就差院子头顶心上的太阳一轮，换成月亮了。寂静的空气，也像风声般一阵阵地次第增减，天空的光亮度也会闪烁不定，好像登山运动员饱氧之后的醉氧，过度的明亮和潺热，使人人心胸部位发闷、出汗、难受。周围一公里长的长街，只听得见老房子的板壁、房梁，干燥之余耐不住太阳暴晒的开裂声，"喀嚓——"一声声，沿一条街，上下远近错落。梁檐上蜘蛛又结出一张新网。地头的庄稼树木一动不动，空气慢慢呈凝胶状。1977年，人们没有冰箱，没有空调，没有电风扇，没有电视机。任何家用电器，或许，只剩余三样，应该说，只有三样：电灯泡、收音机，屋檐头居委会安装的有线广播。人们大热天头纳凉，只有手里的一把蒲扇，出门的一只草帽，困觉床上的几张草席，还有竹篾席。这就是当时县城的境况。街上偶尔出现一只棒冰箱子，背在人肩背后，懒洋洋，半死不活。棒冰的主人一身臭汗，前胸贴着后背，沿途佝偻，自己都快要渴死了，而他至死都舍不得咬吃他自己身上背着的棒冰箱子里的一口赤豆棒冰。

　　树上的知了都没有声音。都处在昏迷、昏睡状态。知了集体噤声。一直到下午三点，有可能是三点半，才一窝蜂齐刷刷再次叫出声来，"吱"……一声，恍若空气被浇上了一层出炉的钢水。自此，一直到天黑之后，街路上空处处是知了上下左右的嘶叫声，感觉像是行人的身体也密密匝匝生长出的树荫，布满声音的浓汁，知了声，跟太阳的火热程度，在空间和视听上成正比，一齐地嘹亮火爆，烫响起来，仿佛一只伸到滚烫油锅里的手被烧焦了。周围的街市也一半烧焦，或一并烧焦了。大热天头的暮色四起。所有天空的热，全往地面砸落。这个时辰，运河两岸下河滗冷浴的人最多，运载西瓜船的瓜农们都不敢在这个时辰里开船出城区的船闸。但偏偏有时尚剩余一两只西瓜船在黄昏头落单下来，不知什么原因傍晚之前未及出城，或者货物没能够及时销售出，总之船过了定波闸，往郊区农村开，想到一个无人空旷的乡野找过夜歇脚处，沿河西瓜船的两侧船舷于是吊着趴着一拨拨的城乡少年，刚学会滗冷浴的小屁孩，瓜农照例用竹篙头打压驱赶。这边赶落一个，那边一个机灵鬼爬上船，抱起两只西瓜就跳到河里。西瓜不比人的重量，从水面跳开，成为其他顽童的下手目标。人人都眼热这一船碧绿浑圆的西瓜，有人继续追船，有人追水中落下的西瓜，西瓜在水面被人抱怀里，必有另一人上前厮抢，分食。一只整只头西瓜，很快碎裂成两半，甚至数块，大小不等，众人分食，脸上头顶心全是瓜皮瓜籽。吃一口瓜，吃半口河水，很快小孩子呛起，河水汹涌，涕泪纵横。西瓜的刚开瓢的甜水气啊，如同一层波浪没过头顶，人从浪谷中挣扎冒出，吸食到一口香甜的老街天井的空气。船开过的刹那，周围的波浪最大，"汩汩"有声，也是较危险的时候，如果你身跟头还抱着一只滚圆的西瓜的话。十岁以下的小屁孩，根本没办法胜任此一阵忙乱，只得连人带瓜在水流挣扎，一时之间，弄不清楚了瓜重要，还是一条小命更重要，一天中最高潮环节就此来临，在一连串眼泪、鼻涕、瓜汁、河水各种呛喷之下，西瓜船终于消失在了前方，县城少年被大热天头泼溅起的这一阵浪花，成为人人记忆中最惊险难忘的终极体验。人们在水中找寻到了艰难时世中人成长的奥秘，有人赶紧往码头区游，坐在岸滩啃吃西瓜；有人仍在河水湍流中挣扎，吃下肚皮的西瓜令他的身子发沉，意识模糊，这一天里的惊险，到头来，不知道是天气太热、西瓜太甜，抑或肚子太饿，河水太急？小伙伴们太凶、太没出息了？人人都在河当中、码头区域大眼瞪小眼盯视对方，不再开出口讲话。一时之间，运河上下安静下来，只听得见知了在树上仿佛被灶跟头的火钳钳住烫着了一样，如同传说中汪伪时期的地下交通员坐在了酷刑逼供的老虎凳上，且在坐受之前，被狠狠灌上了一通辣椒水，真是令人恐怖。但一时之间，仿佛嫌弃西瓜船途经的一幕情节还不够刺激似的，突然一名家长当街把自己家中的老三，一个八、九岁的顽皮小子拎起来，一阵急步往河边码头上走，任谁也劝阻不了，原因不过是该小子独自在家中偷吃了一小枚鸡蛋，或者一小碗发馊的泡饭。只见当老子的大步流星，脸上正有一副坚决消灭阶级敌人的样板戏表情，双目炯炯，意气风发，从码头第一个台阶赶去到临近水面的第十九级台阶，前后只用了两三秒钟，顽皮小子像一口袋面粉般颓然落水，头颈被大人抓牢摁实，直往深水里使劲埋下，半分钟，拎出水面，涕泪纵横，来不及吸气，又摁。再拎来，暴力四溅，如此再三，直到小子被淹得半死，连求饶命的动作和言语都消失殆尽。一条河上七零八落的小顽童们全部被惊呆了，原地踩水，原地赤膊小鸡鸡翘出，原地半躺在水面，什么情况的都有，一时间天地仿佛停转了半分钟。漫长的一天啊。连树上的知了仿佛也停下了不住声的漫天叫嚷，有五分钟，然后一切又恢复了往常的一切：孩子们划水，上岸，大人汏洗衣裳，一根根槌衣裳棒头举起又落下，一公里长的河滩两岸，到处震荡着古老的浣衣声。知了重又"瓷——"一声叫起，火烧云映红了半条闸桥河。那名受罚的小男孩哭着活转过来，拼命弯着腰吐出一口口肺部积淤的河水。又一轮拖驳船由远驶近，形成的水波层层叠叠，把码头的水位抬高了至少一级多。人们纷纷把原先码头上的木盆竹篮淘米箩往上搬移，一时间，水乡江南手忙脚乱着，遗忘了董小宛、侯方域、柳永，《珍珠塔》《白蛇传》等这些人物故事传奇。街上茶馆店迹近于打烊时间。书场里说书的先生摸了摸台子上的惊堂木，举起印有"人民公社"的图案的搪瓷缸子，喝了一口热茶，又把手头的折扇往怀中一收，大热天头就此起身。黄昏临近，晚霞升起的时候到了。

　　船上偷来的西瓜吃进肚里，怎么也消化不了。吴方言有句话，叫：活里活塞。活字，还不是这样发音。我也写不出来。一般形容果核，例如：苹果、桃子的核。"核"字的发音，用在这里，才对头寸。可是一时之间，忘记怎么写了。西瓜呛着河水吃，有时就是这样，容易饱肚，也极容易不消化。回家路上，不停地打嗝。

　　赤脚沿着青石板路回家。白昼心里的暑热，在沿河滩的码头石板上，已经褪去了一半多。一条长长北大街，街两侧的人家，门前都有些空地和阴沟，黄昏头里，主人家勤俭些，都往空地上泼一两盆水降温。泼过水之后，过半个钟头，门板竹榻长矮凳就捎出来，准备夜饭，乘风凉。一家人都围着长矮凳吃饭喝粥，小酒咪咪，下酒菜无非黄瓜螺丝、酱爆豆子、豆付干、肉丁。大热天头晒的西瓜皮这会儿派上了用场，用切细的红辣椒丝油锅上一炒，括啦粉脆，口感极好。天最最爆热辰光，20世纪70年代县城街坊的一景就是，各人家门口用困觉的木门板搁出来搭好，门板上晾晒腌好的西瓜皮。瓜皮在盐水里泡过，湿淋淋捞出，一块块呈长条状晾在门板上，弄堂里有时候几户人家并排晾出一整长条，有七八张门板长度，望出去首尾相连，好像河岸边停靠着的一长溜拖驳。

西瓜皮晒好，软皮踢塌，清水洗净，切丝或切成丁块，和辣椒炒熟，盛碗里上桌，吃在嘴里括辣粉脆，甜丝丝，十分呛口，为上世纪七八十年代县城难忘的菜肴。80年代就很少见了。生活一旦有好转，人们就不再屑于吃这种瓜果边角料了。然而，它却是我们童年和少年时代难忘的生活记忆之一。过分老的西瓜不行，一定要嫩一点的薄皮瓜。西瓜籽吐进一只脸盆，洗干净晾晒，炒熟吃，等于一只西瓜从里到外，全部吃光。

我一向痛恨乘风凉的"乘"字写不出来，比较相接近的是"盛"，但是发普通话音就走样了，"盛"字用吴方言说出来，那么，就介于"盛"和"乘"之间，而单独一个汉字的意思也有了。实际上，今天的人已经再不乘风凉了，再没有往常20世纪70年代江南人家的露天闲坐剥瓜籽，讲老空话，看天上流星拍扇子赶蚊虫的市井场景了。之后也有别人把秤风凉写成"纳凉"——纳凉晚会之类，而在"乘、盛、纳"之间，究竟该作何取舍？或游移不定在三者之间？感觉委实好没意思。江南人家的平常吃饭，盛粥盛饭盛汤，多用这个盛字。我觉得，是这一"盛"字，放在露天的风凉前头比较好。不管他了。

昔日江南人家，一说到大热天头，必说到盛风凉，因为再没有坏人好人，阶级斗争，地富反坏，美帝蒋匪的野心；再没有台湾敌人发传单和反动分子偷听敌台，珍宝岛和二号病516来捣乱；也没有大人上班落班，小人学工学农一类的烦心事体。所有人全部脱光汆浴，回归了本相，而且全部都聚在了一起，如同人类暂时回归了原始野蛮部落的生活方式。大多数凡能双脚走路者,都在天黑前后,被天气的闷热赶到了屋子外面大街上,依着每家每户简便的那么几张凳子床板、竹榻蚊帐,露天栖息在了县城的仅有的空地上,或者沿街处,屋子里大凡能搬动、可以躺、坐、困觉的家具,全部搬出来了。长凳、小板凳、竹榻、竹靠背、春凳、骨牌凳。通常,一家人家留一只淴浴的腰圆木盆在里屋,再留一人熄了灯淴浴烧水,轮流过来淴浴,然后男的赤膊,女的换干净裙子,在木盆淴浴,一般左邻右舍,也有排除的顺序,先是家庭最老的老者淴,然后是屋子男主人,男丁,之后女主人,女孩。中间视浴盆水的清洁程度决定,热水是否须更换。像我家里,一家四口,就从头到尾一盆热水。我姆妈最后一个淴浴。淴完叫一声,我们哥俩再进去厅堂,帮忙把浴盆抬到天井里倒掉水清理,轮到姆妈淴浴时,浴盆所在的位置,早已湿塌塌一片。房间也像雾气腾腾的蒸汽房一样。趁这段时间清理浴盆,收拾换洗衣服,一家人再到屋外盛风凉休息,一两小时过后,屋子正好腾出空闲透气。半夜前后再进房困觉,一切也就恢复了原先的次序,五斗柜整洁如常,厨房碗橱炉子干爽清亮,好像也在众人乘风凉之际,在夜色中淴了一个热浴似的。

  盛风凉,也包括在街边边头门口头露天的那顿夜饭,感觉明显比平时在家里吃激动得多,因为可以边吃边看,菜和饭全端出去露天吃。小孩子家,还能"行饭碗",就是端着一碗饭夹几筷菜端在手里,边溜达边吃。一条街上行饭碗的小孩子很多,弄堂有,桥上桥下都有,大家全在看稀奇,赶热闹。一张长矮凳,几粒老蚕豆,盛风凉,讲老空话就开始了。小孩川流不息,大人相对固定,都以一家之主的正规模样,端坐大门口,开讲老电影,老法头传说,老故事,老《三国演义》《西游记》。个别人缝里,有人讲鬼故事。没有人开讲刚刚结束的"十年文革",也少有议论国家大事的。那几年的民间舆论,还比较压抑谨慎,闲话历史上陈年旧事的比较多。每年一到盛风凉天气的大热天头,父母大人之间的闲话就多起来，平常一个个不拘言笑，可是一到盛风凉时，全都说说笑笑开心起来，一整条北门大街，也一时之间生龙活虎，变得格处爽朗温和，年轻起来。

  从出生到十八岁，我就是从大热天盛风凉的人群堆里，接触到了最初一回的中国历史知识。一般而言，到茶馆书场听说书，比较专业、正式一点，而到了露天的盛风凉地方，好像是来到了专门培养说书人的业余课堂上，一枚枚民间故事的种子，就来源于此类无名作者的街头巷尾，什么济公、二郎神、白蛇小青、玉皇大帝孙悟空……偶尔到出彩处，甚至比书场正式的扬州评话里的说书人，还要来得更加形神兼备，甚至动作会愈加地声情并茂起来，用手头一杯茶当惊堂木，一把折扇也栩栩如生。狸猫换太子，惊险华容道，关羽救嫂，林冲夜奔。似乎是中国古典英雄们不论真假高低，冥冥中落泪动容处。一条北门街，千家万户，天一黑下来，一个名叫"关羽"的人名，就从街头传到街尾，仿佛长了翅膀一样集中了多少左邻右舍人的感情，途中，时常变幻成了"程咬金"，时而又姓了"岳飞"这个铁血之姓。天下好汉十八条，一会成了三十六。最终排来排去，成了一百一十八单将。板上钉钉，众人皆心悦口服。

  1962年出生的我，可以说生命中有一段"盛风凉辰光"，堪和别的经历记忆区别开来，那是一生中特殊的一份养育。大热天头盛风凉，和左邻右舍嬉笑共话，是从1962年—1982年这二十年里，也可以说十九年罢，再扣除5岁之前的不谙世事，约摸有十四、五年的大热天头的街头盛风凉生涯。从小到大，人基本长大。每年最惬意事，不过春夏秋冬四季，冷天看落雪，春晒头郊游远足，大热天头盛风凉以及秋天上山观红叶外加一个逢年过节这几样吧。人就在这几件惬意赏心之事中长大成人。问题是，人在十九二十岁年纪，意气风发，不觉得世界会变，只相信眼前一切听见皆永恒、永远。包括大热天头的露天盛风凉，以为就是地老天荒，世界尽头。每一年都觉得第二年热天会一模一样的，一切将会重现，殊不知世事如风，或者说世间事均无常，好像有一个不可思议的魔术，把人眼前的活生生一切全变化幻灭，无影无踪一样，一瞬间一丛丛水泥森林出来了，人、街区、县城、天地、日月，都不堪保证眼前的一切是真实，而在一切的大变化中，最美、最珍贵的部分也最脆弱，消灭得最快最早。露天盛风凉，是我人生所见旧江南风物中最早消逝无踪影的市井景象之一。

一个人赤着膊，挟着一张竹椅凳东跑跑西跑跑，坐下来看看夜空繁星密布，听人群耳畔正讲到《西游记》第十七章回，然后独自坐黑暗中打盹，醒来，琢磨着去加入哪一个沿街的人堆里，还是偷偷溜到河边码头再泅次冷浴？这样的事情竟会消失绝迹？作为一种人类的行为而彻底从社会空间消失？

在我二十岁时，如果有人告诉我，以后大热天头，人类可能不再有集体盛风凉这类景观了，打死我我也不会相信，也不甘心。

江南这大片的森林，最高大的一棵树，古树，倒下了。

他树之凋零，皆源于此。

周围是蚊烟香，各种烟气和烟雾。大街上暑气的热烘烘，静悄悄地，已失去了天黑之前的那种威力，变得昏昏欲睡、懒洋洋，好比看守着大片农场的守门人一样，机灵鬼们，可以从他身旁边溜过去了。晚上8点过后，折磨了人们一整天的暑热，不再有余力作威作福了，但远近四方，也没有人们期待中的一阵风，甚至热气流的波动都没有。人们说话断续而又小声，大多窃窃私语。抱住膝盖，身子摇晃，以防睡意过早上身。坐在一人堆里，人们身上的睡意和呵欠，会彼此感染。一个好故事，一句精彩语，此时，能强力提升现场的氛围，能叫人眼前一亮。每年的大热天，这样的盛风凉夜约略持续五十天左右。一年也就50个夜晚人们集体露宿街头，谈天说海，共话桑麻。大致从阳历的七月初,到八月二十号左右,再往后,斗转星移,天气普通凉爽下来,一条街上盛风凉人家也就稀稀落落了。因此事后回忆,盛风凉这件事,也要符号几个条件,第一,盛风凉人家必依傍有一个古城,一条老街,大人小孩在星空底下团坐,必依赖街坊邻里百年以上的乡俗地气;最主要的是,搁出去让家人盛上风凉的门板,必干爽温热适度,过分凉快,门板发硬了,自然也到了赶紧抬回家铺席困觉的时候。故儿时盛风凉记忆略深的是那一张露天门板的松木香味,有时候门板由其他杂树木制成,也会有股特殊木板香,在那么炎热的热夏这夜充分挥发出来。可以说,人们抬到户外露天用于盛风凉的那一张床板,一年四季可以说都有不同的温凉软硬,不同的气息。唯独大热天头夜晚的床板气味,为那个季节所独有。我忘不了小孩彼此玩耍时把脸蛋贴在露天门板上时的温馨神秘,仿佛,人们身子底下的那张长方形底板,直接从夜空和繁星深处伸过来,一张普通的床板,一时之间,竟短暂超越了人世间的棺木、婚床,在盛风凉露天的人群堆里,获得了更加自由自在、年青的心性。门板仿佛回忆起了它作为飒爽英姿的一棵大树时期的枝繁叶茂的生涯。似乎,做了人家的门板之后,只有每年夏天的入夜的几十天辰光,搁在弄堂家门口街旁边的门板,才略微恢复了一点隐晦的自我。门板以此恍惚迷离的自我,跟其主人家的孩子们,邻里百姓一起参与并分享那样一段大热天头盛风凉的大好时光。孩子们痛痛快快地赤卵光屁股,汗水直淌,在一张门板上时而跳起,时而打滚。灰尘,吴方言叫"蓬尘"。门板搁起之前,擦洗得干净与否,闻起来香气都不一样。刚刚抬出屋子,门板上蓬尘味道很重,渐渐地就更加清洁干爽了。热闹时,门板也在人群中小孩一般打起了瞌睡。门板上的花露水味道、爽身粉味道。门板上刚剖开的西瓜味道,溅落的井水味道。门板上的星空铺陈的感觉。细皮嫩肉的女孩子和婴孩味道,都经年难忘。孩子们还经常钻到老旧的木门板底下,暗中去摸出那些缝隙，把好玩的画片什么的塞进缝缝。谁也没想到，一旦到了野外露天，一张不会讲话的门板会那么好玩，散发出阵阵助人避暑降热的功能性气味来。风、老街、星空、门板、故事和老法头闲话——就这样组成了大热天头晚上盛风凉的经典魅力，自然也包括周围夜色中黑黝黝的树丛院子弄堂和各种吃食：老蚕豆、南瓜籽、酱菜；运河水面以及四处出没游荡的萤火虫蝙蝠飞蛾蚊子蛇虫百脚，以及屋檐墙脚壁角的壁虎子——细小的尾巴一左一右，来回探测、扫瞄。

街头盛风凉——因此而成了没有名目的民间狂欢节、故事会、动物园游乐场、小吃美食节、流动性节场，以儿童为主体的游行行列。各种笑谈、茶艺、鬼故事、恶作剧、街头变魔术和杂耍、民间传闻的今古大杂烩。随兴而致，不拘小节，性事启蒙，人来疯，古远天文学，殊如此类。一条北门大街上，人声鼎沸，到处都是拍蚊子挥动手上的蒲扇"哗嚓哗嚓"的声音。蚊烟香烟头四处闪烁，呛在喉咙眼里，泪水直流。

我是从小在县城出生，在县城长大的。我相信盛风凉这件事，古已有之，而在辽阔的乡村，延续的年头还要更久远些，内容也会更加好玩难忘。江南传统的村落，在平原上几乎每隔五里路就分布一个大小村落，大者百余，小者二十人口，多围绕一株大树，一口池塘而生存，有打谷场若干，大小院落无数。大热天头多在空场盛风凉，谈天说海。遗憾我未能有过一个夏夜在村野的怀抱度过，那里的树荫河流，田野微风，星空虫鸟，山谷平原一定有更加多的人间趣闻，笑谑故事，农家的小孩子，也更加葆有大自然的天性。七月流火，夜空闪烁的流星一定比我们这帮"城里人家"见识得更多。一年四季，大热天头和刮风的大冷天，乡下亲戚之间，也不怎么来回走动。唯春、秋两季，家里有时会有邻近县城的乡下亲戚大老远地跑来，肩上捎着荞麦粉山芋干土鸡蛋等乡下特产，但是，在最重要的民间盛况：热天盛风凉，冷

秘密的温柔 | 113

天过年这两桩大事情上,亲戚们无一例外都缺席了。我无法回忆起来江南乡野的盛风凉,豆棚闲话,或田头地间的热天头的乡村美景,不能不说是一种遗憾。岁岁年年,百姓的生活流淌过江南的这棵大树,流淌过江南大地阡陌纵横的杨柳岸,期间,流下过多少英雄人物,传奇故事。有时候我躺在穷街陋巷大热天头盛风凉的木门板上,小小年纪,也会好奇地想象县城以外的世界:广袤的乡村平原,村落土路,思索那里的人的生活,耕作、上学、做饭、潋冷浴、玩耍。那时候,城乡之间的人群,似乎还有一道无形之中的等界线,很快就要被破除了,弥合了。或许,大变革时代来临的征兆之一,就是城里人和乡下人之间的身份认同。这一天,无疑快要到来了。街头盛风凉的器具和阵势,已经快要被搬除了,床板、板凳零落,竹榻捐起来竖放在街路口门边上,藤躺椅上空空如也,已经没几个人还袒胸露肩地在街头横阵,等待着夜色深处或许永远也等不到的那阵凉风了。大热天头的盛风凉,如同一场终于散去了的千年筵席,在我们这一辈人,这一拨江南少年的白昼和睡梦乡骤然间进入了终场,这是没有想到的事情。"人散尽一弯新月如钩"。村头上,乡镇上,县城里的旧年盛风凉,每每都不相同,又都相仿佛,茶叶、菜肴、闲话、方言相同,天气心情也都一样。除了城里的路灯亮点,多一点,其他黑咕隆咚的程度,大致也七七八八大同小异吧。

江南旧式文人,亦如流星般划过了夏夜的天际。只不过在我们不谙世事一班野孩子眼睛里看见了,也不明不白,只感觉到银河迢迢,世事空茫的一刹那,我们根本难以明白,这是怎样的一份光焰,一种黑暗深处长夜漫漫的馈赠。成为一颗星,又一颗星,又一颗星的那个古老年代,离别的声音终于远去矣。"长亭外,古道边,芳草碧连天……"星星们在夜色中完成了它们的绝唱。没有多少百姓的眼睛,能够镌刻下来这一刻的耀眼和珍贵。当时竟成远古,刹那终属寂灭。人们就这样来到了世间长河的河床的断裂带。

人们所可能抵达的，只是一份童年的呜咽，别无其他。

2022 年 12 月 25 日，圣诞节

帕米尔花

—— （节选）

序

　　旅行是一种迟到。是在客人离去之后整理遗物。他原先答应和我们亲热，陪大家说笑，可他只给诸位留下略带忧虑、意味深长的沉默。他本来安排好了和大家见面的时间、地点；但那地点，仅存风徒然地在那儿吹，白云凄清地在那儿飘。而在预先约定的房子里我们只看到一大摞杂乱、遍布灰尘的旧相册。窗外，夜色渐渐浓郁。时间仿佛不是别的，恰好是遮盖住我们正在前往的那一大片伟大风景的旷野上的帷幕。一名吉尔吉斯人在路旁稀疏的白杨林中，骑着马朝我们唱歌。他胯下的坐骑正扬蹄跨过一大片湍急的溪流。而天山以北的牧场上的哈萨克牧民在吹遍枯黄原野的风中把他游牧生涯的缰绳慷慨地递交到我手中——但我知道我太愚钝了。我仍旧来得太晚——即使不针对我的灵魂、身心，我的脚和呼吸着的肺叶，这块土地上的最初的爱情的战栗也已远离了众人犹豫且探索着的手指。我的嘴唇干裂。我的亲吻沾满了遗忘和痛苦的灰尘——我仿佛是在用垂垂老矣的年长者的耳朵，聆听一名孩子的歌。最初稚嫩的声音的细血管,开始在我脑门上跳跃——激荡不已。但我已使风景布满了我额上的皱纹——我不知道我能够更好、更专注地审视谁:我所见的风景?抑或这风景中的我自己?比方说,在去塔县(塔什库尔干)的路上途经的圣山雪域——慕士塔格峰(海拔7546米)——那积雪皑皑的峰峦坡顶之下,我怀疑,我的旅行是否真的存在过?——我是在途经、体验一座高山,还是在眺望生命存在的可能的虚妄图景?

——我在光中看见了光,还是更深的黑夜?!

一

当我们乘车离开塔什库尔干,那里街道一侧的古石头城遗址的外墙仍暴露在冬日的蓝光下面,石头的裂缝看上去经受了太多一代代活人们的遗弃。它甚至用人对它的遗弃加厚了一层外墙,一层沙漠旷野和戈壁地带特有的干土色泽。它的泪水在那种色泽内部尚未枯竭。它有着大路上一排排向后退去的电线杆的枯索苍凉。白杨树的头巾,娇嫩的酸枣树花,金灿灿一片的胡杨林,就像一棵从茫茫沙丘中突现出地面的老柳树盘根错节的粗大根桩,从古城废墟的墙体深处,有一双晶莹纯真的黑眼睛在朝外层空间长时间地凝望。那迷人的眸子宛如一节被少女的手指按凹下去、一动不动的象牙琴键,其中绝世的音色和弦以一种肉眼难以察觉的飞速漫延开来,一直到群山和远天的苍山峡谷之间,在大地细微的听觉中,军营嘹亮的吹号声音,冬季新兵列队的脚步声兀自升起,仿佛雪的腹腔内隐约传来的啜泣声——我看见远方高耸入云的山峰(慕士塔格峰)峰顶上的积雪层震颤了。雪的粉末腾空而起。在清晨的太阳光下显得如此黯淡无光,就像很快要流入沙漠、消失不见的一小股细长水流。经年积雪在我们的五官无法触及的远方崩裂开来,有如乡民们在十月的农场空地上扬起了的一堆谷粒——但更像银幕上的光柱突然扫向底下黑暗的观众席——旅途的大提琴仿佛由此而裂开了,面板和贵重的琴弦因遭重创而分了家。一轮银色的月亮仍停留在白雪皑皑的山峰的大块岩面上,向着底下荒凉的戈壁注入源源不断的、真正阒无人迹的荒凉……

我们的座椅颠簸着,非常权威、精确地丈量底下公路上的环形山。我们是从宇宙尽头返回的无名归来者。我们的太空舱已经丢弃。我们甚至不懂得哪一种确切的词意可称之为"旅行"。车轮仿佛悬浮在无边的瀚海,在远远的人类社会的上空,在它原始混沌的星际空间攀行。我们丝毫没有通常在某个地方乘车的感觉——与其说是在陆地上,不如说是在波涛滚滚的大海洋面上。换句话说:大家是在轮船的甲板上经历一次神秘山地的航行……我们的姓名怎么办呢?同伴中有人还声称他懂得语法——诗歌的天敌!交谈是完全不可能的。吉普车司机有一次甚至想计算——他俯伏在他那不停晃荡的秋千架一般的方向盘上——计算出自有游牧民定居以来的高原的确切纪元。塔什库尔干县城可靠的时间历史。这无疑(我事后猜摸)是在用家禽的足爪印推测一头恐龙诞生的(奇迹)纪元。

我们的座椅颠簸着。古石头城也在我怀里颠簸着,像一名不足月的早产儿,一名婴孩。脸部的五官几乎来不及成型,却已经努力在用幼小的指节抓挠母亲的脐带通道,抓挠空气中依稀可辨的血迹……;同伴中有人扭过头去,努力注目于一个濒危动物种类般移行的大峡谷。耳畔是"呼呼"的高原风声,是羊群大面积迁徙之后残余的雪。雪和草根——如此亲密相像的一对患难兄弟,宛如山地粗糙的舌苔,伸向无尽的荒漠纵深——

月球和太阳相并列，在湛蓝辽远的天幕深处。此时的两个星球显示出了它们之间罕见而难以名状的亲缘关系，如同前方有一小段公路陷入了惯常的高原反应。乘客的军绿大衣在白热的寒风中眩晕，衣襟下摆和衣袖已站立不稳，人却好像没事一样，叉开双腿站立在两块崩裂的大石头之间，而从石头闪光的边沿，人们可以观赏到一大片雪亮刺眼的湖泊。著名的库力湖，喀喇库力湖。1901年或公元243年，斯文·赫定曾经率领了他的骆驼队，远涉重洋在此驻足……。赫定胡须上抖动的雪花和热气仍镶嵌在附近岩壁上。他们告诉我山的名字：慕士塔格。他们向着天空高举的手指像扳机被扣动之后有一阵不易察觉的细微痉挛。他们痉挛着的身体里的音节。上苍的色块。天上的红嘴鸦在四处盘旋，下沉——从它们特殊、来自远古的翅膀姿势上，你可以感觉高原之上的空气何等清越澄澈……

那些小乌鸦——那些锐利眼瞳的飞翔。在它们傲岸的群类背面，漫长的戈壁沙漠、地平线和极地的高原只不过是一小块即将要到嘴边的永远的腐肉。积雪——腐肉。人类——腐肉。公路和岩石——腐肉……。不停地啄食啄食啄食……

与其称它们叫乌鸦，不如称它们为——天空的黑。

喀喇库力湖（Grossen Kara=Kul）——中国地图册上称"卡拉库里湖"，意为黑湖，是一座典型的高山冰蚀冰碛湖。我们的吉普车驶经它身旁时。它远远地看上去就像一大块新近出炉的钢锭；一大片钢板铺设的巨型广场，非常富有设计新颖的现代建筑韵味。完美的平面效果以及饱满的立体感相交融的典范。公路上除了乌鸦的影子，再没有任何活动的物体。我们等车停下来，慢慢走近这高原极地之上唯一的柔软物：湖水。在我的印象里，每一座真正雄阔著名的山峦旁边，都有一处与之相伴随的湖泊，像忠实的情侣永生永世陪伴着那山峰白雪皑皑的绝色美景。此地的喀喇库力湖——慕士塔格峰也同样。幽深明蓝的湖泊深处可以清晰地看到慕士塔格山峰投下的影子，后者就仿佛是从尘世的深渊里高高举起的一枚火炬，把整个远方、整个西方，整个四面八方的高原湖泊都照耀得熠熠生辉。大量冰川峡谷劈头盖脑落在它神圣的光照之中；而从喀喇库力湖畔的一侧，可以最清楚地看到这座世所闻名的"冰山之父"全部险峻的威仪——那世界上一切壮美的冰山绝域无与伦比的祭坛！确实，它就像一个史前遗址的祭坛。那些山脊和峰峦之上无数笔走龙蛇状熠熠生辉的积雪，恐怕自天主创始之初就存在在那里了……在进入帕米尔的头一天，我们的车绕行了有三个小时，"冰山之父"却仍在震颤不已（如我心）的车窗外面。天空是无限的悠远和湛蓝，永远像早晨一样清新，又像正午一样公正澄明；那一瞬间，我感觉到了大地本身腾空而起的火焰；我也看到了能真正照见人的一面镜子——慕士塔格峰像一根大地上的水银柱。我们在湖畔蹲下身子，后面天空的黑（乌鸦）又从波光粼粼的水面上掠过——如果说大家就差没有跪下来，朝对面的"冰山之父"磕拜，那是因为慌乱和惊奇弄昏了同伴和我的头……。站在这样的冰峰幽景面前，众人全都手足无措，除了"噢噢……"几声赞叹，半天说不出话来。

凛冽的寒风"呼呼"吹过伫立在湖畔的我们，不一会儿，每个人身上的厚棉衣，都似乎成了冰冻起来的单薄雨披，在寒流中"刮刮"作响。在这样的高原飓风中，一切尘世的俗事都已经远遁、退后。我们又一次在金黄色的大气里，畅饮到了自由自在的极地琼浆。

冰再一次刺破了我们的身体。从此灵魂有了异乎寻常的一份明亮，一份激越（和词）。我的手与你相握时也有一道冰雪层天然的皑皑白光。我的眼睛像在初恋的爱人面前一样发光、腼腆、火热。高原修正、修改了我们身体内部全部的措辞。高原是全新的诗篇，全新的语种、发音、修辞法。音乐或歌唱用的发声法。我们面朝天空的三大男高音，地球上最巍峨挺拔的歌剧院，华丽、流光溢彩的歌剧院前厅以及金色演奏大厅（可称为"金色帕米尔演奏大厅"）。一切乐队的阵容，最最昂贵的舞蹈队列；最最名贵的小提琴、中提琴、大提琴的琴弦。阳光下的圆号、英国号、长号。峰峦形状的马头琴、昼夜交替的百合花形状普莱耶尔牌钢琴，以及庄严的乐队定音鼓、风的三角铁……全都在那里，在那熠熠生辉的峰峦之上整齐排放着，形成了一个巨大乐池的屏风形状，呈扇形状从歌剧院演奏大厅的金黄色前台位置上朝我们展开。歌唱。歌唱！全体贝壳形的起立。永远是新年主题的大合唱，没有一样是不尽人意的、走调的、是旧的——每一粒空气中的雪霁都预示全新的自然局面，全新的嗓音、全新的领唱风格、齐唱或高声欢呼；欢呼雪的到来、主的到来，神圣天主的降临，欢呼宇宙的新生，宇宙间万事万物在时间中的大结局。——那一刻，我感到了全世界的生命在我身旁的聚拢；呼啸着并且完满。高原本身也成了一个悦耳的音符……"由此，人们梦见到神秘的境界。"后者是音乐作曲家莫里斯·拉威尔在地球另一侧的柔和的话语。

二

　　歌声是用胡杨木制的木勺从村子附近的河水里舀上来的。那街头脏黑的吉尔吉斯人的歌声；那七岁小女孩的舞姿；那灵巧的脚腕脚趾——脚的尺码从未超过一把热瓦甫的面板大小。

　　当我们在喀什街头，随肉孜节舞蹈欢聚的人群从集市上散去，我仿佛耳闻到昔日草原上的千军万马。马的烈性、动物的禀赋有多少变体，多少种幻象在人潮奔涌的大街上呈现！在一名维吾尔族男子肩头我看到一匹棕褐色骏马的幻影。前者是后者的化身，如同后者长长的鬃毛披挂挥舞在前者凝视着路人的眼瞳中。那眼瞳内中年潦倒者的生气，仿佛另一个完整皇朝般的眼神，是完全不同的精神和大气组合。是擅长使用尖刀，使用玲珑剔透的英吉沙小刀的古老饮食。我真想去看看一名维吾尔族人喝酒的样子。坐在喧闹小饭馆凳子的一角，像一块蠢直的绛色长方形，粗暴残忍地沉默着，外表相当文静——却又相当的尖锐危险。每一名维吾尔族人身上都清晰可见一个古代中亚的武士。当其中的一个坐在饭馆喝酒，另一个正备好了刀与马鞍，克制而谦恭地站在他身旁——一名冷兵器时代四海游弋的勇士——随时等待一声令下，夺门而出。俩人之间相隔的距离从不超过半步。

我离喀什城郊外那条河流太近了，近到我就在那条空旷的水泥桥边上。我们曾俯身在桥栏上。向底下白茫茫的河面眺望。冬日的晨雾中是维吾尔族人一大清早的小驴车从远处马路上得得走来的声音。普遍的沙漠和戈壁滩的气息无处不在。在这荒凉的气息中，有时突然出现盖在驴马身上，或后车架上一大块色彩斑斓的和田地毯。那种中亚古代波斯闻名天下的手工织品，给人以一种难忘的印象，就好像有人随身携带着他心爱的节日——他带着这个家人得以欢聚的节日四处迁徙。他自己在尘世间的辗转磨难已把这个心爱之物的闪亮日子弄脏。我远远地又看见一名维吾尔族男孩和一名老者坐在他小块的节日上微笑。驴车从水泥桥上经过我们身边时车铃声欢快地击响，使得周围的空气一下子充满铁的温情——金属的温情。那条河流——人们称之为人工湖的寂静水域，是否跟传说中的叶尔羌河流有关呢？我承认，我满脑子全是愚蠢的念头。我们向桥的西面走去。公路两侧是成排的，高高的白杨树，就好像不远处有一个机场（事实上机场也确实是在喀什城西面）。无论在任何北方的省份，我们都看到这种树，有一个高大侍者向着其空气主人微微鞠躬（带着优雅地背向身后的白手套）的姿势。只是在树梢最顶端,树干才略有些弯曲。同伴中的一个在向着另一个大声叫喊。我的女友仍在我身体右侧。公路桥左侧,透过那些干泥块垒就的简陋房屋、迷宫形的小巷,我们离喀什城内最大的巴扎(集贸市场)并不远。我们已经听到了从那个方位传来的驴骡马匹的嘶鸣,人群的喧闹。不知为什么,它使我在那天早上的胃口大开。它使途经它的人们那样地安谧和虔诚下来,渴望某种更好更健康的生活——四处踢达的驴粪气和冬日的雾霭相搅和,其中夹杂郊外农田萧瑟荒凉的气息,在我们和不远处的城市之间形成了一道古老淳朴的空间的屏障。清晨的太阳还在那条类似的护城河又名人工湖的上空云层里,在那云层深处透出来一大圈朦胧混沌的光照——在这层冰凉可人的中亚之雾中,如果我们走到桥的另一侧,面朝河床的东南方向,我们就可以看见砌筑在一大块突出在山坡上的老喀什旧城街区的外貌:土黄色外墙的房子和房子相毗连。房顶、烟囱、过道、地基、院落、石阶……交互重叠,如同一个摆弄了千年,已被人遗忘了的建筑型积木,有着同样比例紊乱的正方形,长方形以及大小不一的住宅门洞。房屋和外部景致酷肖一小幅颜色斑驳脱落的小型油画——镶嵌在中亚大地上的巨型壁画,有着中世纪意大利画家笔下重彩描绘的宗教主题氛围,以及画面深处隐隐绰绰的战争或世俗生活场景——圣母显灵图,希腊神话传说、宫廷豪奢晚宴、国王觐见图、天使下凡、向着天堂飞升的裸女身姿……所有这一切,都在那一个早晨坐落在孤零零的山崖坡面——那山崖远远望去,就像一只沉落了的旧军舰——上的旧喀什城周围显露出来,以一种近乎于幻梦的方式,使得我们这几名来自遥远的大陆架另一侧的游客们惊诧莫名而又哑然地站立在原地,久久不能移动各自的脚步……。我们仿佛亲眼目睹了——地球上的、空气的第八大奇迹。我们眼前朦胧浮现的是一个太虚幻境似的、光怪陆离——而又破烂不堪的海市蜃楼……

街道是向下而陡峭的，时而又拐弯、朝上。一条条小巷的门洞直接凿开在年代悠久的泥墙上，使得围墙各处仿佛叠连起了许许多多隶属古奴隶时代建筑范畴的马蜂窝。人们就在那种神秘的洞穴里进进出出，时而向上，时而又一路攀下石阶。临街的店面，有些却是装饰繁复的木结构楼层，在它们的阳台、凉廊、窗户处，处处都有清真寺风格的图案。一种古老的花卉纹饰，以及墙体层层环绕的油漆边框。此地最常见的油漆颜色是近乎于暗旧、褪成灰黑色的一种靛蓝。蓝色是伊斯兰教图案里特别常见的一种色调——蓝色和深果绿色——在南北新疆的许多清真寺外墙上，我都看到以蓝绿两色为主的小型马赛克贴面。他们似乎只喜欢指甲大小的瓷砖、马赛克，鄙夷任何体积过大的外墙镶嵌用材料。他们的建筑有一种古代工笔画式的华美细致——细腻精美。这是奢华的另一种古代形式，他们一直传承到了今天在老喀什城区热闹的商业区；在恰萨路、欧尔达阿力提巷（"经文进修学校"）、阔孜其亚贝希巷；或者著名的吐玛克多帕巴扎巷（帽子巷）里，我们都注意到了这种在其民族魂魄的内部循环不已的建筑审美风习和其主要色调。我们的眼睛并没放弃对它的辨认分析。那种商业用楼房长长的木头墙檐给大家留下了深刻而瑰丽的印象。他们的房子是世界各地、各民族住房宅邸中间的微型乐器，像他们擅长的各种弹拨乐器：冬不拉、热瓦甫、都它尔……一样。房子散发出乐器的味道。窗台和过道有一种音乐般的感觉，一种地球上其他地方很少会有的抽象音质，如同代数；如同建筑中的几何学，房屋线条轻巧而灵便，像舞蹈着的小姑娘手里丝绸的彩条——门廊显得敏捷、好客；巷子和巷子之间相连接的外墙则有一种肃穆清凉的意味，就像吃饭之前的净手。而街区上下之间土垒的台阶是欢快的，有一种民族内在的童年记忆——一种稚拙的手感。那里的左邻右舍，老人和孩子就这样散漫地蹲坐在冬日的太阳光下，蜷缩起两只袖管晒太阳，脸上显得那样幽深的满足，大人和小孩完全是一样的睿智，一样的虔信真主而又富于野趣……太阳照射到这里，这严寒土墙的深处，也有一种令人难以置信的黄金般的温暖；人和土之间甚至有几份相像，几份慈爱地相互亲昵、悉心领会；相认知、相和谐……噢！人和土之间距离最近的民族！

或者说，人和土之间可以相互温暖——裸身相向，伸出各自的手搓揉取暖——伸出各自的臂膀……

人们告诉我那里的旧城区不久就要拆迁。人们告诉我她手里弹拨的乐器叫热瓦甫——但没告诉我她的大概年龄。她的年龄一定已经老得像街头寻常的暴风雪。我在一种悲凉歌唱的双重纪元里凝神伫立。我的女友在我身旁，小心翼翼捏住我的手——她知道我此刻的心情。在二道桥维吾尔族人集居区的集市街头，那异族卖唱乞食的老妇人席地而坐。她坐的位置——正好在一家最繁华商厦的大门入口处，介于人行道和拥挤的大马路之间，几乎醒目地占据了人群川流不息的十字街头的一个角落。醒目——不是她的琴声和歌喉醒目，而是在人人都在急匆匆向前赶路时她却逆流而上，或者说，像湍急水流中屹然耸立的一小块磐石。所有的行人经过她身边时都仿佛与她有关，都至少看她一眼；但所有的人都几乎不假思索继续往前……只有少数几个人（我和我的女伴也在其中）仿佛水面迥流中不停打旋的树叶忽然改变了流向，改变了各自的行走而围聚到她身边，听一听这块大冬天集市上的磐石发出的声音罢！那把热瓦甫像一匹草原上疲惫的小马驹，浑身无精打采，在卖唱的老妇人手中跟她满面皱纹的面孔一样风尘仆仆。琴弦的声音清脆悦耳。弹奏者几乎可以说已经使它显得铿锵有力……琴的音质里明显有马匹的幽魂；有无数世代草原文明的雄阔壮烈。总之，琴声很好听，老妇人的歌声又格外悲怆生动。她满头的白发和倔强的灰发相交织；她满脸的皱纹和漫天风雪相交织……风和雪仿佛成了她同族的兄弟；成了她情同手足的一对流浪儿。有时，是风和雪在唱，是她的白发在唱、在弹奏——而非她本人；或者说，她在集市的上空飞舞盘旋。她席地而坐的贫穷倨傲在街区上空狂吼。风的指法。雪花凌乱飞速的和弦（有时会在四处舞动中按错一个品位）。老妇人身上唯一我得以在内地见过的细节：她指头上裹扎的橡皮膏药……她使那一年整个冬天显得凄清大度。她一直印嵌在我脑海里。她甚至教导我们做梦——如何入睡时继续生活。她的眼睛已经像深嵌进沙漠中去的两粒硬核桃。她唱歌时候的身子仿佛骑伏在颠簸前跃的马背上；而马匹，自然是在风暴中冒雪驰行。她本人则在原地奔驰，像一匹突然凝固下来的烈马，一匹因世道变故而意外地停顿、伫立、仰天长啸的骏马。人们只能依稀看出一点点这匹马难以确定的衰老——她对自己的卖唱生涯是如此漫不经心，显示出如此开怀咧嘴的乐观的流浪者的姿势。她是柯尔克孜大娘，人们说。她是吉尔吉斯人——也许是艾特玛托夫笔下几经衰变，色相全无而且已离家远行的《查密莉雅》……她究竟来自中亚的哪一片土壤，哪个乡哪个自治区？人们何必要问这样愚蠢的问题呢？

　　大大咧咧。对严寒满不在乎。从不直接用眼睛看人。永远公开。身上的旧军棉袄显得暗哑，了无生气。唱歌时没头没脑。歌声变成了此地的大自然的一种呻吟……她只是化身成为这种呻吟。她呻吟。因为雪太大了她有时看起来甚至像白胡子个儿矮小的老头，腿脚不便了跌坐在地上。她的身底下有一块专用的棉垫，跟她本人一样破烂肮脏，但结实管用。她唱的歌，她唱的曲调……

　　——我的老天！就像草原被日趋风化的沙地不断遭侵蚀毁损的那一小块绿洲。

三

　　我坐在午后的阳光里，在回想我的中亚之行，我的新疆的蜜月旅行。富蕴县境内的皑皑白雪。马匹的气味和一名哈萨克牧民递给我的马缰绳。走近香妃墓附近清真寺旁边沙枣树的幽香。马蹄和驴车扬起的干土——我一生所见的世间美景。跟胡杨林、红柳丛、维吾尔族人的墓地相称的弯月，一弯新月，如此娇嫩轻盈的光泽。倾斜塔楼状的古旧清真寺。我回想起来寺院外墙镶嵌进去的彩色砖面所组成的美丽繁复的花饰图案，以及用马赛克拼嵌成的维吾尔族语经文。突厥人的房顶，哈萨克人的马鞍、柯尔克孜人头上华贵样式的帽子、塔吉克人路边深深的拥吻、蒙面的回族妇女的冷淡克制。田间坎坷的小道（坎坷这一词真正来源于中亚田畴的地貌）以及《喀什噶尔大词典》作者的圆穹形大墓地——我站在那里，远望苍穹尽头的西北方向；远望同行的友伴用手指给我看的空中的、大气层中的世界屋脊——帕米尔——我感到那亘古的帕米尔高原像一朵缓缓飘逝的浮云，一朵白云。我走上了踏上云层之路。我从此登临那白云苍狗的深奥阶梯——无限蔚蓝的苍穹，仍在我的脚下颤动。那白云上有一行依稀可辨的小字：1999 年 9 月 18 日—2000 年 1 月 25 日。

　　在南北向贯穿全喀什古城，呈流线型的阿提亚路，我们至少来回穿行了七次。有两次是用脚走路，因为载客用的马车和驴车突然没有了，在古旧店铺的街角上失去了踪影。而我们自己也乐得走路，这样可以顺着凹凸不平的泥土路以及不时向下或朝上的台阶陡坡体味一下在异乡的新奇大胆。这种新奇一旦赋予相随的交通工具有时就遗憾无奈地没了,勇气和大胆也同样。在这方面,徒步是最实在、久经考验的一种方式。徒步实际上是人类最古老的一项技能,跟人的内心生活十分般匹。经常性地,游客们跳上顺道而来的马车前仰后合享受着的是一种过度娱乐的行为,它在很大程度上影响着我们对到达的某座城镇或乡野风景的品评。乘车真的是太过平庸的事情。一个人一旦旅行到中亚喀什这样遥远的地方,就特别容易发现这些寻常的道理。沿街的店铺我们几乎挨家挨户地察看,而且满怀兴趣地把鼻子头脸伸到那些维吾尔族文字招牌和简朴的商品堆里去。这引起了维吾尔族店家普遍的不满。那条街上从早到晚几乎看不见一个汉族人。但也有特别好客热情的店主,从他剽悍的脸上洋溢出生动慈祥的笑容来,面朝我们,一一耐心地针对我们好奇的眼光打起手势,试图介绍他自己的作坊或柜台内正在出售的物品。你想想,连豌豆大米这样的食品我们也要绕着探头探脑询看半天,更不用说喀什街头特有的金银首饰铺、手工艺品和钟表店了。那些店铺也许已经有三百年历史,从房子的外貌判断,在过去的岁月里从未坍塌、土垒的门洞和梁木结构的门框,都结实得很。而一名会少量汉语的维吾尔族人告诉我,他们以为我们咋咋呼呼满街乱窜的样子有点像日本人。"日本人……?"他们用拖长了尾音的汉语问我们;但与其说是好听的语言,不如说是他们威严忧虑的眼神完成了这次询问——或者还有在空气中套牢了一匹小马驹那样巨大有力的手势。"不、不不——!"我们集体摇头,而且很显然不喜欢这次误会。我们继续盯视各人手里的铜烛台、镂花铜碗,以及制作精细的各类器皿。一名维吾尔族人店堂正中的墙上斜挂着一枚不知名的、类似青铜器一样的古老乐器。他的开价是350元。最后妥协的价钱是260元,不过由于我囊中羞涩,这笔生意仍未做成。货主和顾客双方都很失望。无疑,我要比他沮丧上十倍;我至今仍还记得那柄精巧的羊角一样轻盈的古乐器的模样——它垂挂在那里，在那家喀什街头门面朝西的店铺墙上，似乎自古以来，就一直没有人动念它，经手买过它——或要求店家拿来过一过目；它挂在那里，就是为了给我的眼睛以一份珍贵的、永久的纪念——连同那名店主，似乎也因为我慷慨施爱或特别的癖好而久久地表现出来内心的激动……他等待像我这样的主顾仿佛已等了许多年；无奈，这只是一份柏拉图式的交易。自那以后，我再也未能在新疆的任何城镇碰见过比那把小型古代乐器更欢喜的东西。我也一直没有弄清楚它的名字。虽然有过几次，向朋友们遗憾地谈论起这次旅行时我曾提到过它，用话语描绘过它那小巧奇特的外形，但大家似乎都感到茫然不解。它挂在那里，像远古的银子一样没有光泽，浑身只有一把长笛那么大小，像横放的一把小型琵琶，有一个浑圆的矩形，中间凹陷，一头圆肚处大，另一头细小如马鞭。我想任何一名维吾尔族人都能了解它的确切名字，我却无从知悉。我的女友就在我身边。她确切地知道我的喜好和心情。她甚至连我的脉搏跳动的次数都了解。她俯身过去，急于把它买下来——要不是我几次劝阻的话！我们不是没有买下它的钱额，但那些钱恰恰只够我们俩回到八千里路以外的老家的路费。我们必定精心计算旅途中的每一笔开销，甚至还要在每笔开销之外留下一部分机动的余额。而她一定已经在我恍惚而热望的眼睛里看到了我正待把这柄中亚的艺术品挂在我们故乡家中的书房里——那一刻，我对这座城市中的这条暗陋的小街流露出了真正的贪婪羡慕之情。

　　马车的后座只是一个载货用的空木头架子，上面既载货物也载人。底下用两个大胶皮轮子跑路。主人挥鞭把一辆马车吆喝到我们面前，一股略带温情的旧时代气息立即扑面而来——仿佛，逝去的往昔真真切切地长有一个马的颈脖。马匹本身不时低下头转过脸去的嚼草声，是地球上一切古老民族的兴衰史实。一般地说，市场上的马都不大情愿看人，而且它似乎也为自己的这种腼腆和不起劲感到羞愧。马车走近时我并没有感到什么特殊的气味,我只感觉到一种特殊的激动,仿佛在那匹马走近我之前,我刚用西部牧场上古老的技艺驯服过它——人和马之间这样的奇迹令人难以置信。我的灵魂也有一个不停低头啃噬的马嚼头呢。我的心情里一下子涌现出许多童年时的情怀。我的整个身体都处于极度惊喜亢奋之中——我的整个身体都在翻江倒海。对于长期在内陆,在遥远的海平线之下平原地带生活的我,在这样的时刻,能够清晰敏感到马匹走近人类社会时身上所携带着的那一团秘密的温良恭顺,这是人和大自然的动物之间某种源自远古的无言的允诺;是由不同的空气和空气,呼吸之间相产生的契约。人像孩子似的抚爱马,跟它主动相亲昵;马也一反它野性的常态,而在人面前表现出某种扭怩、文静和奔跑的渴求。那天早晨,我的手里持有这样一份古老的契约。我坐上马车前座的车辕上面,听马蹄"得得得得"向前走动的声音。一刹那,我们同行的四人都在这一马蹄声里不约而同嘻嘻哈哈面面相觑欢笑起来。这是平常没有的笑容,即便在我们笑的时候,也缺乏这样一种古老诚挚的开怀。这里面有着不同的心性渊源。也可以说,我们中几个人都是第一次这样欢笑——这是笑声中的笑声,是完全裸露在草原和阳光之下,更为淳朴得体的欢笑。马蹄得得着地的声音,使人朦胧地回想起他的前世,他那轮回的奥秘。马蹄声中又有一种人在其他时候感知不到的精神气派——一份往昔的华贵。仿佛马车前往的不远处就有一处金碧辉煌的宫殿。童话般一步步踩踏在石板路上的马蹄声在一路不停地高呼:罗马罗马雅典雅典长安长安阿波罗阿波罗亚历山大亚历山大拿破仑拿破仑恺撒恺撒……;马蹄声音也在说埃及的法老地中海的波光克莱奥佩特蕾的美貌。马蹄声在讲述古老的征战;在说勒班多海战,在一种孤寂性命的困顿中回想中国隋唐年间中原地带的好汉英雄;回想成吉思汗、曹操,以及过天山山口时铁木儿的雄师千万……。这是一份格朴敦实的荒凉,每一匹街头走动的马都是一份活的化石。

马匹自己也生活在那石头的纹路里,在耐心中回味……古代耿直的武士倒伏的坐骑……和那无边的旷野上金戈铁马的岁月的空气生活的肖像。它那漂泊者的鬃毛……

　　马车走动时街道也跟着前行、退后。一家首饰铺在大街一侧叮当作响。牙医诊所门前镶牙的绿色招牌仿佛是对此地中亚气候的一个特别的注解。我们看着刚刚离去的集市向后倾斜。我们来到了一长段干泥地和卵石路相接壤的陡坡上。马的前蹄在一小块青石上打滑。马的身子左右摇摆着,赶车人用舌头抵着下腭处和口腔,不住地发出"特特……"的声音,这是驱使马加速的一种特殊的吆喝声。马车终于越过那段泥泞的斜坡,到达通往艾提尕清真寺(始建于1442年)后街的主要马路上。屋顶上的空气向后晃动,一月里的冷风呼呼有声。马主人用机灵乌黑的眼睛微微笑起来。他的手势中充满了对我们这些内地过来不懂马的游客的体谅,他大概已迹近90岁,但看上去仍身板子结实敏捷,充满古老的活力。他试着要用维吾尔族语夹杂简单的汉字跟我交谈,因为我坐在他的身体右侧,我的女友紧挨着我坐在他身后。他回过头来慈爱地看我一眼,突然明白了我不能够讲话的缺陷。他看我的眼神仿佛我是一名可怜的哑巴。为了证明事情不全是这样,于是我作了一连串友好的笑容作为应答,并且拿我所知道的(从汉文中读来)喀什城里一些地名反复轮换着念几遍。他看看我,点点头,似乎比一开始明白得更多了。他的马时而一阵缓步,时而又一阵急驰。在街窄人多的地方马的身子和车架子总是在最后一刹那及时避开了可能的冲撞,赶车人的灵活机警令人叹服。而我那高声的应答总是"艾提尕艾提尕……"或者故意卷着舌头喊:"阿热亚路阿热亚——"我真担心我的这番胡扯使他把我们带到完全偏僻的街角,噢!根本不用担心。车主每次都稳稳当当地把马车停在了我们确实想去的地方;停在艾提尕广场斜对面,或一座百货商厦的后门口,马车所能走的最主要的一条街就是此地——喀什城的其他地方，都已有了口里（内地）来的各种车型的出租汽车。这座城市——在地球上被誉为"离海洋最远的人类集镇"——的大街空气中，已经开始夹杂进来一种新的刺鼻气体：汽车发动机尾部的废气。

喀什——无论如何，这里仍存留着最早期、古老的波斯迷宫。满面苍凉而尊贵的乞丐在街边上弹唱。小孩在敲鼓、玩耍（木制陀螺）。妇女们大白天蒙面而过。房屋显示出在尘世上平淡的欲念。人们遵循古老的训诫而恪守贫穷。运水车在冰上滑行。一根黑色、长长的铁管子从小巷深处伸出来。地面上满是积水、黑雪、泥泞、马或驴子的粪便。旧木头门的铺面，镶牙的彩面招牌、首饰店以及窗台下挂着的啼鸣不止的鹦鹉——鸽子成群地飞过，在那些早该随人类所谓的文明史沉入地层，却又奇迹般在街巷中显现、生还着的屋宇和居民上空，儿童们手捧宛如战争年代残留下的铁皮碗，里面盛着一小碗煮熟的豌豆，目光里流露出古老而欣喜若狂的儿时的欢乐。街区两旁的建筑物保存着人类最纯真年代的家园憧憬，对家园的感情——与其说它们是真正的新疆，不如说它们是地球上古老东方的真正的中亚——中部亚细亚；是《喀什噶尔大辞典》作者的故乡……是马可·波罗或《大唐西域记》作者的足迹曾一度触动其疆域的神秘东方；也是斯文·赫定——"瑞典之子"朝思暮想，而诗人欧亚姆·鲁达基怀着无限相思四处游荡的地方——

在艾提尕广场，人们在清真寺楼顶上敲鼓奏乐；广场上群众在狂欢，围成一个集体跳舞的庞大队列。我们试着挤到前排去，但有一名同伴神色紧张，用目光示意我们千万小心！而我已挤到了最前排。有一刹那，各人也想加入到那跳着舞的大圆圈里，但随即——气馁了……。广场四周人山人海，我们一伙人似乎是那天在场唯一的汉族人——旁边围着的维吾尔族人、吉尔吉斯人、哈萨克人都在用打量外来者的警觉的眼光瞪视我们。

乘驴车到老城区，赶车的是名面目慈爱的维吾尔族老汉。第二次是一名小孩，第三次是小伙子，然后又是老汉、儿童……儿童们在迷宫般的小巷深处穿行。他们的房屋呈现土黄色，有时是一面直接凿开在悬崖上的洞穴，巷子与巷子之间的顶壁用横木支撑着，没有石灰涂面——也许石灰贴不上去，气候太干燥了。清晨，一大早就走近广场。我和女友逛首饰街，但只有十分之一的店铺开张营业，大部分市民都在过节。在帽子街头，我们远远地越过街上的屋脊，看到远处另一片广场上"毛泽东招手"的巨型雕塑——若用摄影机照下来，绝对是幅妙不可言的摄影作品。

空气掺杂着刚烘烤的馕、羊肉、动物身上的气息，以及莫合烟的怪味道。但一到下午，我们就疲倦得不行了，赶紧回到住宿的宾馆——我们的嗅觉、听觉、眼睛全都是沉甸甸地装满了各种绚丽离奇的印象。而傍晚天快黑时，我们又互相诉说着想再上街去，再去那些奇妙的小巷、店铺看看——却谁也迈不开瘫软的双脚了。

四

喀什。梦幻。这种梦幻是从早上，还是从中午开始的，我暂时还弄不清楚。先是那个秦尼巴克（花园，原属英国领事馆），司机把我们送到它们庞大的遗址上，就在喧闹行人的中心，在大街上，和另外一些位于大街上的著名建筑物遗址别无两致，可我还是远远地觉得惊奇。附近有一棵巨大的被用栅栏保护起来的高大榆树。我们和一块插在行车道旁的铁皮牌子（标有花园字样）合了影。背景是一幢英国式或亚洲殖民地建筑风格相混杂的长方形楼房，在绿树丛中呈现一种奢侈古怪的橙红色，但又修饰得似乎过分精致——而在它的大门口，我似乎看见将近一百年前来此地做客的那几个著名的欧洲人：斯文·赫定、斯坦因、俄国大将军……；我开始向随行的朋友讲述那个帐篷，搭在尘土飞扬的空地和大路边，离艾提尕清真寺不远——仿佛我是当时年代的亲历见证人似的。随后，当我们在一个阴冷的早晨从自己的住所出来，开始走近清真寺广场时，我们正遇见一大群做完礼拜的伊斯兰教徒结束了功课回家，人行道上全是面呈喜悦或淡漠神色的喀什的维吾尔族人。那天是他们一年一度的肉孜节，这个节日相当于中国汉地的百姓过年的春节，而大广场上庆祝节日的舞蹈刚刚结束了，我们赶不上了。兴奋的人群正在散去。

我们四人坐驴车，从一个尘土飞扬的旧巴扎一直坐到繁华的街区，赶车的是名小个子维吾尔族人，脸黑里透红，一双水灵灵幽默热情的眼睛——使我回想起秋天在草原上遇见的那名哈萨克牧羊人——也只有到了喀什或福海这样偏远的地方，人们才能见识到当今人类社会里还会有这么富有诗意的普通人的眼睛，热情而狡黠——但那又是一种诚挚的狡黠。我个头大，因此坐到了驴车的最前面。小伙子赶驴车快跑时发出各种有趣的嘘叫声，我也跟着学，每学嘘一声，小伙子就发出会心而灿烂的一笑。彼此虽语言不通，但交流却全实现了。街面凹凸不平，上坡时明显可以看出来驴子走不动了，四条腿往前迈得很费劲，小伙子就谨慎而又果断地用鞭子的硬木柄根部狠击驴背，鞭棍在驴身上发出沉闷的击打声，我感到很心疼，几次想跳下车来，减轻车子的分量。到了目的地，他只肯收每人五毛钱。转眼间我们就汇入了喀什的维吾尔族人街上拥挤的人群中，感觉四周围都是愉快而古老的人间景象：阳光、集市、街巷，买卖的吆喝声和一辆接一辆四处奔跑的马车和驴车。

我现在已经看不见喀什城郊外那个火车站的站台了。那一幕离去的印象已经模糊。我努力想了一两分钟,仍旧记不起来进口处房子的格局,检票员或任何铁道上工作人员的模样,仿佛我是在一片虚幻中离开了那座城市。归途坐火车的印象倒记得。因为我们乘坐的车厢是世界上最破旧的火车样式。硬卧车厢有些床铺的铁架子已经生锈,油漆完全没了。在一月寒风呼号的旷野上乘客用手紧握住那种作为支撑力的铁架子,你想想会有什么冻冷的滋味。每名乘客都穿着臃肿的棉大衣。窗外日复一日漫长的沙漠和戈壁,不断有人热心地报道车厢停靠的站台名……伽师。温宿。阿克苏。轮台。巴楚……;每一站台名里都有一个交相重叠的古代。火车走的路,当年的玄奘、法显、马可波罗全是用马匹或双脚走出来。如今,人类却发明了那么笨重一个咣当响的铁家伙,瞎了眼睛顶风冒雪地前行。人类实在太过于害怕旷野的风雪了。那广漠,一望无边的沙丘,地球上最大面积不毛之地之一的塔克拉玛干沙漠,就在车窗凝结了一层霜花的玻璃层外面呵!远远望去,沙漠像一只瘦小的黄羊,正在孤零零地受了惊吓,向着大地的荒无人烟处逃遁。沙漠又像一只鼹鼠,到了僻静的藏身处自己打洞,至多从附近低洼地拖来几棵枯萎的荒草。车门"咣当"一声,有两件什么铁器家伙彼此相撞,空气里立即充满铁器撞击出的令人齿寒的声音。一名醉汉下了车,另一名醉汉上了车,如此而已,我们去喀什的那一年火车才刚刚通车了四十天。以前喀什至乌鲁木齐是没有火车的,火车只通到库尔勒,后来又通到了什么地方。最后,李鹏带来了一把红绸剪刀,来剪彩了。草原上一片惊慌。南北疆自人类创世纪以来首次通上了火车。各地新设置的火车站相关部门赶紧连夜找人裁制铁路工人的新制服,于是,蜿蜒数千公里的欧亚大陆架上,又增添了一种新的职业:铁路工人。新的语言词汇:站台、站警。我不知道维吾尔族语是怎么称呼的,还有其他散居在中亚这片草原上的柯尔克孜、吉尔吉斯、哈萨克人。他们的语言,想来都会纷纷作出应变。我知道的实在太少了。我称呼"火车"一词时就像置身于内地的中原、江南江北。我完全不明白它那在中亚大地上震撼人心的新奇含义。车厢里的维吾尔族人、哈萨克人倒是很多,他们脸上均有一种感受奇迹时的光彩……;以前,两地间的往来,需要七天七夜,而如今火车的汽笛声长鸣,意味着从喀什到乌鲁木齐只需三个昼夜……。那么,人类的机器是如何来完成历史上最勇敢的骑手和马匹都无法完成的壮举的?只不过是一部分贮存的煤块、水蒸气;一长串生铁的沿途冻绥的车厢,而且厕所门总是关不严实。过道上凶巴巴的列车员总是出售一些廉价伪劣的食品,而且要以比平时高出数倍的价钱……

清真寺外墙上的冬天:

那镶嵌着各种马赛克贴面,但主要以一种靛蓝色为基调的寺院外墙,远远看去,仿佛雨过天晴后的大路中央的一洼积水。水面倒映出残破的白云天空,使周围的街市甚至在最晴朗的天气里也显得暗旧。市场两侧的某些角落甚至像堆满了煤块一样脏黑;与此同时,刚刚出炉的馕饼则是热气腾腾、新鲜的。水汪汪的寺院墙上,无数白杨树、沙枣树皑皑树干的影子掠过,就像空中飞来了无数只美丽的燕子。一名男子高声祷告的声音从高大庄严的寺院穹顶上飘逸而出,那声音显示出激昂的沉思,祷告者仿佛站在高高的山巅之上,正从那儿充满忧虑地俯瞰着山脚下的人世……地面冻结了的雪已有一多半变成黑土,布满了肮脏的车辙印……各处散积的脏雪像屠夫手中剥下的黑绵羊的毛皮。

祷告者的声音直趋云端,越来越高亢激越,声音内部甚至夹杂有自感羞耻的哭泣声。附近街头的鼓声——一颗心沉下去,沉下去。市镇的声音平息下来;最后,只剩下一种单调的鼓声,仿佛在为寺院内那名男子激愤的倾诉和哭泣伴奏。

斯日玛（seierma）意为"速滑圆舞"。

碧雅腕（Blyawan）意思是"戈壁"。

多兰赛乃姆（Daolan sainaimu）流行在叶尔羌河流域一带，民间的歌舞套曲。

热克帕西如间奏曲（Iake Paixiluneny maierwuli）。即《热克木卡姆》中的"帕西加"的间奏曲。

木夏维热克太再间奏曲（Muxqweilaike taizineny maierwuli）即《木夏维热克木卡姆》中"太再"的间奏曲……

埃捷姆（Aiiiemu）意思指波斯人。

夏的亚乃（Xadiyanai）词义：欢乐。

亚洳（YaTu）。词义："情人"或"朋友"。

牧羊人之歌（Kaoyiaineny nahexasi），是流传在和田地区的一首古老的乐曲……

……——

五

我们的车子停在穿行过莽莽森林的公路一侧。公路两边深深的陡坡，坡面以麻石条块砌筑得整整齐齐。我们的汽车刚刚经过草原上的一抹晨曦，以及公路尽头一座钢铁梁架的公路桥。我们就在桥的另一头下车。同伴说"哎呀哎天气太好了……"意思是说我们可以下车去看看，四处溜达一番。这样的言谈本身就像一枚秋天的红叶，在北方蔚蓝的天色下闪烁。此时离清晨刚刚过去两小时，我们分别从公路的两侧下车。我选择了北坡，底下有大片茂密的林间空地。我的女友不跟我在一起，她站在公路边上，着了魔似的选择了南坡，因为那里的森林景致更加幽深广漠，看上去完全像一幅刚着完色画面湿淋淋的油画——我看到许许多多阳光照亮的白桦林；许许多多白桦树的枝梢嫩叶，就像无数飞翔着的鸟儿。我们一路向着林中狂奔，脚下齐膝深的草丛仿佛前一天晚上刚从河床溪流的深处冒上地面。你到了那样的旷原上，你会为大自然各处的干净明彻感到惊奇。树林宛如刚出嫁的新嫁娘，梳妆一新，脸上包着华贵的红盖头。眼前每一样东西都在太阳底下闪闪发光，连一根细小的草叶子；连飘拂到你脸上的树荫，也不像是森林枝蔓丛生的投影，而是树身上自然生长着的光的枝柯，光与大气衍生出的繁花——一整片旷野形式的花团锦簇……。我们沉醉在这样迷离的斑驳秋色里，就像含在孩子嘴里的一小枚果核；又好比乡下的巴拉子（男孩）把手指头插进妈妈的头发丛中。这阳光的发丛叫人温暖倍生，撩拨得人心头痒痒的，充满无处倾诉的柔情蜜意。我们仰面躺倒在旷野草丛中，看头顶上高高的树梢成排成行簇拥向蓝天，形成了各种漫延生动的斑斓图案，就像森林早在我们到来之前，已经很好客地在我们头顶上方用阳光和空气编织好了一大块色彩绚丽的波斯地毯。我们惊异地闭上眼睛，不敢相信眼前这一份如此猛烈的视觉的盛宴——又轻轻睁开……。中亚纯净的空气在我们眼皮上方燃烧。我们的身子似乎都一一幻变成了哈萨克人土垒的褐黄色房子。就在这时，我们听到了不远处森林中有一种奇特的声响。一种轻微难辨的风声……潺潺水流声……。这是在新疆的哪里？我们知道附近这条公路已经位于中国版图的最东北端，在离内地最遥远的东北偏北的一角，那么附近会有什么河流？我们把耳朵深埋在草丛中，沉浸在那秋天的早晨能见度很高的大气里……；同伴中有人已站起身来，大声呼喊着朝那水流潺潺的微风的方向一路跑去，他仿佛追寻着空气中的一个精灵，而那河流的精灵在他眼前就像繁花丛中一只翩飞的蝴蝶，忽上忽下，时缓时急……逗引着他消失在密林深处——……。几分钟后,我们一行全都来到了著名的额尔齐斯河畔,满心欢喜——那是中国境内唯一一条流入北冰洋的河流。想不到在这样一个僻静的早晨和它相遇!原来,它就缓缓地从离我们嬉游着的林间空地仅半里路远的地方流经……

草丛稀落的空地上,裸露出大片干涸了的河床般的卵石地,一直延伸到水流潺潺的河中央,使我们的行走变得困难,像喝醉了酒一样摇摇晃晃。冬天大概是额尔齐斯河的枯水期。不知为什么,我们走近它时内心都有一份额外的骄傲和羡慕;我们不能够像它那样自由自在地越出国境,去看看阿尔泰山另一面的哈萨克斯坦或者著名的斋桑泊湖岸。当年写作《死屋手纪》的陀斯妥也夫斯基,曾经在被流放的漫长岁月里到达过那个中亚著名的湖泊(1855年—1857年)。那里的重要市镇:塞米尔帕拉金斯克。陀斯妥也夫斯基后来的妻子:伊莎耶瓦,正是那里人——以及俄国近现代历史上著名的革命小组 M.B. 彼德拉舍夫斯基。他的著作的一半书页上都闪烁有西西伯利亚极地纯净的风光寒冷的空气。我们站立在仿佛从俄国十九世纪风景画家们画作中流淌出来的那条河床边,不禁感到眼前的这一片古老的森林风光正是时间所不能够统领的永恒大自然。它是一切大自然景致中最完整、充沛的那一部分:陡峭延绵的河床,清澈如画的水流,歌谣般的空气,居住着古老的树神和精灵的莽莽丛林……

水的侧影是一些异常纯净的海蓝色,即使在它格外沉静的流速中,你也可以听见水流晶莹剔透的音程和音色,就像场面壮观的大乐队后面一小块三角铁,在它并未敲响之时,它也迫使周围的空气震荡着它敏锐触觉的音域。河床中间的卵石很大,有的高高隆起在水面上,使得潺潺流去的水流在这些障碍物面前变幻出各种不同的流速和水声的音调,汇流成各种光怪陆离的湍急水域。裸岩表层积起了滑腻腻的苔藓。水面像冰的颜色一样,时而幽蓝发黑,时而一片雪白,时而又显得浑浊不堪。波浪像移动的积雪，有时真的从密林深处载来小块的浮冰。冰块被卡在倒下的树干或巨石中间，一直到河水冲散把它们完全融化掉为止。

水的艾德莱斯绸。

此地呈块状的大片的静谧从树上掉落。森林就像隐蔽在繁华都市地下的巨型军械仓库一样森严壁垒，万籁俱寂。

胡杨被地质学家称为"第三纪活化石"，其树种远在一亿三千五百年前就出现了。据说，全世界的胡杨林90%分布在中国的境内；而中国的胡杨林又主要分布在新疆——同样占90%的比例。维吾尔族称此树为"塔黑托克拉克"，并有活千年不死，死千年不倒，倒千年不朽之说。两千年前楼兰古城中的房屋建材，包括屋梁、棺木、独木舟、木盆、木碗、木勺、木杯无不为胡杨树干所制，至今不朽。

河床中央倒卧着几棵粗大的胡杨和干枯了的柳树。有时一大段树根仰面朝天，怒发冲冠，仿佛是被草原上的飓风吹刮抛掷到了这里似的，树的根须形成自然的栅栏或篱墙，河水在篱墙下面静静地流淌，发出小动物一样汩汩的声音，这汩汩的水声，就是最初吸引我们注意力的那个奇特声音的来源。这额尔齐斯河上的秋天是金黄色的，因为它所流经的大片林地，在它金黄色叶簇、气流和水域的深处，又隐隐透出一层蓝色幽光；森林上空万里晴空的蔚蓝大气，也加入到了这汩汩水声中去，使森林各处燃烧着的红叶显得更加鲜丽璀璨；使河床空地上的卵石更黑，更加饱满浑圆。而怒目而睁的树根的裂痕是白皙的，白得跟下面的河水一样清澈纯净。树的残骸处最大面积的裸露出瓦蓝的青天，不知不觉中，我们的眼睛面孔手臂上——甚至开怀畅笑的身影中，都被渗透进了这一层空气的幽蓝。我的女友加入到我们远征大河畔的行列。我站在河中央倒卧的树干上递给她一只手,仿佛同时也递给了她幽蓝的大气。大气的清凉、爽松、静谧……无处不在。无论我们走向哪里,它们都像湿漉漉的露水一样笼罩我们。如果不是在一条著名的河流边上,中亚的空气绝没有这样一份湿润,因此河水流经的地方,森林的植被格外茂盛,比我们所到达的新疆任何别的地方都更加茂盛——也许阿勒泰山区的哈那斯湖区除外——在我们的前方,额尔齐斯河流形成几个自然的水湾,那儿的树木都高耸入云、茂密异常,使人恍然觉得像是置身于火热阳光的夏天,或者是误入了几千公里以外的福建江西的山区……。前方完全是夏天的景致;是水面辽阔平静的一泓深秋红叶相辉映的蓝池碧水。我们仿佛已在刹那间置身于完全不同的省份。我们向着那个前方的大水湾走去,由于空气湿润,天空看上去更加澄碧幽蓝,这一瞬间河流的瞳孔完全向我们睁开了,仿佛我们在卵石滩上的嬉笑打闹中断了它千年沉睡着的梦乡。额尔齐斯河流像草原上躺着的牧民的孩子,向我们睁开了他不谙世事而新鲜好奇的眼睛……

每一棵树都可以和人拥抱,都像清晨鸟儿的羽毛一样干净松软,散发出微热的体温。树身笔直、柔软——与其说是站立着,不如说是舒适惬意地平躺在大气的怀抱里。这里有松树、柳树、白桦、香樟、酸枣、胡杨……也有北方常见的穿天大白杨。每一棵树都像殷勤地陪伴其母亲的孝子,在静静聆听那条汩汩流淌的地下河——以及不远处碧波荡漾的额尔齐斯河,丝毫不理会周围贫瘠的地理环境,那一望无际的戈壁沙漠,以及随时要来侵扰啃蚀它们的漫天风沙。每一棵树和它相邻的树之间,都形成了一种奇特深沉的渊源和默契,一个自然整体,一个对观望它们的人类而言如此深奥费解的微微颔首着的无言……森林本身的浩大呼吸由此完成,从一棵树到另一棵树;从一个微小的枝柯、叶簇到另一个微小的枝柯叶簇——从地下深邃的空间到地上，到无限蔚蓝的天空——此起彼伏，连绵不绝。

  森林的存在是一种音乐般的精美，只有从音乐、抽象乐理的角度，人们才能更好地理解树木的生命。它们是隐藏在大地的万籁俱寂中的一整列阵容完整的皇家大乐队。这里的每一棵树，都是真正的皇家乐队的成员。它们的组合表明了宇宙对于创世之美，对世间万物生命的浩大礼赞。地球上任何一块地方的树林都不仅仅是单个的吟唱，而是一种优美的合唱，仿佛是裸露出地面的大地斑驳多节的粗野喉咙，在歌唱时形成种种多声部的音域——是它们存留在自然深处的一份人类音乐史实的抽象证明；是音乐这一门特殊艺术形成源远流长的史前史……当我漫步林中，我仿佛四处聆听到了各种激昂音域的法国号、长号、长笛、风琴、班卓琴、都它尔、箫、鼓、钢琴、小提琴们一刻不停地演奏，在声情并茂奏响着各种神秘创世的乐曲。森林上空飘荡着奇妙的旋律；而树桠和树桠之间，也随风回荡起真实大地的《欢乐颂》《冬之旅》《春之祭》或另一个更加匿名的斯美塔那的《我的祖国》……

六

  车厢是再肮脏不过的那种窗玻璃，但高原上耸立的数不清的皑皑雪峰仍给这一节仿佛在旅途上溺死了的车辆贯注进了一束分外刺眼的光线。我们的处境就像是年幼的孩子第一次被大人带入深海水族馆中去参观。公路两旁大块的悬崖坡岩有时紧擦着长途客车摇晃着的车厢，眼看着一大块岩石的锐角就要划过乘客们的脸，驾驶员在最后一刹那及时打过了方向盘。高原上的阳光像大片腾空飞起的山峰也像深海中的鲨鱼慢腾腾地不断朝我们的窗玻璃驶近,身背后腾起一股阳光的金黄色粉尘。在游向高原另一侧时又傲慢无礼旁若无人地晃了晃它庞大身躯底下那段著名的尾鳍。在一幕幕惊险旅途的风景中我们甚至辨认出了地球上最高海拔的几座雪峰——它们的前额下面那双细小无人性的眼睛;那种神圣而冰冷的瞳仁周围的眼白。公格尔峰,公格尔久别峰像地球极地上的一对孪生兄弟,侧立在我们车窗的正前方。而与此同时,著名的拉达克达阪出现在公路边上的山地,一些海拔在 6000 米以上的峰岳围绕在其周边,大大小小不计其数,全都簇拥在我们途经的那条中巴公路的两侧。千百年来,只有最训练有素的牧民和异域探险家,才叫得出它们的名字——只有最敏锐的目光,可以将它们中间的一座和另一座的形状分别开来,车厢里充满了高原炫目的光亮;几个小时以前,它还停留在喀什城外充满了世俗城镇气息的黎明前的黑暗中,而如今,它已像一头耐寒的藏地牦牛依靠身上那层厚实的黑皮毛缓缓爬过了地球上最高最偏远的那层雪线。它登上人迹罕至的高原,没来得及息下来喘口气,又继续往高原纵深处的亿万年峡谷进军。一些塔吉克人纷纷用他们的母语招呼司机,开始预备下车。车上一半以上的乘客都是这些友好文静的高原居民,他们的家就在这一片峡谷内外;他们中的一位孤零零地下车,朝向茫茫雪原深处那块裸露着的岩石——家园走去,步履既说不上轻快,也不显得艰难。当他们依次到站下车时我甚至没能看清他们的脸——他们的脸,你是始终记不起来,也不可能真真切切看清的,正如人们想用眼睛看清空气,记住路旁的石块一样不可能——我说的是完全不可能。他们的相貌长相里没有五官特征,没有年龄——几乎看不见任何人类社会个体或集体的印迹。他们在这片世界屋脊之上生存下来,世代耕作、狩猎、呼吸、生儿育女,朝拜神圣的主……从一开始就超越了时间,也超越了文明的一般范畴。他们生存下来,就像早期爱斯基摩人,或并未绝迹的印第安人,为自己的独特和自由在地球上觅得了完全迥异的一大块古老空间。一年中有九个月时间是和严寒雪暴打交道。他们脸上的每一个表情，都像大自然本身的出产一样单纯、直接。传说塔吉克人是中国境内唯一一种白种人也且欧罗巴血统，属于纯粹的雅利安人种；他们是什么时候，何以跑到中国新疆的世界屋脊上来的，或者说，他们中间的一部分又是以怎样的方式远离故土，漂洋过海到了欧洲，到了欧洲的南部或东北方？没有人知道。自然，中巴公路的两侧没有任何站牌，他们似乎是从路旁的某一小块石头形状上，辨认出了自己下车的位置——可是下车之后又怎么办？要穿越这大片乱石裸露的旷原，走到自己家里，还要徒步前行多远的路？我真想跟随其中的一位下车，领略一下真正的荒原风光，与此同时，我痛苦地意识到，我不能，也不可能这么做——而这意味着我将永远无法看懂这帕米尔高原上任何一处的风光；这孤骄、倨傲、冷峭的极地雪山，四周除了寒冷的风声，就只有偶尔鸣叫的乌鸦的声音（如同在风中钻了细小的孔眼）——半小时后，同伴中有人在座位上欢呼起来：我们大喜过望的眼前出现了举世闻名的"冰山之父"——慕士塔格山峰……

峰峦朝阳的一侧像新换上的提琴弦一样熠熠发亮，绛红色中夹杂着黄铜的光亮，又有几抹蜿蜒着的桃红和湛蓝色弥漫开来……整个著名的慕士塔格峰像刚刚打开的颜料罐一样色泽鲜艳，四周相间杂的银白的雪被"如马的银色鬃毛披挂……"有关马的意象是1901年时的斯文·赫定带领他的小股探险队到达了此地，在当夜的日记中记录下的。在以后的岁月中，他绞尽脑汁，拼尽了全力试图冲顶……攀登上这一地球上著名的山峰，几乎动用了他能想到的所有冒险方案、各种装备器材交通工具，想在自己个人探险史上注下光辉的一页，但三番五次的尝试结果，均以失败而告终，请看他的名著《长征记》（中译本名《亚洲腹地旅行记》）第 120 页："模斯·达格·亚达山——'冰山之父'在我们上面 7800 公尺的高处耸起。山顶上是一片闪烁的雪田，这座山在子午线的山脉——这山脉向着东土耳基斯坦盆地截断帕米尔高原，名为喀什格尔山脉（kaschgarkette）上拱立成了圆塔形，吉尔吉斯人晓得这座灵山的许多的故事。这山是一座庞大的圣墓，摩西和摩罕默特的女婿亚利（Ail）也葬在这里面……"

  他的五次或三次登顶失败之后，斯文·赫定仍怀着神圣而美丽的心情在他的日记里写下了关于慕土塔峰峦的最后的告别辞："……我站立的地方差不多和新博拉苏（chinborasso）山峰——或名马克坚赖山峰（Mount Mac Kinjey）———般高，比较（非洲的）吉利曼扎罗（乞力马扎罗）（Kiilmandsc haro），孟特兰以及三个大陆的一切山峰都高；只有亚细亚的最高峰和南美洲的安达斯山（Anden）则比较高些。比离地球最高山峰——霭佛勒斯峰（Mount E vctest）还差 2600 公尺。但是我相信，在我眼前所展开的图像在狂放的、幻想的美丽方面实在超出了尘世上任何一个朝生暮亡的人所能望见的一切景致之上。我好像站在无限空间的边界似的，谜一般的世界永远永远在这里面打转，我同天星只隔一步之遥，我可以用手抚摩月亮，我觉得在我脚下的地球——它是重力法则支配下的一个奴隶——怎样遵循着它的轨道，转过这太空的黑夜。"（《亚洲腹地旅行记》中译本第 133 页）

  无论在新疆的任何地域，我都随身携带着斯文·赫定的这部游记。而如今我正站立在他当年所谓"朝生暮亡的人所能望见"的那个景致边上；我的内心也同样充满了当年在这名瑞典人眼睛里不停地打旋的那份奇幻。斯文·赫定所言"吉利曼扎罗"，实际上就是指的非洲最高峰——乞力马扎罗雪山。而安达斯山——则是南美洲的最高山峰安第斯山。霭佛勒斯——这是欧洲人称呼喜马拉雅山——珠穆朗玛峰的习惯称谓，也可以说是后者在欧洲的名字……

斯文·赫定在微笑，坐着微笑。

他的脸上有一道中亚的沙暴。

坦然的青年的手，拄着一根老年的拐杖。

他那双勇士般探究的眼睛里有着一丝回忆的阴影，回忆的恍惚——他看见……沙漠中的骆驼刺……刺刀上滴淌下来的马奶。长城脚下一口干枯的井。他看见远古衰老的智慧，有着一丝驼铃声的淡蓝色晨曦。中亚的村落。胡杨林，秋天溪流般流淌的红叶。桌状山、雅丹地貌。一支月下的羌笛。塞外草原——他看见草原，无边无际的牛羊、白云、歌曲相缠绕的景象。落日如公路上的风滚草一样轻易地滚落……大海汹涌的美丽的准噶尔。牛车在羌塘草原上用沉重的喘息声划开的霜迹。沙流、沙团、沙波纹、沙浪……中国的古木塔、喀喇昆仑、喀拉库顺，阿提米西布拉克，安南、喀什噶尔，海生沙……；他看见沙漠边缘一名长髯白发的老人，他从那名老人身上看见一些流逝年代的人名（他们的脸）：

帕皮巴依	马继业
达格利什	贾贵
冯·泽克特	刘复（半农）
切尔诺夫	法苏拉
奥尔德克	贝格曼
生瑞恒	昆其康
……	

一些散落在中亚乃至远古的灵魂遗址；楼兰上空的一轮残月；一堆堆死而未倒的枯树间的石斧、纺轮、陶片、料珠，汉简……太阳，像一

只突然摔碎的蓝色刻花陶罐,早晨的汩汩清泉在沙漠中迅逝——

这名巴库的家庭教师,利希霍芬男爵的瑞典籍学生在祷告,在回忆从沙砾的手指间见到他故乡年老的姐妹们容颜时的哀痛。落日中的驼铃和马銮铃声在他耳畔晃动,他最后的灵魂久久地凝望着如同中国西部甘肃边境茫茫风沙中的一幢角楼,一个古代的小小迷宫,一件文明的精致脆弱的饰物……他那回忆的手指头上粘上了一小片丝绸的碎片——

面对中亚,他用他破碎的心微笑,在瑞典海边上贵族别墅的壁炉前,他倾听大海的阵阵涛声,仿佛在那汹涌翻腾的浪涛之中,他的沙漠之旅——探险队仍会生还,全体队员仍在归来,暴风雪之夜将带给他一件小小的圣诞礼物:大卫·赫默尔医生手制的用树枝裹着银纸的小玩偶,以及一行瑞典文:"嗨,——我祝你快活!"

……处处是骆驼的蹄印。他五次穿越中亚大陆,其中一次过莽莽昆仑而进入藏北,前后历经四十年沧桑!而在他那北欧海盗的血管中仍旧跳动着大海清晨的阳光——

北欧人从前在海上撰写他们镇定自若的《创世纪》,如今,一只脚却又踏进比大海更变幻莫测、更难驾驭的沙漠册页之中……仍旧是一流的水手、威仪堂堂的船长或轮机长。是的,他们被证明他们有着属于自己的神话或童话。他们勇士般强壮的肌腱上如今又镌刻下一个令全欧洲、全世界骄傲的名字:斯文·赫定!

他沿途携带精确的钟表,赞美诗集,浪漫情怀或酒神精神,以及他那从不言败、如《圣经》般厚的肩膀、惊奇的蓝眼睛、天真的测绘仪和美丽的圣诞歌曲,从西西伯利亚、沿印度河一路走来,沿途与迷宫般的地貌、瘟疫、沙暴搏杀,置战火连绵于不顾,直抵亚洲腹地……啊!这名金发的海浪王国的巨民,已天性习惯在地球上任何地区、任何情况下的颠沛流离、漂泊不定中远走天涯……而在他灵魂的远行中他

秘密的温柔 | 147

愉快地笑着，微笑，像在地球良知和人类智慧的荒凉中心见到白雪皑皑的帕米尔、天山。他见到哈萨克村落附近俏丽的小白杨，以及大漠深处一道道沟渠中伶俐跳跃的藏羚羊……

山峦起伏的地平线像一条飞扬逶迤的哈达。
风暴巨大白色的洞穴。
蓝天底下的云层宛如千年冰寒的岩洞，
洞壁两侧垂挂下来冰棱。
白色的、形状各异、惟妙惟肖的冰棱。
世界变成了一个原始炫目的洞穴。

我们从未吐完过我们脸颊两旁的寒气……我们的呼吸里始终有冰雪辉映的阴影。我们从未发现过御寒的火种，从未发明任何耕作，或长途跋涉用的尖镐、轮子、鹤嘴锄、指南针、英吉沙小刀、马蹄铁、火药……我们被一座座连绵起伏的大山挡在了文明世界之外，而大地上的冰雪是一双双敏锐追踪着的嗜血成性的眼睛。

冰峰之上——高原的阳光——就像有人把几千公顷金黄色的干草垛堆到了天上，堆到云层之上——帕米尔——天一样高的地方……

……这片高原名叫帕米尔，骑了马要走12天。在这12天里，既无居民又无旅店，沿途只是沙漠、沙漠，没有任何食物；打算经过这里的旅行者应该自备粮食。这里地势太高，气候严重寒冷，连只飞鸟都看不见，所以不可能找到吃的东西。我还要告诉你们大家的是，由于天气太冷，火生不旺，火的颜色因此也和别的地方不一样，因此肉类是煮不（熟）烂的……（《马可·波罗旅记》）

七

我们的旅程被雪霰打散了。吉普车车窗外面是一片白茫茫的世界。几分钟之后,连公路两旁寻常所见的那些崇山峻岭也在茫茫雾雪中消失不见了。司机小苏的面容开始变得严峻起来。他虽然仍像平时那样紧闭嘴唇,不大开口说话,然而从他的身体和四肢间蓦然升起一股使车厢座位四周空气紧张的寂静——他在这股寂静中全神贯注,仿佛轮船甲板上的缆绳突然被绞盘机绞紧了。虽然部队驻防人员是帕米尔高原上唯一生活着的一群汉族人;虽然每隔十几公里,附近的戈壁峡谷中总会出现终年驻扎在那里的边防哨所的影子,但他仍不愿意行驶中的车辆出任何闪失——在这样的暴风雪天气里,任何闪失都有可能使车上的随员瞬间毙命!——刹那之间,茫茫戈壁滩上已经看不清前方公路的任何印迹。公路、戈壁荒漠已经在风雪中模糊了界限,彼此混合在一起。车厢前后的窗玻璃,包括驾驶室玻璃都迅速降低了能见度——汽车坠落进了高原严寒的蒸汽机房,前方已什么也看不清、什么也看不真切。一名骑马的塔吉克牧人差点赶着他的羊群从雪雾里冒出来,撞上行进中的吉普车车头。他在马背上困惑好奇地看我们一眼——是我们在那场暴风雪中对外界的最后印象。无名的恐惧在同行的几个人心里悄然传递;每个人都最大程度地睁开着他的眼睛,试图在这条偏僻高原的狭长公路上辨认出足以醒目的平安回家的(部队)标志;而每个人在那段时间里都怀着发现这条公路的印迹的希望——但这是不可能的!好在旷野上每隔一里地会出现一根歪歪斜斜的电线杆,从车窗的前头慢慢闪过。这一根根漆成黑色的电线杆,就成了这危险航程中救命的灯塔。在前一根电线杆和后一根电线杆之间那一大段的空白开阔地，就只好凭借一半是经验一半听天由命的司机的感觉和运气了。我们左边高耸入云的萨雷阔勒林山脉和我们右边的茫茫戈壁滩全都消逝不见，在阵阵风雪中失去了踪影。我们的吉普车越过的那个山口叫木孜吉里阿达阪。我们的正前方是里斯玛姆喀喇昆仑山口。军用吉普车刚刚离开著名的水布浪沟，从红其拉甫边境哨口返回。

红其拉甫边防前哨班所驻扎的海拔位置：4733米。

该哨所位于北纬33度55分30秒，

东经75度32分40秒——

始建于1939年1月——……

此地附近是著名的瓦罕走廊，一条蜿蜒通行过漫长峡谷的古代商队留下的崎岖小径。是连接过东西方两地伟大丝绸之路在中亚高原一带的活化石。可以肯定如此陡峭荒凉的峡谷深处当年曾回响起精美的瓷器声音，高原的阳光照亮过商旅队列中成匹的丝绸，驮马背上沉甸甸的茶叶香料的货物。可以肯定在危险的严寒天气里曾有数不清的商人马匹被峡谷深处鬼哭狼嚎的寒流飓风冻僵过，变成了屹立不动的自然界岩石峭壁的一部分——而一直要到来年的五六月间，尸体上的冰层才会被阳光晒化融开——我曾在近代一部分探险旅行家笔下见到过那一幕，在谢苗诺夫的《天山游记》；在《外交官夫人回忆录》里……

沙漠的波纹状有时扩展到旅人脸上，越过了军用吉普车草绿色的车厢蓬顶和外壳。貌似笔直的公路线似乎一直在蜿蜒峡谷的窄道和绕经大山的小路深处，跟迎面不断出现的锐角和三角形，群山的锯齿形、椭圆形打交道。车上的司机不像是俯伏在方向盘上，而是在一大块广漠巨型的旷原黑板前计算一道几何数学题。吉普车扬起的尘埃和沿途干土就像是从计算者手里掉落的粉笔灰。落日在远远的戈壁另一侧掉落下去,晕红的晚霞经久不息,甚至到夜幕降临之后仍旧在西方天际底下明亮地燃烧着。黑夜与白昼交织在一起,从单纯的天色里,人们很难分辨清楚一天中的时辰。夜就像一个清新的早晨,一样绚丽、稚嫩,有着大块大块殷红的云层。地平线上的一道红光映红了我们的脸。在这荒无人烟的沙漠戈壁里有着怎样辉煌灿烂的落日呵!也许只有四处散落的孤寂石块,或偶尔途经的飞鸟才会知道。这是地球上经受过人类的眼睛最长久注视过的一道风景;是对于我们的视觉而言最耐久古老的自然形象。茫茫戈壁,光秃秃的群山峭岩,峰顶垂落的冰舌雪被,以及偶尔有野羚羊穿行其间、黄羊跳跃的褐石和风沙地带,似乎自地球诞生之日起就一直是这样;那高耸的峡谷、荒凉的河道从未有过变化,以后也不太可能印下人类途经的刻痕。一切的一切,在这样的自然界,都从一开始被消除了过去和未来。时间只是归属于人类名下孤零零的一笔小钱。他花费的时候,用于开销其日常支出时总是摆出一副悭吝的嘴脸。时间成了旷野以外的一缕青烟,成了悲哀人类的智性的代名词。整个无垠的戈壁荒滩都呈现出一种无生命的陨石颜色,散发出露珠般清新的亘古气息。一切人类社会的影子,在此都无影无踪,到达了它们结束、不存在、永不复返或者虚无的边界。政客、妓女、广告企划人员、大学讲师、业余摄影爱好者、古玩商人、探险家、有钱的精神病人或无钱的演艺歌手……全都到达他们虚无的世界;先是通过他们旅行用的装备,通过进入高原的服装,再是他们的呼吸、血液……最后是被天上的红嘴鸦的盘旋低回弄得六神无主的可怜的大脑。

——用天山这样的山脉,用一整座沙漠去忍受遗忘——这样的代价太昂贵了!

——而帕米尔……人从那样的地方回来,而又说平常说惯了的话,过惯了的生活，是不可思议的。那样的旅行，会在人的体内植下一颗圣洁的、空气清冽的种子。这时候，人的眼睛像旷野尽头一小颗雪的胚芽，催促他成长的溪流、融雪、一望无垠的山峰（像大地上的庄稼一样在大风中倒伏）和美丽的骆驼蹄印在他灵魂的口中滴下奶白的乳汁。你的记忆会长久地告诉你，地球不是别的——既不是海洋，也不是阡陌纵横的平原——而是不可撼摇的神圣的岩石；一大块朝阳的、史前的岩石——仅仅在史前意义上，这里的自然界才显得真实。在塔什库尔干县城里，一千多年来人类在此垒砌了一小座规模有限的石头城，然而久已颓圮了。尖锥形的城墙一半已向旷野洞开，这是文明在过去几千年里最后徒劳、渺小的挣扎。大地的空间无边无际，人的空间却缩小了无数倍，或者说，回到了他们赖以生存的最真实的比例，最初的起点。人的地位一点也不比马匹、羊群更尊贵；而比人类更富于生气的有时是此地的牧场、飞鸟、漫天的风雪以及山中神秘的湖泊……一些大地上原生状的颗粒在空气中闪烁。我们是在一种人类目光所及的抽象视觉中行走，在足以使人类窒息的一小根地平线上，在一小束光线之上，我们融入光线，或者已融入光线之外巨大的黑暗中。帕米尔"八个帕"范围之内的每一寸土壤都足以使一名现代游客在瞬间化为齑粉，化为万劫不复的亡灵。我们是在用亡灵的眼睛享受此地的白天、清晨的光线和遥远的日照——这太阳光照耀在人身上是多么亲切、熨帖、温暖！这是地球上最纯净的日照，更何况是在那样一个渺无人迹的冬日。我们的身心像野地上的石头一样裸露着。我们像此地的小草，像一棵枯草一样欢欣！眼睛里是怎样一种温暖柔美的、被称之为"太阳光"的物质在滚动、在流淌呵！所有的太阳都像一行行热泪——是最初的婴孩或九死一生的峡谷之间生还者的热泪。人不知不觉就学会、并实践了他的感恩。蓝天之下仿佛尚未诞生过一页《圣经》，或一小句《道德经》里的箴言……一切仍旧是创世前夜的、圣洁的、纯朴的。阳光像世上最美的教堂尖顶或廊柱,直竖过来。人由虔诚进入感恩,由感恩折向祈祷——仅仅在一秒钟时间里,人完成了他全部的灵魂升华,全部的信仰,那地球上最高山地的信仰——由黑暗进入光明的美丽的心智!由低向高,由大地到天空的感悟过程——我清晰地听见,我血液里像是有一根火柴被在骤然间划燃,"哧嚓!"一声,一小团火焰在暗夜中划响——在这高原清寒的早晨,我像孤单的小鸟——在这一瞬间——一头扎入了归乡的茫茫大海。

八

在乌鲁木齐市区,市中心西南角的位置,有一个名叫"红油桶"的位于地下室的迪吧,1999年秋天,我旅居所需的家就在那附近,几乎在马路斜对面过去一点点,名叫"跃进街"的一个小区弄堂内。楼屋紧傍着这座闻名的北方城市中一个小区弄堂内。小区紧傍着一个巨型马蜂窝般的维吾尔族人聚居区——雅玛里克山。我在租住那儿的房子时丝毫没意识到自己离这座古老山坡的街区竟然会这么近!几乎隔了半年之后,我才知道,山脚下的一条街道,一幢名叫"幸福"的旧电影院,一所聋哑学校。我的住地离后者是那么近,只要出门向右转,再一拐弯就到了。学校附近有一家汉族人开的小店,租借书籍录像带,我在那里腌臜暗黑的书架上竟然发现了一本封皮已脱落的《曹雪芹传》,周汝昌著。另一个意外收益是两卷本的陀斯妥也夫斯基的《卡拉玛卓夫兄弟》。小说中的场景似乎被一股神奇的力量移植到了外面的街区。暴风雪,贫民区终年不化的冰窟,山坡上一个紧挨着一个的原始民洞穴——你只能从隆起的雪被下面一孔竖直的小烟囱冒出来的炊烟才能判断出此地尚有活人们居住。街区的多数地区酷似北方冻土带的小山城，一条街道和另一条街道之间道路的连接是由蜿蜒向上的层层石阶完成的。我到幸福大街去必须要攀上那一层层高高的石阶，石阶顶端是一条拥挤的陋巷，两旁的商店有清真面馆、包子店、五元小炒店、副食商店。陋巷的另一侧放了很多地摊，形成一个小型菜市场。地摊上没有什么新疆民族特色，纯属内地汉族人养家糊口的那种。接连两家紧挨着的水果摊倒是很有鲜明的边地色彩：石榴、哈密瓜、葡萄，各式水果应有尽有；干果摊至少也有 8 种以上的品种：无花果、核桃、沙枣、果脯……；公共汽车歪歪斜斜从山顶另一侧的弯道上驶过来，在经过对面电影院时我想起一部意大利影片令人过目不忘的场景。车子轮胎溅起马路上化开的雪水泥泞。那是一长条坡度很大的盘山公路，但因为最近五十年拥塞进来的店铺居民，形成了可观的街区，故最初的山势地形已经被新村楼房所覆盖。从外部看，几乎察觉不出这种被征服者的典型地貌。我记得那年冬天那家电影院内曾上演英、俄、法、意四国联合拍摄的《安娜·卡列尼娜》。银幕上映出的似乎也是一个北方冬天的王国，一半清真寺，一半是东正教堂的空气。一个永不间断的巨型圣诞节。安娜在圣彼德堡露天广场上滑雪，似乎正要从神奇的宽银幕世界直接滑入我坐在黑暗的座椅之上头晕目眩的怀抱。安娜的扮演者——那名英国女人的微笑啊！……在走出影院的一刹那，我简直觉得自己已经来到了她那种美貌和风情的故乡。边上的维吾尔族行人似乎都是在说俄语，他们有着绝望的渥伦斯基的眼睛，卡列宁的脸孔；又有着安娜的眼睫毛：晶莹、浓黑、大胆……茫茫旷原一样的深情。街道、行人身上的气息，全都有了电影中的俄国军人的制服，全都像铁轨一样锃亮，像火车头喷吐着骇人的白色蒸汽那样从银幕深处向着放映大厅的左右纵深处的空间弥漫开来……

我也读有关新疆的书，三卷本的《新疆简史》。那段时间里，简直对殊如卡尔梅克、阿古柏、库车、喀什噶尔、克拉玛依等人名和地名着了迷。当我真正在精神上走近中亚这片神奇之地,我发现汉族人从未有过一部像样的文学作品,配得上新疆或西域此地的离奇生命。将来能够写的人,也必定得要有一副强健的肺叶,必要的地域知识和丰富英武的心灵!在天山另一侧,吉尔吉斯人中间还出了个写出《查密莉雅》的艾特玛托夫,还算得上自然优美,可是在亚洲腹地主要的区域新疆,神一定在每年的积雪中呼唤着……冰清玉洁的诗人!他要对着清澈的蓝天大吸一口气,以具备某种程度上不可思议性质的体魄作一次荒野中彻底、酣畅淋漓的深呼吸,才能理解那些人和牲畜的生命,以及他们颠沛流离的血肉。此书的扉页上应有一个寒冷的清晨,冷到足以使一般庸俗的生命望而却步——冷到书籍世界内部的冰河果真有半尺厚的霜雪!可是他如何燃起这堆篝火——牧民的篝火呢?如何让读者去倾听天边传来的马匹嘶鸣?整个东方——全部的伊斯兰教范围内,都不能奉献一部现时代伟大的文学作品,这是为什么?西方人不仅在战场、历史上,也在心灵和想象力区域赢得了这场战争,原因何在?(在今天,也许萨尔曼·拉什迪除外——)我以前从未能触及到这一区域,我应能好好想一想……

——西方人中最深入涉及这一区域的,除斯文·赫定之外,还有法国作家圣·琼·佩斯——以及一名更加奇特的俄国人:巴别尔,《骑兵军》的作者……

草原文明……其内部必定积贮有一股亘古的力量,是什么呢?那也许是人类中间属于黑夜的最深邃力量的体现……我只能朦朦胧胧体会到;而文学的宴席,总共有三大(三大菜系)——现在还剩下两大:中国菜、土耳其菜(古怪丰富的调味品,以及在烹饪过程中对于火的应用)……由是——人类对伟大文学的胃部需求,还很大。外部来说……

有时我想,亚洲就是一匹马的形象:白马、天马(飞马,神话中的动物）、汗血马、草原骏马……哀伤地伫立在它的边界尽头：大海边——也许是希腊的海边，也许在意大利。是的，整个亚洲都是在世界贫瘠的草场上奔驰的一匹黑夜中的马。印度神马，汉武帝所渴慕一见的宝马。驮佛教《四十二章经》过天山（史称阴山）的白马。亚洲是一匹马的永恒塑像——其最好的产地，在中国新疆的伊犁……

想一想成吉思汗纵横四海的征伐吧！

忽必烈的坐骑——汗腾格里峰——草原文明的全部精髓在于一匹善良而悍烈的母马。从马的肚腹中，诞生下我们英勇的祖先！

马眼中的沉静、马眼中凶悍的血光！

马眼中的清真寺……

马的眼睛里满含对世间万物和生命的体恤——多么像贫穷而伫立在寒风中的母亲……！

洛维萨·恩瓦尔（L·EnWal）——这是一个值得全体各民族的新疆人用心灵去铭记的名字。

她是瑞典籍传教士，独自一人在库车等地居住和工作了二十二年，在那里她救治了无数当地的病人。根据曾写过她的讣告的格奥尔格·罗本茨的文章，恩瓦尔在谈到她自己时曾说过"上帝对我比对上帝本人更加仁慈"。罗本茨介绍说："她属于人类中间这样一种人，她宁愿失败也不放弃自己的打算。其他人干涉她，想来救援她的所有企图都产生了相反的效果。正是这种她性格上的特点，才是她在库车城内生活多年，治病救人，与其他欧洲人隔绝的主要原因。"……格奥尔格·罗本茨又说："在那漫长的隔绝生活期间，她最害怕的是（自己死后）被葬在穆斯林中间。她并没有被葬在穆斯林中间。她有一个不同的结局。当她最终要返回瑞典时，得了一场大病。那里离莫斯科大约还有12小时。她死于塔什干至莫斯科的列车上，后葬在莫斯科。那是1935年10

月 16 日，离她 70 岁生日还差两天。"（摘自贡纳尔·雅林著作《重返喀什噶尔》）

  我的座位靠近暖气管，但仍不时要把阳台门打开，吹吹冷风。我似乎在害怕房间里的空气不够。有时晚上睡觉我们也把阳台上的门打开一小条缝隙。室内气温顿时冷下来（房间墙上贴满了各种画作的复制品，从俄国的弗拉基米尔画派风景名作，到莫奈、马蒂斯、高更……）而适度的寒冷，会使人感觉很舒坦。上午，女友走后我就有一整天空闲下来的时间，随便怎么支配，看书、闲坐——我又能和熟悉的清静待在一起了。同时在新疆这样的地方待着，你确实能感觉到欧洲文学已经离得很远了。虽然我书架上总是有一本艾米莉·勃朗特……

  在亚洲，此地已是文学的极地——至少是现代文学的极地。

  那名瑞典妇女的故事深深打动了我。她走到了一名欧洲人所能走到的地球上距离现代文明最为偏远的荒僻之地。她在库车利用传教士身份救治了数不清的病人和穷苦人。到达新疆时，已经快五十岁。离开新疆时，已经七十岁（差两天）……1935 年，俄国境内正在闹大饥荒，斯大林的高压清洗最恐怖的年份——而她只身一人，骑马翻越天山山脉，取道塔什干回遥远的欧洲故里。当时中亚的火车，只通到塔什干，此外皆为人迹罕至的冰川雪岭。她要去塔什干，必须要走翻越天山峡谷的那条路，关于那条路沿途的崎岖荒凉，我曾在《外交官夫人回忆录》（凯瑟琳·马嘎特尼）一书中读过详细而恐怖的介绍文字。因而在归途中她"大病了一场"。她能活着坐上西伯利亚大铁路的火车，已经很不容易了，她最后死在火车上，至死都没能真正回到自己的瑞典故乡，不过，临终之前，透过轰隆作响的火车车窗，洛维萨·恩瓦尔女士也许已经真切地呼吸到了一口黑海上空来自欧洲大陆的清新空气。她的一生如愿以偿了，把自己的灵魂交付给了天主，交付给了旷野上湛蓝的自由空气……她竭尽全力救治他们却又逃离异教徒的墓地。她整个是一座移动着的坚贞不屈者的墓碑——黑色方尖碑。

那列穿越旷野和世界上最漫长黑夜的火车车厢，在我眼前久久地晃动……

——我走到这些人中间，常常感到自己一无是处。这些维吾尔族人、塔塔尔人（拉赫玛尼诺夫是塔塔尔族）、哈萨克、吉尔吉斯人（在苏联，著名红军将领伏龙芝，是吉尔吉斯人）……在他们面前，我所学的知识和教养已完全作废，不起作用。他们才真正是这块土地本身，他们的身上有一种远比其他（至少是中国内地）人种更为真实的漂泊气息，无始无终，无根无萍……他们与其说是人不如说更像某种物体，一种亘古的物质。他们像沙漠里的沙子一样彼此相像，也彼此照看，宛如山丘上被风吹走的一小股流沙，而他们又确实是人，是人类中间较为古老的那一部分……我歉疚而胆怯地挨近他们。我承认，不可能在相对平行的角度上看待他们的境况、精神和宗教。这是其内在需求完全不同的两个世界。这就是基督教为什么不能在这一地区传播并战胜伊斯兰教的主要原因。双方处于不同的物质世界甚至不同的时空，这也不是完全不可能改善的，但需要漫长的时间和双方共有的耐心——决不能比较孰优孰劣，因为中亚的这一行列还在漫漫黑夜之中行进。他们已经习惯了沙漠、新月和黑暗；习惯了地球上普遍的荒凉——这正是他们最大的美！——而来自地球上其他区域的文明只可能刺痛他们的眼睛……他们习惯了荒凉，这是何等的禀赋！这是草原文明最深刻辉煌的力量之所在！

寒武纪、岩石、雨水……贫瘠的牧场和终年积雪的毡房。一个国家和另一个国家之间争斗的牺牲品。三孔骨笛，灌进人耳朵里去的风沙，低矮山脚下的栅栏……

——矿脉的声音在我耳中"嗡嗡"作响。

——没有一种文明,比此地的草原文明蕴含有更多的失败的力量!没有一张面孔,比牧民们的面孔更挨近火焰!

人要忍受失败,到草原上去,在开阔无人的地方,在大地的气息里寻觅亲人,或者,和天空一起抱头痛哭,和……蔚蓝的山岭——人必须要有这样哭泣的能力,他才可能去赞美生命的美!人要在哭泣里像翱翔的鹰——正如鹰在秋季晴朗的山谷——气流上空自由滑翔。人要在自己的痛苦里寻觅自由的权力和……一点点幼稚的能力——在痛苦里寻觅自由的心情!痛苦是存在唯一舒适的怀抱!

而人的终极是一个失败。

小孩的柳条筐。清晨的雪,雪还停留在清晨。但时间已经是一天里的中午。时间正在向灰暗的下午温柔过渡,如同上坡行驶的公交车辆,那么缓慢,即使时间已经到了寒风呼号的黄昏,到了傍晚——天黑;时间进入了人类熟习了的漫漫长夜,那些雅玛里克山上的皑皑积雪仍旧停留在清晨,停留在人类金黄色的童年时代,停留在先祖们孩提时代生活的白夜场景里。因而北方的冰天雪地历来是孩子们忘我玩耍的天然游乐场,其游乐的内容项目是肉眼不可见的,与生俱来,即兴的。那些维吾尔族小孩手里在拖煤、拖雪、拖木头的柳条筐子,仿佛也从雪地上拖曳过他们满载而归的童年时光,呈流星状从山坡的一面滑入山坡的另一面,窜入了更深的陋巷,更加抽象的人间灯火之中。他们满脸满身沾着雪的粉末,耳朵通红,两眼大睁着,尽量往体积庞大的雪堆里塞入他们对大自然的满心惊奇——如同往旷野的篝火堆上添加树枝木块。由于寒冷,他们面颊的肌肤仿佛已经透明,像婴儿一样闪烁晶莹鲜嫩的光亮。山坡上,放眼望去,处处都是狡黠欢快的念头,顽皮而大胆地行进，童年狂放的印迹。因为雪堆四周没有时日，雪中没有岁月；在雪地玩耍犹如和人类生存的永恒性相嬉戏……。有人看见一辆运载面粉或黑煤去清真寺大院的卡车途经山坡上的公路。只有北方的司机才能在那样的雪野上辨认出正常前行的路径——维吾尔族"巴郎子"们有一部分就跟在缓行的卡车后面，用手去趴拉车厢尾部某个零件，整个身子就开始悬空在雪地上，就差没再往里钻入车厢底盘。这是整个雪地游戏中最富想象力、最惊险的高潮部分，使我不禁回忆起我自己小时候在故乡运河的两岸泅游，守候过路的船只并游过去，用手吊船的快乐场面。所不同的是，一个是旱陆运动，一个是在水上——犹如在辽阔的大河河面，雅玛里克山的雪地上也处处铭刻下了维吾尔族小孩们欢快嬉戏的印痕。他们的身子从雪地上松松地下垂着，跟随卡车的行驶拖向前方，仿佛是夜间直立行走着的灯火。他们拖走沉重的柳条筐，吃力地攀爬到山坡的制高点，又从那儿的山顶上一路飞滑下来……这时，手中的柳条筐成了天然的雪橇，也许是北极地带居民所用的雪橇最原始的雏形。一个古代版本的交通工具。那个天真强悍的民族，就这样世世代代在漫天的雪霁和雪暴中成长——

九

古谣

（车过富蕴县所见）

在某处僻静的草场，
有一个哈萨克人的墓地，

一处落日的墓地。
一名士兵的最后归宿。

一匹马嘴里在咀嚼荒凉,
一头翱翔的苍鹰在沙漠边缘,
一只无头的羊羔在风雪中
鲜血淋漓地徘徊。

在某处僻静的草场,
一个月亮的墓地。
一名骑手孤伶伶的勇气
被葬在荒漠深入。

（1999 年 10 月 17 日）

额尔齐斯河上的秋天

林中的雪水,
少女新剪的头发,
一个秋天在白雪皑皑的山中
露出齐耳根的恋情。

树叶在亲吻里蜷曲,
原野上传来冬的耳语;
羊群平躺在霜冻里

沐浴初冬的阳光和鸟鸣。

雪在坡崖上变黑、消瘦，
河床的底部渐渐凹陷，
溪流载来了去年的秋风，
把满地的红叶一路吹跑。

（1999 年 10 月 18 日）

青河县城

夜已完全黑下来，
我看不到我旅途的终点。
在我的身体上，有一些白雪皑皑的景象，
无边的荒凉，在慢慢
咬啮我的心。

村子里，无人看顾的马匹
仍在落雪的沟沿徜徉；
马匹下垂的腰身，勾勒出
贫穷和自由
灵巧的轮廓。

那一望无际的峰峦
月亮的面积已大过太阳。黑夜

秀美、孤寒；

雪的针在刺大地的盲眼

在为我缝制新生的襁褓。

（1999 年 12 月）

十

　　街上很明显地，风冷，太阳热。一方面，气温已明显下降，似乎真的是冬天了；一方面阳光是初秋的感觉：温烫。去跃进街对面马路的维吾尔族区，从"肃州大寺"四个字样的清真寺门前走（儿时熟稔的泥泞）。街头坡角，仍有些门前堆满一摞摞金黄色馕饼的小店，不时地从路边上还能看到凉粉摊、水果摊。来回的路上分别见到两名绝色的异族少女，目光里凶悍和妩媚仅一线之隔，容貌生得十分峻严、庄重，都披着头巾；一个从我身旁匆匆走过；一个坐在家门口，在看带自己的小孩。到一熟悉的小店去吃"罐罐肉"，在店堂里坐，必有一维吾尔族青年提上来一只油腻的水壶，往桌上扔两只小瓷碗。喝茶，羊肉汤是滚热的，上面漂荡一层亮晶晶的、令人嘴馋的油花和碎香菜叶；汤里也放了少许胡萝卜、土豆块。店里顾客是一式维吾尔族，有神色庄重的老人、服饰华丽的老妇人，也有表情痛苦、不说话的小伙子。另有两名似乎出入娱乐场所的姑娘，倦怠而衰老，双双结伴走进店里，默默坐下。店里的小伙子似乎不用问就知道她们想吃什么……对维吾尔族人而言，这样的店堂有一种浓郁、古老、纯真的家庭氛围，一旦我们走进去，从他们眼睛里所得到的只是一种很古老的敌意。没有人说汉语，连电视里的对白也是维吾尔文。我学众人的样，要来一个馕，用手掰着吃。这一长条街，一部分中亚游牧民族的性格暴露无遗——通过他们的饮食。街上常见一些戴白帽的回族老人，都有种种睿智、严峻的相貌，一种老年优秀的睿智，显得深沉、风趣；即使是街头潦倒的乞丐身上，也透露出一种苦修的托钵僧式的令人肃然起敬的风度。

我另外注意到，很多副食店门前用简陋的木牌子写着"肖家豆腐"字样。我想这肖家品牌的豆腐一定很好吃。在回族中，"肖"和"马"是两大姓。张承志的《心灵史》里记述过马姓。这种豆腐我没吃过，但北方的豆腐我一向爱吃。有一次我拐进一家黑洞洞的店堂，想去买，结果问了之后，竟买回来另一种我很爱吃的泡菜，用卷心菜腌制的，叶酸而略带茴香的甜味。这地方的副食小店很有特色，不仅油盐酱醋，也稍带卖大米、蔬菜、布匹、针线、各种日杂用品，几种烂旧的杂志。店门外（口）一律没有门面，仅用帘布遮挡。那些设置在露天的羊肉摊，总是一两只剥了皮的羊被用铁钩子置挂空中，店主正以一把尖刀熟稔地分割羊身上各个部位的肢体。这是离沙漠太近的土地，居民的信仰里似乎没有白昼（太阳）的成分，而只有月亮——冷冰冰，神秘；虽异常温柔但又残忍的月亮——那是一种几近于午夜的智慧——午夜的生存或生还……

下午经回族和维吾尔族居住区逛到"二道桥市场"。我的经历有点像乔伊斯的一个短篇：《阿拉比》。我仿佛也是那午夜梦醒怀着无限的旅行渴望的小男孩。我被一种奇境，被远方的华丽深深地打动。我从泥泞和雪霁的街上走过，街两旁全是喧嚷不息的行人、饭铺、商店及烤肉串的一长列一长列冒着烟的摊位。中午最热闹的用餐时间已经过去，当街架设的煮羊肉汤的大铁锅子里已经只剩下剩余的汤水。大铁锅里的抓饭冷却下来，饭里插着一只扁平的圆盘，店主已不再往底下的炉膛添加燃煤。天空底下是大片大片歪斜发黑的房顶，重重叠叠；街边上的树木都成了萧瑟的枯枝。我从未见到任何城市的某个街区有这么拥挤的行人，而且民族身份如此混杂，这是在人群中的拖延过久的年代；是典型的、有着贩运奴隶气息的传统中的波斯画卷。人们大声说着我听不懂的话。天空阴沉，白昼里仿佛也有一层乌云遮盖着的月色——这冷冷的月色溶在我脸上。每经过一家店铺，店里伙计都用半生不熟的汉语大声吆喝我进去。店里空荡荡的，突然的热闹和突然的冷清同时到达，构成街区特有的景致。一会儿，我又走到门庭冷落的一条小街上，那儿的抓饭馆门前用很大的字牌标明此地有"梭梭柴烤肉"。店面被烟熏得脏黑一片，地上的冰层在泥泞中凸起；一张张简易餐桌有时就摆放在这路边的泥泞中，空气却异常地香，各式各样的食物都在锅中、灶台上；各种面食、馄饨、饺子、小吃……；此地的市场用一种高墙架起巨大的天棚，那些风味各异的小吃店摊就在这样的天棚底下做生意。到处都是小小的餐桌、炉灶、厨房、菜肴。市场的格局呈一个阴森森的"丁"字形；横向的过道里有数不清的工艺商店、干果、服装店；甚至，不远处还有个露天的旧货市场。所有的店铺光线都不佳，都有一部分进身处的台阶浸淹在泥泞中。在其中的一家小店，我探进身去看了看墙上挂的乐器，而店主是个脾气暴躁的维吾尔族小伙子，他一个劲问我："你要什么要什么——"声音之大，足以引起旁人的围观。而我只是微笑（很害怕）。当他看见我注视墙上的一把乐器，立即就把它取下来，抱在怀里弹奏——乱弹一气，嘴里不停叫嚷："要冬不拉吗？要我就弹给你听——弹给你听！"他看来处于一种生意长时间冷清的狂怒中，他生顾客的气，生自己的气，生天气和这该死的市场的气；面对这种局面，我只能报以也许是汉族人特有的懦怯和礼貌——我奇怪，我竟如此稔熟！——在这不属于我的陈旧的古代（一大堆商品的洞穴深处）徘徊着，对一切东西都要说声"谢谢！"也不管有人听没人听——并诚挚地心怀感激。当我离开那里时，我隐约觉得奇怪：我那种过分的诚挚来源于何处？它表明了一种似乎并非我所有、莫名其妙的态度，或者与生俱来的奸猾、审时度势——此地的中亚民族一定恨透了这种表情。

　　冬天，乌鲁木齐像一个大的铁匠铺。整座城市的居民都在扫雪，而雪变成了冻得硬实、发黑的冰块。街巷、建筑物、空地宛如一幢巨大冰库的残余物……。到处都是军用、民用铁锹或铲子挖掘碰撞雪地的声音。城市渐渐变成了一个个冰窟窿里挖出来的排列着的土坑。铲雪工具计有：锹、铲、钢钎、铁锤，以及一块大木牌做出来的（我在内地从未见过）推雪用的盾。在明亮的阳光下，在维吾尔族人聚居区里，孩子们是用银幕上19世纪式的手编箩筐盛装从家里挖出来的雪块，以背在背上的绳索把这一筐筐的积雪拉于街道另一侧的空场、土墙脚下，再把雪块雪渣倒掉。那筐箩在雪地上轻捷自如地滑行，伴着居民区上空袅袅的炊烟，构成了一幅幅古老冬日大地上颇具诗意的生活画幅。街道向上蜿蜒的陡坡筑在悬崖之上，边上是一排长长的、错落有致的矮墙。不时地小巷深处闪现一家卖馕的小店。一名年老的阿訇从式样俭朴的清真寺旧院后走出来，身上带着羊油和残茶的香味。卡车在路边雪堆里挣扎，像一头误闯入人世，毫无尊严可言——也从不被人真正理睬或了解的古怪生物。因为房屋和街道各处积雪的轮廓，天空也显得不大一样了；天空具有某种滞重的文学色彩，像契诃夫小说里的天空；像19世纪俄国偏僻乡镇的天空（我们在哪里真真切切地体验过？）。在我的印象里，"俄国巡迴画派"或初期印象派所发现的视觉要点：列宾、希施金、西斯莱、萨甫拉索夫或列维坦画里的天空大致有这类感觉：大地某处矗立着古老木制的栅栏；沙皇和他的巡逻队在雪地上来回谨慎地游走……而在午夜的冷寂中，一名赶车人也在无奈地和他的马悄声细语（契诃夫：《苦恼》）——

　　与此同时，雪在驱赶这座城市中的一切，甚至旷野本身的一切——

驱赶着村落、土墙、瑟瑟颤抖的家畜群和盐碱地——也驱赶那其中的无助和荒凉。雪像一名相貌纯洁的老妪，有一些陈年的温柔，有一些狂野和任性——并为自己的天真所倾倒！

雪在涂抹这座城市的高楼，在白茫茫的冬日大地上铭刻一条条远古的陋巷，毛茸茸的窗门，枯干的屋檐以及大雪中静止的车辆，新年红色的剪纸。

……我背着风，有时迎着风走。雪像干硬的沙土扑打上我的脸。白茫茫的车辙印宛如葬礼上的素缟飘向远方——白茫茫的车辙印和仿佛在茫茫风雪中拔地而起的孤零零的电车站牌。

在我住地的附近，我几乎爱上了楼房对面街边上那家卖馕的小店——当街是一个大的炉膛，用于烤制金黄色的馕饼。每天的清晨和黄昏，总有一个维吾尔族的小伙子，瘦小脏黑的模样，围着一件过大的围裙，在那里用铁钩子娴熟地钩取刚出炉的热馕。馕的大小有三种，都有字母花饰般的花纹。中午我吃了一只热烫的小圆馕，那上面一层表皮烤得焦脆金黄，吃在嘴里，咸咸的，十分可口。小伙子有时整天在他的烤炉前唱歌，并不时把手里的铁钩弄得叮当作响。他的身子由于常年单调的劳作已有些佝偻，脸上留着板刷状的胡子，说一口音乐般悦耳的维语，有时却又冒出来几句清晰的汉语："好吃吗？"他问我，我回答好吃，边上立即就有人说，不要去夸他，"夸了他就要上天了……"在寂静的早晨，在天明时分，整条街都只有这名维吾尔族小伙子愉快的歌声、屋子里的鼓风机和他辛勤劳作的声音。这声音给这北方的冬天平添了一种古老的温情。我从楼上的窗中，从街对面瞧着他们，觉得他们是那样幸福，那样健壮而不可摧毁——这是一种如此普通平凡的不可摧毁的激情。一名汉子在我面前往他正在添煤的炉膛里低下他长相凶悍的秃头顶，另外有一只小煤炉放在店门前，在我右边，蒸制着白面包子。水蒸气、煤烟、霜雪和冬日的寒流，这一切搅在一起,加上一整条大街清晨浓郁的睡意……于是,人们的呼吸里获得了一种仿佛只有穷人才会有的甜蜜平安;这气息,壮大了人们生活的胆魄,使他们的眼目清朗、灵魂闪亮。……或许,只有古老是不可摧毁的!

而古老所依赖的,主要是劳作(而并非智慧)——在时间中。

智慧可以说(加以评判):那是……"悲哀的劳作"。

劳作本身——却不言不语。并非它无话可说,而是它有比说话更重要的事情要做……

——劳动是世上唯一无暇评判自己的品(质)德。

我们到一个地下商场,那儿拥挤的人群、过分窄小的走廊和空间令人喘不过气来。那不是商品陈列的理想场所,而简直是一个商品的噩梦。人们就在那样的地方举行着热碌的交易;有家电柜、日杂品柜、工艺礼品区和鞋帽区,还有几家小型书店——书店又和流行的音像、磁带、风铃、贺卡搅和在一起;总之,一切能卖钱、而又不值钱(价格通常很便宜)的东西,那儿全有——而就在所有这些漩流般的地下商场漩涡的中心,在一家小书店,靠墙杂乱堆放的书架上,我一眼窥见一本1989年版,新疆人民出版社(现在不可能再买到这类版本的书了)出的书:《西北民歌精粹》——就此一本,此外再没有其他!我连忙从人群中伸出手去,隔着几步路远的距离(手正好够得着)把它从书架上取下来——仿佛从摇摇欲坠的楼房墙壁上匆匆摘取一件亲人的纪念品;一个夹照片的旧式镜框,或某个青年时代珍贵的饰物——书脊已经发黄……所选歌的词曲均十分优美精当……。我感到一本书待在它如此合适的命运里。一个古老民族的亲情和无言的宿命!是的,它不可能再有别的地方可去了,它只能待在世俗生活的最底层——待在它现在待的地方,再从那儿辗转到达我手中——而因为它是万古流芳的草原、沙漠地带的歌曲,所以被当代俗世的喧哗声响掩盖着,层层掩盖!这座城市里的人们的脚步声就像层层黄土一样落在这本书的封面和书页,落在它泛黄的书脊上——而在书到达我手中，书活过来的一瞬间，人群的生活刹那间化为了废墟——化为乌有……为了从这废墟的乌有中逃出来，我用一只手和焦灼的心——抓住它……

  我与情人去幽会，
  在那宁静的花园；
  情人拴住了我的心，
  用她那美丽的发辫。

——选自《西北民歌精粹·我与情人幽会》
维吾尔族民歌，张世荣译

十一

  在俄国著名探险家谢苗诺夫所著《天山游记》里，我印象最深的一段是他描述他的第二次天山之行，在雄伟积雪的崇山峻岭里遇到一小支奇特、讲究"音乐与和平"的游牧部落。那是在1857年的6月间，谢苗诺夫的探险队装备有七十四匹骏马、十峰骆驼、各种武器和6位向导。他当年的目标是考察天山最高峰之一的汗腾格里。他们在天山山前地带沿一条名叫"萨尔特焦尔"的山路朝向布古族的一位"白骨头"贵族巴尔德桑的山村驰去——当时游牧民中贵族以"白骨头"和"黑骨头"相区分。那个山村就是以那名奇特贵族的姓名来命名——一位吉尔吉斯人中间的幻梦家。

  巴尔德桑——这是他本人的姓名，也是他的村庄的名字——

"我们于下午四时抵达他所在的山村。他是喀喇吉尔吉斯人中间典型的爱奢侈享乐的人。他生性酷爱和平。首先是珍惜他自己生活的平静,因而他从不参与与布古人和萨雷巴吉什人的流血内讧,也从不参加绑架。他喜欢在天山深处萨雷巴吉什人袭击不到的地方游牧。他爱好艺术。尤其是酷爱音乐,在喀喇吉尔吉斯人中间是最好的冬不拉乐手;他喜欢听民间艺人和即兴作者的演唱,有时会整夜整夜地沉醉在这种古老的弹唱中。"(《天山游记》中译本第 215 页)

——这段文字似乎向我们传达了来自积雪皑皑、莽莽丛林深处,根植于孤寂野蛮生活中的一小缕天国的福音。真所谓"此曲只应天上有,人间能得几回闻……"在古代游牧生活习见的异族争斗和流血内讧中间,冒死跋涉的俄国人及时向我们描述了一幅十分珍贵罕见、优美欢快的和平生活景象。我被这一场景中流露出的原始温情所深深地打动,仿佛听闻到了大雪纷飞的山峦背后,村落牧场间隐约传来的欢快悠亮的冬不拉、热瓦甫琴声。我记住了那名天山深处的酋长的名字:巴尔德桑。这是吉尔吉斯人中间高贵的名字,他在人迹罕至的冰雪世界里为自己开辟出来一个自得其乐的精神乐园,这里面有着真正的豁达与强悍。他是地球上最渺无人烟之处的苏格拉底。他是荒凉地带自觉的陶潜;是惯于在积雪中栖身,在游牧人中间孤身奋进的伟大的亨利·大卫·梭罗;也是高原上风雪肆虐的禅房中用琴弦来舂米的隐修的慧能。

游记中那一段的结尾,谢苗诺夫记载,"白骨头"巴尔德桑"向我表达了自己的愿望,希望我回俄国的时候,把他带上,费用全由他自己负担,因为他一定要去听听俄国的音乐。"

有趣的是,《天山游记》的作者跟陀斯妥也夫斯基不仅同时代,而且还是非常相熟的朋友。从前俩人在彼德堡时,他们就认识了。而谢苗诺夫分别于 1856、1857 年两次所作的天山之行途中,陀斯妥也夫斯基也正好被沙皇流放到远东边境。世界文学史上一般人只知道大概的论述，说的是这位《罪与罚》的作者曾被流放到了西伯利亚——这也是俄国十二月党人革命史上"政治犯"遭流放时习见的地名，殊不知准确的说法应该是在西伯利亚这一地名的前面再加上一个"西"字——即俄国人版图上中蒙俄三国交界地的"西西伯利亚"，而且这一疆域是以天山为屏障，自北向南逐渐靠近了中国新疆省的喀什至阿勒泰这一条边境线，中间有现在吉尔吉斯斯坦境内的美丽的伊塞克湖、伊犁草原和斋桑泊——陀斯妥也夫斯基流放期间居住的城市地名叫塞米帕拉金斯克，是位于俄国境内的远东重镇，也是谢苗诺夫两次天山之行位于后方的大本营。

费多尔·米哈伊洛维奇·陀斯妥也夫斯基1849年因参加当时革命的M.B.彼德拉舍夫斯基小组而被捕，判处四年苦役，流放到西西伯利亚，那一带事实上已远离了俄国本地，而进入了中亚。从塞米帕拉金斯克到新疆境内的阿勒泰，地图上看，等于是现在我们从克拉玛依附近到阿勒泰这么六七百公里，这清楚地表明了陀氏离当时的中国边境有多近，而他流放期间和当地人一样始终在关注中国的新疆——中亚——西域一带的各种活动。他熟谙中亚的民俗、文化和气候。他在那里一待就是8年，并且娶了当地的一名富有教养的姑娘做他的妻子——他终身的伴侣。十年之后当他获释回到彼德堡，他根据自己在流放地的生活写成著名的小说《死屋手记》（1861年—1862年）。

《天山游记》中译本第49页开始记载探险家，中亚地理专家谢苗诺夫在额尔齐斯河畔偶遇这名当时潦倒不堪的伟大作家的经历。书中说："……这位朋友穿着一件士兵大衣，从那间'死屋'里走了出来。我认为他是……在彼德堡的熟人中最好的一位。（陀氏）匆忙地把他从流放开始的全部生活经历对我讲了一遍——"当时，应该是在1856年的8月5日或6日。第二天在一个更接近中国的渡口，他们又相遇了，陀斯妥也夫斯基"诚恳地祝愿我成功……"

将近三个月后，在长途跋涉见到了伊塞克湖、伊犁河、阿拉套山脉，从楚河又冒险深入现在的喀什（喀喇吉尔吉斯），在那里远眺到美丽的天山山脉之后，谢苗诺夫赶在冬季降临之前返回西西伯利亚，并且"以后的日子全是和陀斯妥也夫斯基一起愉快地度过的"。（《天山游记》中译本第 123 页）

至此，游记中令人惊喜地出现一段对《罪与罚》作者在当地生活的观察纪录："……他已享受到了某种程度的自由，如果不是由于他和玛丽亚·德米特里耶芙娜·伊莎耶瓦的爱情关系，从而命运赐予他一线光明的话，他的处境仍然是凄凉的。他每天在伊莎耶瓦的家里和她的同伴之间为自己寻找避难所和最温暖的同情……"

"伊莎耶瓦，这位还很年轻的妇女（不到三十岁），她的丈夫是一位学识渊博，在塞米帕拉金斯克有着很好的职位的人……。伊莎耶瓦自己是阿斯特拉罕人。她以优异的成绩毕业于……女子中学，所以，她在当地社交界的女士中是最有学识的一个。但是，陀斯妥也夫斯基对她的评价是，她是一位至高无上的'妇人'……就她的婚姻来说，她是不幸的。她的丈夫……是位不可救药的嗜酒成癖的人……当突然……出现了一位像陀斯妥也夫斯基这样有着高尚品质和委婉含蓄的感情的人，不难设想，他们该多么快地就彼此了解而成了朋友了。"

然后是，谢苗诺夫秋天路过该城时，伊莎耶瓦丧偶……"陀斯妥也夫斯基仍然打算和她结婚。主要的障碍是他们俩的物质生活完全没有保障，他们都近似赤贫。"

1857 年 1 月，谢苗诺夫着手他的第二次天山之行，两位旧熟又在附近另一城市："库兹涅茨克（托木斯克省）见面了。使我高兴的是陀斯妥也夫斯基的到来。伊莎耶瓦终于决定把自己的命运和他的命运永远连接在一起……（他们）准备在大斋节到来之前举行婚礼。（陀氏）在我这里住了约两个星期，为他的婚礼作了一些必要的准备，每天都有几个小时,我们是在趣谈和朗读他的《死屋手记》中度过的,那时,他的这部小说还没有写完……

"不难理解,我对《死屋手记》产生了多么强烈、多么激动人心的印象……在艰苦的斗争中,沉重的铁锤,既能打碎玻璃,也能锻炼宝剑。诚然,写这种题材的任何一个作家,从来都没有处于更有利的条件下……可以说'死屋里'的生活把天才的陀斯妥也夫斯基造就成了一位伟大的善于刻画心理的作家。"

谢苗诺夫继续把他的在大自然中观察皑皑高山的目光凝聚在他的作家朋友身上:"但是,他的天赋才能发展的方式,对他来说是得之不易的。疾病永远在伴随他,看到他的癫痫病的发作,令人感到沉痛。当时他的这种病的发作,不仅是周期性的,甚至是十分经常的。他的物质生活条件极端困难。当他开始他的家庭生活时,必须承受各种各样的贫困。可以说,准备着随时为生存进行艰苦的斗争。"

就这样,俄国历史上最伟大的作家之一曾在中亚的草原和阳光下漂泊、流浪过。他在额尔齐斯河畔领略西域的风沙和四季流转,在斋桑湖畔沉思他那部震惊世界的伟大著作;他在吉尔吉斯、哈萨克、塔吉克人民中间生活过,历尽磨难而寻求生存的安慰——通过那本《天山游记》,我们看到了这一切。

在我关注的有限史料里,除了大名鼎鼎的《阅微草堂笔记》作者纪晓岚、林则徐等人物,历史上曾被朝廷革职流放去新疆的名人里,还有一名名字如雷贯耳的人物,《老残游记》的作者刘鹗。

刘鹗愤世嫉俗的一生充满了现代人难以真正去理喻的坎坷和传奇。

他生于长江(镇江人)边而治理黄河,一生热衷于创办各类社会实业而以一时兴起之笔墨撰写了一部名著:《老残游记》,也就说,以小说而行世,纯属心血来潮。他在 1900 年四十四岁时遇八国联军入侵北京城,当时的京城内饥馑遍野,遂带头发愤将沙俄军队准备放火焚烧的清宫太仓大米从仓库里全部买出，充作赈粮以救济远近的难民，结果受到恶人诬陷，最后落得个被清政府勒令流放新疆的惨苦结局。当时流放他的"罪名"，有"勾结外人，盗卖仓米"，又有"垄断矿利、贻祸晋沂"两项。1909年夏天的一日以凄凉的晚景客死于乌鲁木齐。"身后无所资，贫不能治丧。"前后在乌鲁木齐只生活了八个多月，度过了他天才、激愤而奢侈的一生的最后时光。

今天的乌鲁木齐，有多少人会知道《老残游记》的作者就客死在他们家门口？知道那本书的人很多，至于书的作者……也许最好是上帝本人——

刘鹗的一生，奔忙疾走于大江南北。而终老天山之麓，是晚清著名的太谷学派的入门子弟。这个几乎已被国人遗忘了的学派思想，竟极其酷似法国人圣西门倡导的"空想社会主义"，仔细读读，差不多是这一主义在中国的奇妙翻版，一种无意识的思想巧合？学派的首领周谷，在山东黄崖山一带乡间讲学，人称"黄崖先生"，非常有影响，后来被清政府指为叛匪，并一次性屠杀学生两千多人。其得意门生张积中临危不屈，率领众教徒从容自焚，此为同治年间震慑南北的"黄崖教案"。他们的思想理论，只是反对以儒学独尊的官僚统治和愚民八股政策，憧憬一种君师合一、教养兼施、生产资料公有化的新型社会，并且要求思想自由，主张弟子们"穷则独善其身，达则兼济天下"。所以刘鹗青年时代受这一思想的影响很深，以至于断然摒弃了传统的以科举考试掠取功名的老路，于是化数十年埋首书斋研究的，不再是八股典章，而是治河、天算、乐律、农艺、词章、医学和古代精湛的兵法精髓，包括一些当时新兴的科学，使他的一生走上了和同时代传统的知识分子迥然相左的道路。

刘鹗的祖上，曾与南宋抗金名将岳飞并肩马上作战。父亲为李鸿章淮军中幕府文书官。刘鹗早年曾挂牌行医，也开办烟草店和"石昌书局",均一败涂地。32岁那年以自告奋勇去治理黄河决口立了功,而在当年被保送进京城的总理事务衙门,并且积极筹划办理洋务,兴建各地的铁路,开采矿务,抛开了各种高官利禄,自任山西晋丰公司总经理,他的一生比起当时和后来风云一时的盛宣怀、张静江来,有过之而无不及。他和梁启超有交往,曾赠诗:"寂寞江山何处是?停云流水两悠悠。"(刘鹗:《春郊即日两首》,其二)

刘鹗还是中国甲骨文的最早搜集者和学者,著有中国第一部研究甲骨文的著作《铁云藏龟》。他在流放新疆途中,行经甘肃,写诗《宿秤钩驿》以一吐心声:

> 乱峰丛杂一孤村,
> 地僻秋高易断魂。
> 流水涔涔咸且苦,
> 夕阳惨惨淡黄昏。
> …………

押解到了平凉,他坐下来,写信给江南友人:"新疆米为天下之冠,鸡猪果蔬,无一不佳。人以其远,皆不肯去,其实名利之捷径也,去者无虑回者也。"说明他是抱着乐观的心情走近自己的流放地的——

"人以其远,皆不肯去。"——为什么早年来中亚旅行或探险的知识分子和学者,多为欧美人士?而内地汉人中的所谓优秀人士,竟把这样一块距离自己最近的中亚梦幻之地纷纷视为畏途?非要等到学术思想或政治上犯了错误,被朝廷革职查办、勒令流放之后,才能在全无人身自由、被动而非常的境地下接近西域?——是什么使得他们在长城以内的生活区域里惺惺相惜、裹足不前呢?而刘鹗信中那句话,说明他已经敏感到这方面的忧虑……

在天山脚下，回顾自己的一生，刘鹗坦然致信自己的儿子，对已逝的时光作出了自我判决：

"启程途中，南望雪岭，直西不绝，以达昆仑，真壮观也！京中古玩，凡可卖者悉卖之，不必存也。"

十二（尾声）

火车过哈密，空气变得稀薄而清新。车窗外一掠而过的群山宛如史前海洋的遗址边缘无边无际的沙包；曙色如马奶子葡萄上一层薄薄的粉霜，使人初醒来的眼睛瞧着觉得沁凉而甜。在车厢过道里，人们走来走去说话时的鼻音一夜之间有了轻微的变化——言谈的话音里掺杂进了这一片塞外的寒冷，变得更加温柔低婉，所有的人仿佛都在这一层北国的晨光中轻轻地耳语，对着灿烂日出的方向——那里是无边无际的沙漠、废弃长城的风沙地带——打着手势，仿佛在一层层斑驳地表上惊讶地辨认自己的故乡。坐在车厢左侧靠窗的座椅上面部表情怏怏的一位小姐，忽然换上一层明亮的眼神，她从自己那一身时髦长裙里得意扬扬地站起身来，对周围的乘客宣称："我是新疆人——"仿佛在某个奇异的、周围人没有察觉的瞬间里，她已加入了一队无形的舞蹈行列。车上的广播也开始不住地播放起新疆音乐。我禁不住做了个捂着耳朵的手势，被女友欢笑着用手拿开来。"干吗，你干吗？"——像拿开一只蜜汁四溢的甜瓜。是的，此时我最不需要的恰好是人为播放的音乐；此时我们的身体已愈来愈接近那首歌——随着火车轮子的铿锵声，一首著名的歌曲已经成为我们的身体本身。我们的嘴唇已经尝到它微温的肌肤——女友和我，此刻的身份已经从普通旅客变成了旅行着的（一边跳跃）三两个音符……

——一度遥远的歌曲之美现在变得近在咫尺。

身体里的嘴唇翕动。禁不住（哼）欢唱:《掀起你的盖头来》——

盖头下那张脸，那隐蔽着的草原、沙漠、雪岭冰川的绝色之美，大概正是我们快要到达，已经马上要看到的新疆、美丽的新疆——中亚的神秘东方的面孔，中国的脸，中国的五官——恰好是国家疆域的六分之一！

眼睛……

睫毛……

鼻子……

嘴巴……

耳朵……

夜色般迷人的笑窝，青青白桦树的腰身，天山溪流的笑语（露出洁白的小虎牙），茫茫沙漠辽阔的心事，雪莲似的心，新月的肌肤，伊犁草原的梦境……

空气里全是马头琴的声音，古代的班卓琴和都它尔的声音；全是曾一度有过那样的歌舞的民族的余香（响），一个充满了男性阳刚之美而又绝对阴柔的歌曲声音——随着火车轮子的滚动，离我们愈来愈近了……。我们能清晰地感觉到自己的身子在一步步挨近那首歌——我们来到的并非人、沙漠、胡杨林的地方，而是歌曲的国度，一个多民族音乐相融合的疆域。在这里，人生存不是简单地依靠肌腱体力，而是依靠嗓音——空气和嗓音。人像马匹一样只需在大地上轻轻地踏足——我所看到的一切都在舞蹈和旋转。在中亚的太阳底下，人在这块土地上的形状不是直立着的、行走的，而是像在马背上一样颠动起伏着的、

沙漠的石海之中波浪式的、梦幻的:

> 掀起你的盖头来,
> 让我来看看你的眉,
> 你的眉毛细又长呀
> 好像那树梢的弯月亮
> ……——……

2000 年秋天　一稿
2003 年 10 月　改毕

附录

民族语地名含义

地名	语源	含义
塔克拉玛干（沙漠）	波斯	葡萄之乡
古尔班通古特（沙漠）	蒙古	三墩芨芨草
准噶尔（盆地）	蒙古	左翼
塔里木（盆地）	突厥	注入湖泊和沙漠的河水支流
赛里木（湖）	突厥	祝您平安

布伦托（海）	突厥	杂乱的灌木丛
哈纳斯（湖）	蒙古	悬崖峭壁
艾比（湖）	蒙古	绿色的迷宫
青格达（湖）	蒙古	黑水泉
艾丁（湖）	维吾尔	明月湖
博斯腾（湖）	维吾尔	四围之水
乌伦古（湖）	维吾尔	小树枝
博格达（峰）	蒙古	神山
托木尔（峰）	维吾尔	铁山
汗腾格里（峰）	蒙古	山峰之王
慕士塔格（峰）	柯尔克孜	冰山的父亲
库鲁塔格（山）	柯尔克孜	干旱之山
巴音布鲁克（草原）	哈萨克	富裕之泉

剑 赋

龙渊

桌上放着一只烟灰盅。朝阳正在冬日的窗外冉冉升起。吸烟者拿起那只玻璃的烟灰盅,刹那间感觉到一份宇宙纯然的重量,仿佛宇宙自身孤独的分量全重压在他手上,在这个霜寒遍野、晨曦迷蒙的清晨……他眯眼朝四下的寂静张望,朝他的厨房看:白墙、乳白色结构精美的楼层。堆放墙角的啤酒。时间和日历。冬日的地平线尽头冉冉上升的一轮朝阳仿佛宇宙洪荒深处悄无声息的一只巨人之眼:第一把剑:傲睨之剑。

东方欲晓之剑。

天和地,重又在一把新近出炉的剑身上湛亮地弥合,如同山野间第一场春雨,如同海湾上空的跨海大桥,如同少女的裙裾所追逐的天边彩虹,如同雨后春笋。如同一张被揉皱的纸。

——那张废弃的纸片上只写下了一个人的名字:欧冶子。

纸的背面——不知为什么,作者,这页纸的主人,把写有这些文字的稿本遗弃了——极其潦草地抄录有一行诗,一个美国人惠特曼的诗。

"我歌唱带电的肉体……"

泰阿

美国人惠特曼也是个铁匠,他在北美大陆遥远的洛基山脉,一个孤独的黄昏独自在旷野遇见一轮落日。你仔细听:落日的声音也像极了隆隆作声的跨海大桥。美国诗歌史上著名的长诗:《桥》。布鲁克林大桥。1893年,伦敦大英博物馆内展出一柄曾于数年前出土于中国南方的宝剑,引来各国的观者如堵。这柄剑稳稳地放在那里,在当年一间两千平方米的展示大厅中央,人们远远地探视,能听得见剑身上淙淙滴淌的清澈的山泉,听得见一个山村正冒着炊烟在剑身上呼吸。手持短笛的牧童骑着牛经过村口的那株千年古樟。作为幻境,剑身上还有少男少女恋爱,在林间草地上嬉游……;一个汉字从剑身上掉落,"噌啷"有声。剑本身曾作为铁器的雏形被模样魁梧的工匠放到熔炉内部淬火,此刻在它光亮纯美的剑身上仿佛幻化出一种地下出土的金属的前身。那亿万年蛰伏地底下的矿产仿佛动物的舌头接触到了闪电,亿万种矿物质在烈火中断裂、爆炸、分解、消融……像一间被焚化的报馆,日本人炸弹之下的上海闸北区,天空的投弹点事先被设置好一片黑压压的虫卵,太平天国"长毛"军身后的捻军。有人说,剑身上掉落的汉字是一个篆体的"龙"字,又有人说……像北魏碑刻。像中国宋代黄庭坚字。是蔡襄草书?是一幅古画残片(《招凉仕女》)?是山脚砂水洗流切割之后成形的地壳?是青田、温州一带的白笋?是瓯江上游的山水地形?天空的一双白鹤?民间的迎神花会?乡政府门前墙上的标语"交通基本靠走,治安基本靠狗"?剑身嵌刻着一个字,一个"噗"

字。"噗……"一声，鱼饵沉入湖底，千年的藏宝箱沉入湖底。南唐后主李煜的诗稿沉入湖底。宋徽宗被俘后来不及从船上带出去的皇家珍藏古画沉入湖底。儿时的惠特曼在水边嬉戏时扔出去的石块（那时他还不知道自己将来会做个诗人）。美国人惠特曼，一个世所罕见的传奇木匠，一名铁匠。满眼碧绿的《草叶集》以及一柄随葬的深埋地底的宝剑渐渐被锈蚀后的满眼碧流。剑身上的"壬字号"图案，剑身上的汉字，远远看，有点像"左宗棠"。像"帖木儿"。像"虞姬"。像"李白"。像《越绝书》》。像"朝歌"。像"郑玄"。像"张华"。像"姜维"。像"石达开"。像"岳武穆"……大英博物馆参观的人群中，有两名闻名后世的人物，一个是刚杀青一部手稿的奥斯卡·王尔德；一个是日后来中国的大西北探险的瑞典人，曾经五次进入西藏，涉足中亚荒漠的斯文·赫定。而在博物馆外的大街上，《黑暗之心》的作者约瑟夫·康拉德也正在匆匆赶赴的途中。

巨人之剑："泰阿"。

一张一合。

那部不久前完稿的奥斯卡·王尔德著作名为《里丁监狱之歌》。狱中，一天深夜，王尔德曾在黑暗的囚房中梦见一柄宝剑，一柄寒光闪闪，来自东方神秘国度的灌钢（溶化生铁注熟铁）剑。是夜。监狱大墙外，暴雨如注……

工布

当一把宝剑被在剑匣里静静地端放，人们听得见一个远古的山村冒着炊烟在剑身上呼吸。远远地山坡背面传来清亮的羊咩，溪流潺潺，流经山村人家的院墙。桃花初绽的季节，也正是油菜花遍地、蜜蜂正忙着四处采蜜的天气。那个名叫"欧冶子"的人曾经在一滴蜜中寻觅到绝世真理。在一片菜花景象中领略到激荡终生的震撼。暖风吹来，村庄在油菜花丛中摇撼，仿佛母亲怀抱中的一个新生儿，一名婴孩。传奇的欧冶子一生中曾有过两次热泪盈眶：除了几经锻造的宝剑终于问世，成形出炉的那一次之外，就数他四处流浪，在翻过一道不知名的山岭，到达一片油菜花盛开的村庄后的那一刹那……衣衫褴褛的异乡浪子突然像手握宝剑般握住旷野上空的一道阳光，那道阳光直射进了这名日后的铸剑大师冰冷绝望的心房，重又在饥寒困顿中唤起他生命的希望。阳光，也透射进了波谲云诡的人类历史的深处……

那座山的名字叫：茨山（一说秦溪山）。

那个村庄已沉入岁月的长河，归于寂寂无名的山野的牛铃声，土墙、稻草垛、零星野花的田埂、晒场、猪舍；归于"人迹板桥霜"抑或"白云深处有人家"；归于史籍中殊如"天有时，地有气，材有美，工有巧，合此四者然后可有为良……"（《考工记》）等字样。

湛庐

入夜，深广的夜空仿佛一处黑黝黝的剑铺，闪烁着种种忽明忽暗的大小星斗。人在旷野上抬头看，如同头枕着一弯山涧的溪流。星空发出飒飒的声响，像一头巨熊正蹑手蹑脚走过茂密的树丛，要去后山寻觅水源。听得见水声，但不知道水在哪里；看得见星星，但不清楚无常的宿命在何处。曾几何时，蛟龙吐珠般的宝剑还是深埋地层的无名矿石，一个手持"湛庐"剑的帝王很可能就酣睡在这片矿石上，大地因此而心事重重……山坡草地上，微风吹过，头顶一弯新月，仿佛剑已出鞘。时至今日，黑夜某处仿佛还残留着世界历史即将诞生干将、莫邪、欧冶子的美丽的危险……这种危险，仍在空气中凝固、生锈，仍在生发源源不绝的威胁。星星，这是一种无声的语汇，多少帝王将相，英雄豪杰；多少落草为寇的民间草莽，曾徘徊在不寐的子夜，抬头仰望夜空，把这种语汇一一默习于心。抽出剑鞘的，同时也抽出了一泓流水，一道闪电，一小束流星的光芒；抽离剑鞘的，一样也抽出了英雄迟暮的一声叹息，一腔尽忠报国的汩汩鲜血，一颗静若处子的心脏，万千仰望星空的人类的眼睛中，有一双眼睛，此刻瞄准了神秘的北斗七星，他感觉仿佛在寒冬腊月的深夜，被人当头浇了一桶冷水，他浑身战栗，但却纹丝不动。那一刹那，他的思绪越过了层层夜幕，越过了千山万水，不知飞越到了哪一层高处……他发觉自己正费劲地思索，正在琢磨仿佛天启般的一个神秘图形，一种光亮，一丝宇宙深处的寒意；他的身体正在夜色中闪闪发亮，如同熊熊烈火深处的一块幸福和热泪相交杂，"噗噗"有声的生铁。"龙渊、太阿。皆陆断马牛，水击鹄雁"（《战国策》）。此刻，那人的身体就是那只鹄雁。

他看见了清咸丰八年（1858年）。太平军驻扎龙泉。由郑三古"千字号"宝剑所装备一新的那支大军。

他看见了去往越地的风胡子（相剑大师），怀揣楚王的密令。

他看见了唐乾元二年，春天，流淌的松阴溪和瓯江。

他看见了公元前478年3月，笠泽大战之际浊浪排尽的10万吴越大军。

他看见了奴颜婢膝的勾践（吴王夫差的一只脚正踩在他弯下的脊背上）。

他看见了遥远漠北的骏马背上的大将霍去病。

他看见了李白的"仗剑行天涯，抚剑夜啸吟"。

同样，北斗七星耀眼的斗柄在他的眼神中"嘎吱"一声……人类的纪元斗转星移，一泻而过。

"提一匕首入不测之强秦。"（司马迁语）

夜色悄然，北斗无声……

剑匣亭畔，荒草凄凄。

纯钧

我看的是余振的译本，上海译文出版社1990年5月第1版。印数9000册。余振先生的译文后面还有一长段饱含深情的"后记"，记叙了他经过十年"文革"之后而依然对自己深爱的俄罗斯文学的感情，其中不仅引入唐代诗人韩致尧的一首小诗，更补叙了一段故事，一个因不了解异域文化而引起的小插曲。后记中提及名篇《剑》的作者，诗人莱蒙托夫身处的黑暗时代，正是俄国十二月党人起义失败后的十九世纪三十年代，那时的人们所看到的"只是死刑和流放，人们被迫沉默，忍着眼泪沉默着"。人们"习惯于个人的无能以及日常的耻辱"。（莱蒙托夫语）所有这些描述，跟吴越之争时期越国被战败后的情形，是多么相似。余振先生通过这些，谈及莱蒙托夫的诗，我则马上联想起中国历史上著名的"卧薪尝胆"。相同的苦难胆汁，相近的阴郁和压抑……为什么偏偏是在这样的年代，世界文学史上诞生了莱蒙托夫描写一把铸剑的名诗：《剑》呢？难道，剑的各种象征里，真有一种是受欺侮的人们沉默着的愤怒的外形？

"人们被迫沉默，忍着眼泪沉默着。"（莱蒙托夫语）

剑也被迫沉默，忍着眼泪沉默着。

剑同情人，热爱人类……

人同此剑，剑同此心。

一把嫉恶如仇之剑。

一把愤世嫉俗之剑。

雪耻。

年代不详的因果。

一把剑存放在家里，在博物馆展品柜，在书斋，在阁楼，在铸剑师秘密的地窖里。……再没有比一柄剑更安静的事物了，安静得如同没有溢出的眼泪，如同少女怀春的心底的吻（她在想象那个亲吻，那样一种秘密初吻的滋味），如同夏日林荫间一只轻憩的蝉，如同雪地刚踩出的脚印。另一方面，这样一种剑的安静沉默里，又孕育着一份剑的主人，也即人类的敬仰，一种崇高的畏惧感。有时，它几乎是拥有它的主人的希望之所在。如同解开的衣衫，即将进入睡眠。如同灯光，灵魂和精神之光。如同一个从没有人接通的神秘电话。电话铃响起，长长的一串，房子里却没有人在。电话拨打过去，冲着一个安静的走廊。一处画框、一处秘密白墙的角落，一扇窗，一整墙书柜里的书，一幅俩人的合影，一道下午的斜阳，光线和阴影……所有这一切，都和无人接听的电话另一头那个话筒，那拨打电话的人沟通了，只是无人能够聆听，能够理解，人类发明的一切，从未针对过不在场的虚空，针对事物的阴影，而一把剑，就被端放在这样纯粹的阴影里……

我看见的是人类永生的亲昵。

别林斯基说过："一位伟大诗人讲到自己，讲到自己的我，也便是讲到一般——讲到人类，因为他的性格中包含着人类赖以生活的一切。因此，每个人都能够在他的哀愁中认出自己的哀愁，在他的心灵中认出自己的心灵。"

　　1838年，当莱蒙托夫写出名篇《剑》时，他离他生命的末期已经没有几年了，诗中吟诵的那把剑是实物。诗人总是随身带着，这把剑确实也是诗人一生中少有的珍爱之物。原先，剑的主人是俄国另一位名作家亚·塞·格里鲍耶陀夫。在他去世后，由其遗孀尼娜·亚历山德洛芙娜·格里鲍耶陀娃转赠给那位被沙皇流放至俄国冰雪皑皑的北方旷原的诗人莱蒙托夫。因此，这首诗最早的一个题目叫《礼品》。1840年，莱蒙托夫把这篇诗定稿为《剑》并收入自己选编的《莱蒙托夫诗集》时，圣彼德堡的新闻检察官曾奉命删去该诗第一节的第四行。诗人不久离世。"他去世时还不满二十七岁。"（余振语）这把剑，还一直在诗人的遗物中被保存，作为爱情与战斗的纪念物，流浪人也像精钢铸成的剑一样。"永远不变。"他的心"也永远坚强"……

剑

我爱你，我的百炼精钢铸成的短剑，
我爱你，我的光亮而又寒冷的朋友。
阴郁的格鲁吉亚人的复仇把你铸造。
自由的契尔克斯人磨快你为了战斗。

一只百合般的纤手在那送别的时候，
把你赠送给我，作为永远的纪念物。
在你的锋刃上第一次流淌的不是血，
而是那晶莹的眼泪——痛苦的珍珠。

那双黑色的眼睛，当它对我凝视，

整个充满了一种神秘难解的悲伤，
正如同你的钢锋在这摇曳的灯前。
时而昏暗，时而发射出闪闪寒光。

你是我的伴侣，爱情的无言的保证，
流浪人将要把你看做他很好的榜样，
是的，正像你一样，我的钢铁朋友，
我也永远不变，我的心也永远坚强。

胜邪

"猛将宜尝胆，龙泉必在腰。"（杜甫）

  别在腰间的宝剑现在跟随的主人是曾经啸吟"白发三千丈"的诗人李白。唐天宝年间，秦岭山脉的一个清晨，一名足登武士靴身体魁梧的中年男子正轻步逸出桃花盛开的山脚下一处宁静的村舍。深吸了一口山间凛冽的空气，这名精白男子粗犷的面部仿佛暗藏有世所罕见的商代饕餮纹。干练敏捷的举手投足，如同整把剑造型修长，气势凌厉的一种游走。陌生的山民看见他都远远地躲着他走，还以为又来了一名占山为王的强盗，或行侠仗义的武林高手呢。殊不知这名"侠士高手"日思夜想所愿望的，只是秦岭主峰太白山巅的朝霞、彩云。一把剑的不出声，跟人在山林里行走时的不出声，是多么酷似相像啊！一路上枯枝落叶、动物小山雀纷纷逃遁，一把剑也深藏在剑鞘、剑匣里默不作声,排拒着周围世俗的表象。

  诗人李白的精神,在同时代汉人中间,仿佛暗中配上了加长了的剑柄。

  连天上的诗神也慕名前往——翻一翻卷帙浩繁的《全唐诗》吧,他的诗就好比那种制剑名家特制的一把剑(纹饰图案:龙凤七星),诗人早已在常年游走于山野民间,四乡漂泊的途中精心专注、大胆创新,将诗歌的剑刃加长加宽了(造型取春秋古剑形制,剑茎呈圆柱形,剑首呈圆盘形,剑身满饰金色春秋三角纹,制作时采用含碳量不同的钢铁材料。在熔铁炉中反复加热折叠锻打,以便剑身自然形成各种花纹)。因此,成型之后的李白之剑,表面光亮似镜,湛如秋水,青光耀眼。

  这不是一般的旅行,这是汉语心灵的横空出世,一路砍削。整个秦岭山脉,显得比往日里更加安静,大诗人必须把登顶的路途分上三天,三种路段。一天之内是无论如何上不了云雾缭绕的太白峰的。这样一想,诗人的步子不禁放慢下来,比上一分钟更加悠闲起来。

  中国历史上有"宝剑赠英雄"之说,剑跟人合一,剑跟人般匹,诗人李白是一个绝好的典范。

  在大海汪洋一般的民间,寻觅一把品相上好的宝剑,跟寻觅一首好诗,道理是一样的,诗人置身于旷野、时间、生活的宽广中;置身于年代和历史的漩流,如同一把锻打中的宝剑正在由普通的铁剑脱胎成旷世名剑。"欲悲闻鬼叫,扬眉剑出鞘。"这是拔剑的一刹那仁人义士脸部表情的深情再现。"一贞贞洁心如玉,幽居长向兰房哭。"(孟称舜)这是剑的主人在失去了收拾大好山河的雄心之后剑在黑暗的剑匣深处幽咽。"万里横戈探虎穴,三杯拔剑舞龙泉。"(李白)这是横扫千军的凛凛剑锋的威仪。"美玉生磐石,宝剑出龙渊。帝王临朝服,秉此威百蛮。"(曹植)这是佩剑的小皇帝的喜气洋洋。"昔闻欧冶子,今识剑池湖。一掬泉多少,千年事有无。神功应幻化,灵物岂泥涂。项碎洲中铁,相传旧出炉。"这是世事无常变幻中剑的家世真实的写照。不同世代的诗人之间往往声息相通。比大诗人李白更早一点的年代,在南梁朝年间有一个名叫车噉的诗人,写过一首非常朴实的从军征戍诗,相信李白读毕,一定会击节称赞!从军征戍,本来就是青年时代的李白常年为之的愿望:

雪冻弓弦断,
风鼓旗杆折。
独有孤雄剑,
龙泉字不灭。

不知大诗人李白佩在腰间的那把宝剑,是否是这样一把"琉璃玉匣吐莲花,错镂金环映明月"的戍边将士身手边的孤雄之剑?
——剑身上是否有不灭的"龙泉"两字?

鱼肠

无锡郊外有一处荒草凄凄的小山丘,高不过百米,由几处低矮不平的山头连绵而成,远看,像一处渺无人迹的野坟岗,走近了,风景没什么看,山麓所特有的僻静、芬芳、温馨却倒是有,一路上山,小径两侧有不少倒伏下去的干茅草,在树荫遮蔽下,形成了附近乡里的青年男女,谈情说爱的自然"窝点"。冬日的阳光,暖融融的茅草香,人躺倒在草丛中,吹不到一丝凛冽的风,相反,听得见风在自己头顶,从不高的山冈上吹过,更添出一丝孤寂、熨帖,一点恋爱中人所特有的清冷……

非常美的荒凉，爱情天生酷肖一些夜黑的孤魂野鬼，天生距离坟墓啊、死啊、浪迹天涯啊、荒凉啊……更近些。

爱情的邻居总是一些空房，一间空屋子，总是鬼气阴森的所在——

2001年秋天，我平生第二次来到这座小山丘，这一次，是来寻找中国历史上那两名著名的刺客的坟冢。

专诸墓。

不仅专诸的墓在这里某处的乱坟岗，连距离他的极端行刺行为不久的另一名吴国刺客，要离的坟，也在这里……

这正是吴越争霸之初，风云突变的年代，手持"鱼肠"剑刺杀吴王僚的那名刺客的坟墓。

专诸，要离，两个人的坟墓几乎紧挨在一起，两座坟之间，只隔有一条肉眼几乎无法寻见的羊肠小径。这两名古代江南水乡哺育出来的刺客，死后竟也成了"哥俩好"……

两座极普通的坟包，跟附近乡民的坟包相差无几，只是各人的墓前，多添出一墓碑，分别铭刻有"专诸墓""要离墓"字样。极其简陋，两人的墓碑都一样歪倒在草丛中，并不矗直着……一望而知，也很有些年代了。

专诸、要离真的被葬在这里吗？这一带的山麓林木，真的历经两千六百年而未变吗？中间有没有变化？蹊跷？伪作？——为什么？

我的眼前浮现起一张朴实的水乡青年的脸：刺客专诸，把一柄短短的鱼肠剑藏在鱼腹，进入吴王僚位于皇宫禁苑的专座……

中国历史上刺客众多，阴谋迭增，而这名来自吴地水乡泽国的青年孝子：专诸，几乎是史上唯一最成功的刺客，他行刺吴王僚，成功率百分之百。宛似一颗超音速的人肉炸弹。

"夫侠者，盖非常人也。虽然以诺许人，必以节义为本。义非侠不

立,侠非义不成。"(李德裕《豪侠论》)

人类历史翻至"专渚"这一项(渺小的一页),一柄寒光闪闪的宝剑横空出世,从此,被定格为人类冷兵器时代最初的页码:鱼肠剑。

那骇人的篇章,边上是水网纵横的中国江南的波光粼粼……

断发文身的先民们,先行在这片长江大海的滩涂地上,书画出决绝果敢的男子的性格。

剑光乍现,有如长江太湖波光中的鱼鳞一闪。

传说苏州城古代有"专渚巷"。青年刺客挥泪别老母。专渚是苏州人氏。但无锡城里亦有"专渚巷"。更有传说中的"专渚塔"。以塔的建造来纪念这名为报国恨的青年志士。专渚是无锡人,大概亦属实吧。

一部吴越春秋历史,早已被隆隆前行的大中原大中国历史所遮蔽、覆盖、湮灭……

好在有"鱼肠剑",有欧冶子、干将莫邪,像垫在地下坑道口的顽石,偏生出窨井盖边的古老的树根、树桩——横卧在荒草丛中的墓碑,再好也不过地象征了黑暗历史深处的搏命的志士。正如鲁迅先生所说:"我以我血荐轩辕",一柄寒刃闪闪的剑的动力,是血的动力——剑刃和剑尖身处人类静动脉的另一端——最微妙的那一端!

从热血到生铁!

从剑锋到血滴!

是志士侠客滴滴淌下的鲜血,凝结成利剑的剑锋造型。

这是一场啸傲之剑最后的成年礼,同样,也是剑的生命之开端。

赴火蹈刃。摩顶放踵。

噬血。嗜血。舐血。

"鱼肠剑"——剑、人、鱼,天、地、人——合一。

吴地人的故乡,实则是鱼的故乡。

浪峰波谷中的鱼鳞一闪。

作为水乡的孩子,青年专渚一定对这种水上鱼鳞的纯美的抽象闪烁从小就了悟于心。他一定知道什么叫快、飞快,什么叫"优美的一跃","挺身而出"。什么叫如同"行云流水",水银泻地,了无印迹。刺客的精神里,一定有某种因素,已化身为鱼。

某种镇定如常的养分,如同鱼在水中,如同剑在剑匣中的空无。

一柄沉甸甸的利剑,握在心仪于它的刺客手中,竟形同空气,形同山涧清溪。他一定如口渴时渴望喝水一样充满了贪婪。

作为嗜血的行者,他把一把"鱼肠剑"一饮而尽。

专渚的眼中并没有被刺的敌人,只有剑的荣光。只有——"龙泉字不灭"。

他在如林的敌阵中间行进,如同在儿时广袤的水乡出没。

我有过一阵难忍的心疼。我有一次旅行,在极其偏僻的一个县城与县城"两不管"地带的普通公路,在一辆破旧中巴车上,时近黄昏。客车正从一条同样普通的乡间小河边驶经,突然车窗里灌进一阵风,由于水的空旷,耕地地势的空旷,再加上黄昏天黑之前的空旷,我本能地抬头向车窗外看,看见波光中类似鱼鳞一样的细小白光一闪,像极了落日的光影,但又不是。仔细寻思,仿佛一小尾鱼跃出了水面?

猛然间,如同醍醐灌顶般,我明白自己看见了什么。

我看见了水面上的专渚。

那名遥远世代尽头的青年刺客——我的遥远的乡党。

"他的名姓被写在水面上……"(济慈语)

粼粼波光——这是江南的美的宝库里被压在箱底的褪自祖母手腕处的那一枚纯银的手镯。那最美的柔情、勇气、缱绻的象征。

一名水的刺客。

所谓"青山埋忠骨"。于是,那天下午(2001年秋),我在专渚要离坟前徘徊数时,我也许喃喃自语,说了些什么;也许什么也没说,只是左思右想，朝四遭山林的荒凉看了看……

  十年磨一剑，
  霜刃未曾试。
  今日把示君，
  谁有不平事？

巨厥

  在公元四世纪的中国，欧冶子曾经邀惠特曼来瓯江一游。烟雨迷蒙的瓯江，清冽异常的山水——两个人，一个不知《草叶集》在何方；一个早已"人剑两忘"。不仅忘掉了他一生锻造数量林林总总的剑，连他自己是谁也忘掉了。
  但他没有忘掉瓯江。
  瓯江的天，瓯江的水。
  往事迷茫的剑身上，流淌着瓯江水。
  清粼粼的剑身上，清粼粼的诗稿。
  八百里瓯江，把人世的一切烟火恶瘴，一切烦碎表象，早已丢到了脑后。
  水中只流淌剑侠的豪情，诗人的清谈，白鹤的飞翅，汉字的啁啾。水中只潺潺黝黑剑铺般的夜星空，袅袅的山村的炊烟。水中只承载蓝天白云间摇曳的油菜花影，万物的"带电的肉体"以及被雷电击中的细小鱼鳞、江堤、河岸、岩石……

这带电的肉体，是中国的青瓷的腰身，中国江南的小蛮腰。这美丽的"黑色的眼睛"（莱蒙托夫语），是广阔的山涧的众多支流齐声唱响的松阴溪。出自一个名叫"坦头"的村落（现在我们知道剑身上倒映出的村庄名字了）。"一只百合般的纤手在那里送别。"（莱蒙托夫）百合般的纤手主人名字叫"张玉娘"……

　　他们会有爱情，他们会有一场浩浩荡荡的爱情。他们会在世界的北部，太平洋的南半球相遇。他们会解下一根名叫瓯江的裙带，一根背带，吊袜带。爱情只有在爱情中相遇才是真正的爱情。此话太饶舌，太过油腔滑调，他们不会说。他们正忙不迭地跨越辽阔的太平洋海域。对于彼此双方他们都是一股温暖的洋流。他们没有剑，没有人类的时间，在东海岸、西海岸，在广阔的洛基山脉，他们共同说起瓯江，说起江上承载的一只竹筏。他们是诗人，而诗人是那些灵魂顺流而下的人。他们凝视两岸的风光——这曾经的相爱的彼此，噢！何等相像的竹园、林木，何等酷肖的寂静的山麓……

　　江水，仿佛炭木，仿佛锻打用的铁钳，仿佛一根根细小的银针，工匠们用来手工磨砺、养光，用来灌浆、刨锉、淬火、镶嵌、鎏铜的一整套工具。大大小小的剑坯，龙生九子中善搏杀的老二睚眦……；多少汉字象形的文字，多少啤酒瓶，全在这江水里流淌、奔涌……

　　——去吧，瓯江！

　　——去吧，孤独的人，海洋生物，恋爱者。

　　——去吧，不灭的龙泉！

2009 年 1 月 13 日

秘密的温柔

如果你在一座城市、一个地方待久了，你会发现很多无言流淌的秘密的温柔：风和街道转角的屋舍。一处朋友家的院子或天井，小河滩似乎专属于你的树荫。某种菜肴和茶汤。某处商场、菜场、店铺，某个光线点，甚至柜台上你一直想购买的坚果的价格。上百种特殊的天气，周围人流和景物的变化——最终，城市就像一张唱片一样在你心底缓缓转动，播放出熟悉到陌生、充耳不闻的旋律。街区缓缓地朝你俯身；公交车线路"叮铃当啷"在你耳畔像口袋里的钥匙圈一样晃响。一个雨天紧挨着另一个雨天。有时，你忘了打伞，反正前往的熟悉的"新南小吃"路途也不远。街头的屠户用木桩子当街放了一匹剖开的半只猪在血淋淋地售卖。边上是修理自行车摊，现在变成了修理电动车——而就在打气的电泵皮管黑乎乎相缠绕的空地上，那种无主题唱片式的秘密的温柔突然乐曲高潮般响起来：管乐、定音鼓、大鼓和黑管一齐吹响，好像大海的波涛汹涌深处突然凭空打捞上来一架钢琴——失事船只的幽灵再次湿漉漉无端地闪烁在阳光下。你一脚踏过菜市场门口一个凹陷处的水潭，闻到了生活角落莫名的某种午饭香：中午饭时辰、破落的街面和雨天的景致——甚至那其中的阵阵寒凉——都在为你提神醒脑，令你保持一天里最稀松平常的热血沸腾——这一刻，如果在南京，你大抵是冲着一份鸭血粉丝汤去的（或者，油豆腐煮豆芽干丝）；要是在甘肃一带旅行，那就是炮仗面。在陇南，天水一带，是浆水面。在陕南，则是更加著名的一碗加上半碗红辣椒面的热面皮。在贵州，这个时辰是羊肉米粉。在湖南，一份辣椒炒肉下一大碗米饭。饭粒一粒粒油光鉴亮，看得人口水直流甚至胃部出现兴奋小范围的痉挛；在福建，则是一大碗或许清淡的鱼丸，外加撒尿牛肉丸一碟，足够吃得人齿颊留香——在我自己的老家，不过是一份平常的快餐饭，有红烧肉、蒸蛋、咸菜豆腐、凉拌海带丝，等等。米饭非常香。餐馆门前的台阶上有煮熟的米饭甜丝丝的糯香——但这个快餐店的门面距离长江滩涂很近。吃饭时，人即使坐在室内也间或能吹拂到江风。江风在雨天一路浩荡。风把沿街屋檐底下的新旧篷布和遮阳伞吹得"刮喇喇！"作响，残余的雨珠在窗台口的风中稀里哗啦……四处乱窜。人边吃，边听见长江上的汽轮声会很不一样，好像生活的乐队仍在继续，甚至，从未终止。你又听到了希望的曙光在抬头注目，在人群中搜寻你的重燃幻梦的目光。在吃饭的当头，你俩静静地彼此互相打量，似乎远远地在掂量各自的耐心和诚意：一块红烧肉下肚，一笔看不见的交易达成了。就在人来人往的饭桌边上，有时，佐以一瓶寡淡无味的青岛啤酒。接着一块鱼骨头被吐出身旁食客的嘴巴。快餐店的人吃饭时肩膀和肩膀紧挨着，好像二楼的店面是监狱的食堂似的。生活往往如是：生意红火，但店堂窄小。

你从风雨飘摇的老城区走过。街道就像如梦似幻的橱窗，展示年复一年的货物主题和内容，热腾腾出笼的小笼包、山东馒头和切糕。蚕豆上市季的青绿。菜苔的青紫，水淋淋一丛茭白。晒干的河豚籽块。

东北人参酒，鹿血酒。红烧羊肉摊位。烘烤一半的青稞饼。牛肉店。淮南牛肉粉丝汤。啧啧！一半冰块码齐的深海带鱼。黑乎乎的老菜干烧肉。各种生鲜熟货，就像人一生中爱情的各个阶段，无一例外都阴湿潮漉，肆意横阵；都摆出一副横死横你中有我我中有你天王老子不在话下的架式。去一趟菜市场，好像去一趟男女厮混的睡房卧室。素菜区是卧室窗帘。肉食区是主卧。小菜加工区是成双成对摆放的床头柜。而水果摊位像镜子或房间大门口的穿衣镜，人人都在此地春风得意一番，着意把个人的面貌从头到脚上下打量仔细。西瓜生意好啊，堆成了小山的本地瓜碧绿的条纹正上下纵横书写着失意人生中不知名的秘密的温柔。性情好的人，凭空看见一只瓜，就跟乖戾的命运之狂暴妥协了，私下里涕泗横流抱着跟着啃吃成了一团。有时候，人用一盆客厅里精致的水果来替各自心事重重的中年开膛破肚一番，这是多么野兽派的吉祥笔触！生活模仿艺术。你到山里去旅行，那里有常住的熟悉的酒店。县城老街上有一道总让人惊喜的山里人菜肴：泥鳅炖豆腐，汤汁里放点少量揉碎的干紫苏叶。时间长了，你换一个地方继续旅行，也就是说：从浙江辗转到了江西，或从江西进入了福建的闽北山区，那里有各种上千年的美食，有的用茶叶、笋干制作。红烧肉是黑猪肉，一块一块碎切，在油里炸脆，撒一把同样油锅炸脆、更加黑乎乎的梅干菜，这样，梅干菜和肥肉丁同时在口腔里爆裂开来，鲜和香——两种山里人家入口即化的秘密的温柔。与此同时，路边小店的桌子摇晃，碗碟不配套，椅子脏旧不堪——连吃饭头上的筷儿都是临时抓就来的。周围的青山就是一整间柴火常年熏黑的灶屋间。说"灶房间"比较好吧？那就灶房间吧，一半是露天的围墙没砌。有一年我在江西婺源著名的"俞氏宗祠"那个古村落门前的星江上游泳——江面上居然漂浮有一小堆的稻柴草灰。

星江——浩浩荡荡，青山绿水的星江。沿岸江滩布满了上千年来船队途经的篙痕点点。累累苔藓的岩面，累累篙痕深浅大小不一。似乎，苔藓是上天莅临、偶尔路过的足印，金属光滑的篙痕方才是人类生存的泪点，虽残酷，亦温暖；尽显无常，照样风流。江水碧清得让人连连跳脚呢，每个村口都有三四棵千年古樟树。风景好像被新做的樟木箱子不施漆水地装载整齐了，可以敲敲打打、成箱成箱地以海运或航空的样式把底下一个个古村落运送走。政府做的就是这样的生意。各级乡镇、街道都把陈年的人物史实抖落出来，恨不得刨根问底掘地三尺挖出一段宋朝的历史。也就是说，导演急于当众炫耀，演员都是土得掉渣，老实巴交到了极点。而剧情又一阵紧似一阵地急转直下，就像两岸青山的星江水，最清的地方水流发黑。颜色不配合景点。古老和所谓的"时尚"总是拧巴着来。时间和空间有时无法同步。

走在大街上，我就是一个被秘密的温柔层层包裹的人。更何况这层包裹的外层是一条大江大河，它的名字叫长江。它的名字叫江南。更何况，我此刻漫步着的是老家的南北大街。老家故乡真有一条千年老街叫北门，又叫"北大街"，或"浮桥老街"，或"南街"。顾名思义，位置向南的叫"南街"，朝北的叫"北大街"。据说古琴大师吴景略就出生在江阴北漍的"北街"上，可老的北漍乡也就南北一条老街，被地属常熟、江阴两个不同的地域一分为二，街道南端属常熟，北端属于江阴，因此吴景略先生籍贯就糊里糊涂被书写上——他在民国《今虞琴刊》的文字亮相——"虞山人氏"。但民国时江阴又隶属常州府，于是先生亦相应成了"江苏常州人氏"。说来说去，就是只字不见"江阴"两字。

吴景略——这名字听着，就有一种秘密的温柔，无端袭上心头。许许多多的中国文字，都像太空中被发射播放的音乐一般在以宇宙飞船的形式缓缓旋转、运动着——就像大白天长江的主航道上默不作声的大小船只一样，在以一种抽象的恢宏格调庄严行进着。我们的耳朵和眼睛,我们的身体能够接收到的现实的景象委实太少、太过渺小了。天体——我们自身就是旋转的天体;天空——人们视而不见。天地之间清澈的大气,构成人的容貌、生平、名姓、脾性在万事万物中的自我轮廓,假如你是一颗温柔的种子,那么你就自然而然,进入了万物的秘密生长层。如同老街上的一处石头台阶,常年受到旧宅屋檐的荫蔽。即使老街一时被拆迁,石头表层也会有某种与儿时环境契合的古老光泽,能够照亮那些别的光线无法照亮的往昔景象。许许多多的民国,许许多多的晚清,许许多多的人世过往,最终都是一条老街的电器门窗、墙头灶台成堆的废墟。你根本无法把三十年前的邻里亲情、街坊故事从墙皮簌落落往下掉的断墙残瓦堆里拎出来。成片成区块的老城区被一个个拆迁夷平,有时,有两三个足球场那么大。一个下午,你骑车路过无事,停车驻足远眺,老县城中心区,竟然像一汪乡下池塘里的积水,多以明晃晃残破的白水墙居多,恍若一阵秋风吹过郊外空地的枯枝败叶。人事的脆弱,生命的空无,曾经的人间烟火,尽在其中,是啊,"一曲静人心,七弦著清响"的吴景略老先生走了,《幽兰》《广陵散》,就像腋下抱着一床琴的古人,仍风雨无阻,行走在中国的山路上。被弹响的琴音背后,是更加多的已不能被弹响,甚至遭虫蛀的古典记忆啊!一边是回忆、聆听,一边是遗忘、流失。琴谱若风景,风景似故人,故人如街道,街道旧人事,这些都是人温柔存世的线路和渠道啊,人出门行走,就像走在一个肉眼不可见的信息源里。故乡的信息源有多大,多么密集;故乡之外的异乡又有多大,多么广袤,这只有信息源线路板的主人才明白,才真正意义上的心知肚明。那种不悲不喜的宁静,肆意涌动着多少秘密的温柔。故乡在人的肚皮上。世界在秘密的脑回沟里。每一天,我们都只在河水流动的那一截范围。生活就是遗憾的艺术。每一天,我们都在用更加多的、新的遗憾热爱着这大河两岸的风景啊。

一曲《梧叶舞秋风》式的古典在我骨骼血肉肺腑间"铮锵!"奏响。但这是树上的鸟鸣。这是夏天临近乡村的一个四下安静的小区。吹远的一阵凉风,在大街上,在时隔数分钟之后重新吹回来时,又把河滩上一排树林中的蝉鸣声声徐徐送来,仿佛送回的是大地碧空的声音,是一个古代的词牌名:《点绛唇》。你走到大街尽头,大街突然热了。饮料在商店的冰柜里冰镇着,就像昔日消失的剧院久已尘封的节目单。曾经何时,上海工部局的乐队阵容多么辉煌。珠宝、国藏、战争、帝国、智慧、人事,都可以遗忘,却有诗句一两行留下,仿佛黄庭坚在《陈留市隐并序》中说:"陈留市上有刀镊工,年四十余,无家室子姓。惟一女,年七岁矣。日以刀镊所得钱与女子醉饱。醉则簪花吹长笛,肩女而归,无一朝之忧,而有终身之乐,疑以为有道者也。"

正所谓:"花满市,月侵衣。少年情事老来悲。沙河塘上春寒浅,看了游人缓缓归。"这是姜白石的《正月十一日观灯》,是诗人写于宋宁宗庆元三年(1197年)正月的一组五首《鹧鸪天》中的第二首后半阙。诗眼是一个"看"字,简淡之极。诗人眼里旧时市面上的"灯",我未能看及,然却诗人心头满溢出的秘密的温柔,通过这些文字,却反复在我心里回旋往复,因为当日情景中的"少而归","老和浅"。

你好像曾经是古代的那个"刀镊工",有一份不出名的手艺,勉强养家糊口,但膝前有儿,有一七岁的女儿,每日里,又撮合些小酒喝着,逢着了故都的花市,灯火辉煌,满街歌舞,在人群里沉默地(女儿骑肩)混着前行着,一样喜悦地沉默着。人间多少世代的努力,后人也不会也不必知道你的尊贵的姓名,你的卑小的业绩。但在那诗中的一晚,银河在你头顶上逶迤光辉着,世界在你的人前身后闪烁明灭着。"故诗也者,收天下之肆者也。"(朱英诞语)"让我们饮下死亡中羞怯的光亮。"（比森特·维多夫罗）是的，岁月就像一张唱片一样在你心底缓缓转动，这转动的唱针在致敬无尽生命。这古代的街市被一首诗的甚至不经意的一瞥所定格：人就是他自己那个秘密的温柔，被铭刻、刀划，被剥落、模糊，被记忆和再回首，被成为其他人、更多的世人和世代，被蚀灭和空无——同样，是大海波涛汹涌的深处突然打捞出的一架钢琴。也如同帕斯捷尔纳克笔下的工人们费力要把一架钢琴抬上高楼：你诱人之处的秘密，与生命之谜势均力敌。

> 楼房高耸，如同瞭望台。
> 拐角的狭窄的楼梯上，
> 两个大力士抬着钢琴，
> 好似把大钟朝钟楼安装。
>
> 他们两人抬着钢琴，
> 攀登茫茫如海的城市，
> 好像把刻着圣训的碑石
> 抬上了高大的石基。
>
> 乐器抬进了客厅，
> 喧哗吵嚷的城市
> 顿时浸入神话中的波涛，
> 被深深地踩到了脚底。
>
> 六楼的一个居民
> 站在阳台俯瞰大地，

仿佛已把大地握在手心，
理应由他控制。

返回室内，他开始弹奏，
演奏的不是别人，
而是自己的情思、众赞曲、
弥撒的声音、树林的絮语。

他即兴乐曲的轰鸣传来
夜晚、火焰、消防桶的响声、
大雨下的林荫路、车轮的铿锵，
街道的生命、单身汉的悲哽。

有如夜间肖邦的烛光，
俯身在黑色的乐谱架上，
写的不是往昔单纯的天真，
而是自己的梦幻。

或像瓦尔基利亚女神的飞行，
沿着屋顶隆隆滚过城市的住宅，
抢在宇宙万物的前面，
超越了人类的世代。

或像柴可夫斯基的乐曲
以保罗和弗兰切斯卡的命运，
在撕裂人心的轰响之中

使音乐学院的大厅激动得泪痕满面。

1956年
——帕斯捷尔纳克《音乐》
吴迪译

　　田野在流淌。村镇在流淌，树林和天空在流淌，小道上的庙宇背后的山麓在流淌。车辆、行人流淌，夏天的炎热已深入骨髓，流淌。一列大卡车轰隆作声地流淌，无声的四季时序在流淌。一切都是生命之河的无声流淌。你被无端流淌的日常琐事层层簇拥着，走过一家药店门口，步入一家买卖"华士秋油"（一种酱油本地产）和"靖江沙上芋芳"的小店铺，知道百米开外的角落有一处古代园林，大门始终半开半闭。感觉到空气中某处天井人家看不见的奇花异卉的隐约香气。一只鸣蝉如同抽水机一样吸附在大槐树上声嘶力竭地叫着，仿佛在用自己由低到高的声带形容着长江潮水的涨落。慢慢地经过一处大热天头充满水汽和树荫的老街的街沿，你如此地心平气和、慢条斯理地走着，心里却在想着附近冬天的情景，秋天树上落叶时的情景，以及不久以前早春时分菜市场的模样，以此来以回忆纳凉。你回想本人在此地已生活了多少年。温柔如何杀青、成形，如何迁移和更加无名地被小心对待，如何从黑暗中被取出，归入案宗大小不一的抽屉，如何秘密地保存——在一阵靠窗的晚风中，在褪色之余产生出新的温柔。"噢，语言为盐分所浸透，语词确实属于海洋！"（瓦雷里：《欧帕里诺斯或建筑师》）

　　有时候温柔也会荒芜啊，在一座城市里一次又一次地遇见荒芜，久而久之，荒芜也似成为了更深层、内里更绵密暗哑的温柔。温柔不仅在人与人，在男欢女爱中，亦在日常天气人物际遇饭前酒后，更在荒芜和荒凉中，甚至，人之温柔，委实是荒芜伸向人群的手势，但那手掌和手心已空空，已空无一物。生而为人，也许值得在大街上，对着前方喊一声：有时候，真的！温柔也会荒芜的啊——以此叫喊声提醒无助的、空无的世人的地界，活着是多么的甘美丰盈，恬静、幸福。人多么像其居住地的诗篇。人是房间的诗篇，田园和庭院的诗篇。人是雨后芭蕉上滴水的诗篇。人也是午后空寂的诗篇。人就是他从未到达的大海。一旦确认人就是那无尽蔚蓝的海洋，那么，世界将是多么的起伏汹涌、激浪翻卷着啊！我们为什么不能从人身上看出那宿命的海洋啊，要那么多郊区的公墓，那么多殡仪馆干吗呢，所有的人，死后都应该归葬大海的闪电的温柔乡——那是多么巨大静止的潮汐线，自由自在，多少离奇的人体组织和梦境的沙漠瀚海的昔日重来——连"温柔"这个词，这样的表述，也注定是大海的心潮起伏所秘密承载物啊！我以前在世上认识一个叫作"谧"的人。我又认识一名名字有"景"字的人。他们都如大海退潮般逝去了。死亡真像一个有关大海的寓言故事啊。而大海的温柔，世上犹有几人可能体验到？世上能够有几个约瑟夫·康拉德、《冷血》作者杜鲁门·卡波蒂？关于大海的光辉诗篇，世上又会有几个《簧风琴》的作者？（华莱士·史蒂文斯）另外，普鲁斯特、德彪西、陈渠珍，还有《雨霁》作者那名马脸的俄国人——他们也都如大海退潮般逝去了。

而海滩上闪闪发亮的贝母、珠壳——遗留下来多少半埋淤泥中的秘密的温柔……

新的一代人如何再走向山林——培养新的耐心？

2023 年 7 月 10 日

我对水的认识

很多时候我都是下午游泳。下午和傍晚游泳，余下的时间看书。书房分成了漂浮在不同水域三个景致不一的岛屿。每一本书仿佛都有一道透明的水位线，有时候，岛屿中间的一座本身已经沉落到了水底，那是我十六七年前，首次单独拥有的一间书房，位于国企时代的小区家属楼，上世纪八十年代的筒子楼。楼道口照例空出靠墙的自行车位，堆放蜂窝煤的木箱子。在那里，我阅读过最早一批的薇依、沃尔科特、里尔克以及那本震撼人心，一读再读，朋霍费尔的《狱中书简》。

《狱中书简》作为书名，我想，应该是后来的编辑出版方为方便计擅自加按上去的吧。犹太格言："死拯救死。"身陷囹圄的作者在随时毙命的死牢里面，写下他那些几乎无处投递的书信时，大概，从未奢想过自己这些文字以后会作为一本流传后世的出版物而再生罢。换句话说，一本书，总该有个作为辨识物的书名吧？书籍作为再普通不过的商品流通物，其世俗的外表，不外乎书名、题跋、前言、后记、页码、章节一类。一个纳粹枪口下的死囚犯的灵魂惊悸的页码、题跋会在哪里呢？我一边想着，一边脱下身上的汗衫，准备下水。

至今依然记得父母亲先后在其中过世的那间棉纺织厂家属院小区的房间，朝南坐北的两室一厅。墙上淡苹果绿的涂料。一楼后面有个院子，方便晾晒衣物，有一临时搭建的厨房。厨房间，上世纪七八十年代的燃煤形式的煤球炉仿佛一直在跟之后取而代之，九十年代样式的煤气灶掐气、互相撕咬斗殴、争吵不休。但砖砌的院子是平和的，面积几乎有整个两室一厅的房子一半大。院子进门处有半人高的水池，全家都习惯了在水池上洗脸洗漱，做菜打扫。整个家庭都靠这只高效耐用的金属水龙头。只要龙头轻轻拧开，水就会随着用水人的心意而随意大小，肆意地下流着，"哗哗哗"从不含糊。我耳畔至今能听到我自己大热天的拖鞋声音，晾衣竹竿、水桶、洗衣洗菜盆的声音。这声音在很多年里都被遗忘，被享用这份日常不可缺少的清水的我自己忽略了。从小生长在南方水乡，自己生活的城市又是如此便捷地靠近长江，平常似乎总有类似水的东西在眼前晃动。什么运河啦、轮船啦、芦苇岸滩啦……水于是几乎成为江南人的习性的盲区。如此稀松平常的自然现象，有必须非要说成是一种"享用"吗？水和泥巴，和天空、田野一样，到了人们几乎视而不见肉眼留不下丝毫印象的程度，直到十几年过后，都市高速发展，我眼睁睁看着身边的江阴旧城变成了扩展出数倍的新城屁股脚跟头的一脸乞讨神情的旧亲戚，过后，我才懵懵懂懂地有点缓过神来，意识到我们身边的世界究竟发生了什么样的剧烈变革。简而言之，水、泥巴、天空、田野，都跟从前不一样了。整个面目全非的过程，只化了，只消费掉人类短暂寿命中的十几年！直到这个时候，我居住在贷款买来的城郊配备保安、门警、汽车库和休闲绿地的小区里，我才在书房的长久的漆黑一片中（我常常忘了在夜里开灯），开始有点怀念起20世纪80年代的隶属于集体家属区域的一只大院里的水龙头。铁制、表面镀铬的部位已经斑驳，轻轻一拧、冰冷可口的清水就"哗哗"直流，水声音欢快，在水泥池四壁激溅，仿佛一蓬夏日海边的少女的头发。这时候，在后来更新面积更大更奢华的书房里，我独自熄灯坐着，正同一只满身锈蚀的水龙头告别。我发觉，言辞、嘴唇、喉咙，此刻都派不上用场，唯有我沉默的心跳以及同样沉默的身子在沙发椅上的挪动，在喃喃地说出一些无字、类似水滴般的悲伤下垂、滴落、流泻出的孤独的情绪，仿佛死囚目光一样的情感、水和夜黑的天空。我在凝视当晚的窗外天空时，似乎觉出一丝《狱中书简》作者身世的悲辛凄凉。我知道，水的第一特征是无声，正如鲁迅先生的所谓地火和青年烈士死难的血渍。正如诗人卞之琳的独上高楼。亦正如1948年从雁荡山（前不久刚去的旅行）中出逃的胡兰成怀抱一部慌慌张张的《山河岁月》。水的第二特征，亦即老子先生的"致柔"，大概就是这个词吧？"慌慌张张。"中国古代人真会用文字！那么，如此丰富的水的表情里，又有多少是乱世？盛世？

炮弹落下来时的水，加上浩浩荡荡江面上的轮船、难民船、小火轮。加上重庆到九江，到马鞍山、南京、镇江，等等，这些深嵌20世纪国人心灵深处的悲伤的地名，沿着六千多公里长江流域，七十多条长江支流的沿岸顺流而下的一路东去的省份、地名，几乎成了仿佛侥幸存活的难民们身上重叠起来，被机枪扫射过的伤痕——那么，这些取自赣江、长沙、武汉、湖口、宜昌、内江、万县、常熟、江阴等血肉模糊的枪伤处伤口深处的一粒粒血污的子弹，究竟有没有真正被手术之后成功取出？还是像更恐怖情形下突然成了哑弹的那种深水炸弹？

在长江下游，在江阴城外一个名叫韭菜港的渡口，我游泳时时常念想的一个词（或一个念头）是：深水炸弹。

我能体会水流轻轻抚摩沉入江底的昔日战士的尸骸。那些沉默的"二战"时期的潜艇在水底哑然瞠视的舷舱口，水流同样轻抚炸弹表层的铜绿、苔藓，一些永远不被记住，似乎压根儿不该来到这世上的死人名字。死难者的水和春天的水交缠而流,亦有着一样的沁冷,一样的智慧。从水中迸射的光芒,有时晃动整个长江的水床,晃出令人眼花缭乱的各种色泽,绛红、蛋青、苹果绿、橘黄……仿佛水要从自己的颜色里分泌出沉落江底的死难者名姓。战士的尸骸,不仅有不同党派、民族、省籍的国人自己,有男女妇孺,也有日本人,有英国人和美国人……重庆和南京。曾记否,国民政府一度搬迁到了开封,但是,二十世纪的中国,为什么从未把首都建立在黄河上?

长江的江阴段,水深有六十多米。正如西蒙娜·薇依的从未加入基督教会而又服务于教众。一颗苦难的心灵服膺于另一颗苦难的心。

…………

我曾经异想天开。曾经设想过替我经常下水游泳的这一片水域写一本书。一部专著。就像梭罗先生的《瓦尔登湖》;就像有"美国小说之父"称誉的,我平生最爱小说家之一的麦尔维尔的27岁著作《白鲸》。说实在的,游泳时我时常能在水中读到一页《瓦尔登湖》,例如其中的《最美的冬天》;例如写斧头失手掉落湖底那一章节。或者,风起浪涌时,身边似乎也总是有一头文学意味的《白鲸》始终相伴随。然而,我在终年冰凉的江水中,始终是一无所获。有时候我甚至觉得,作为作家,我的命运就是两手空空,而具体到言辞方面,就是典型的"失语"或无语症状。我说不出话来。也可以说我被在水中冻得说不出话来。或者说,我因快乐而极度疲惫,极度享受。游完泳后上岸,我是那种兴奋到无比苍凉的情形。我就像普通的船工,船上人,偶尔经过舢板或搁在岸边的跳板走上岸来的船上人。我脸上甚至连偶尔来垂钓的钓鱼爱好者那种专注的表情也没有。我看上去就像异乡人,畏手畏脚,很快走路,很快办完事溜回船上去。可是,沿江停泊的那么多大小货船中,我的船又在哪里呢?我没有船舱,没有货物,没有篙锚,但却常年惬意地停泊,连自己也弄不明白是怎么一回事。航行所用的一切什物、索具、知识、术语，我全不懂。灯塔、航速、水流、潮汐……全一概无知。简单到像一张铁锚，被"空通！"一声扔下去，扔到江中激流里。我是我故乡扔入水中的一张铁锚。试问：有多少长江和运河上的船家，船上人撰写出了他们自己的《船书》？人们一心一意过起来的那种生活，很有可能，最容易被岁月淹没。啊，岁月的潮汐湮灭了的，又何止一座长江上游的"丰都"？或其他叫不上名字来的旧时的县城？

　　某部巨著中的一页，字迹难辨，在我游泳时劈面相遇的一排浪中闪现。我努力抬起头来阅读，虽然，眼中所见几乎是一部水的无字书，我却仿佛从中读到了令人感奋的精妙章节。江水，同样有着跟莎士比亚、王维相仿佛的文学价值，跟后者一样优美、空灵、睿智。古代诗歌里的汉字，大概，最终是应合了长江这样的自然巨构的音韵生化而来的罢。例如唐代张若虚的《春江花月夜》，有哪个中国人，从中读不出长江潮水的涨落起伏呢？优美，难道不是另一种死的痛惜和庄严？当自然本身是一部巨著，我们又怎敢奢望我们自己短暂、无常的心智，再度投入进去呢？所谓人类的创作，真的可能僭越于自然，于宇宙星空之上吗？

　　波浪沉甸甸的，其分量令我联想起书房里的书。想起年轻时我们经历过的贫穷、不公、荒芜。想起无书可读的年代满城狂奔。最后，大概在 21 岁那年，1983 年，一个极其偶然的日子，我走到城外的长江边，横亘在眼前的这条大河，一条巨流，使我平静下来。

　　于是，在水中我学会了阅读。

　　在水中我重新摸索着做人、直立行走、看图识字，拥有童年秘密的储藏室，拥有少年成长的嗓音，兴奋的身形。开拓尽可能宽阔的物理视野，累积下不可替代的听觉和味觉经验。黑暗的经验。

> 这时候一阵轻风
> 吹向远处的青山、芦苇岸滩
> 江流汩汩，有时波平如镜——
> 我毕生的努力都在这股轻风里
>
> ——庞培《一阵江风》

从此，作为世俗的人，我拥有两部名著，两种生活：城外一条大江，家中书房里的书籍。

在我的居所，我有一扇开在水中的窗户。

2012 年 12 月 19 日